陈正荣 著

红楼三城

南京、苏州、扬州

南京大学出版社

目 录

红楼三城断想（代序） …………………………… 001

○ 南京篇

曹雪芹的"家" …………………………………… 005

随园是大观园？ …………………………………… 024

秦淮风月忆繁华 …………………………………… 042

钟山"红楼"缘 …………………………………… 055

石头城与《石头记》 ……………………………… 062

曹家的家庙 ………………………………………… 067

六朝遗迹今犹在 …………………………………… 080

移来燕子矶边树 …………………………………… 086

《红楼梦》文本中的南京 ………………………… 093

南京的"红楼"文化 ……………………………… 109

○ 苏州篇

最是红尘中一二等富贵风流之地 ………………… 137

苏州李府寻"红楼" ……………………………… 147

虎丘的土特产 ………………………………… 159

玄墓何处蟠香寺？ ……………………………… 166

苏州园林觅大观 ………………………………… 174

苏丝甲天下 …………………………………… 183

原来姹紫嫣红开遍 ……………………………… 194

《红楼梦》文本中的苏州 ………………………… 203

苏州的"红楼"文化 ……………………………… 219

○ **扬州篇**

远去的使院 …………………………………… 237

金钱滥用比泥沙 ………………………………… 243

魂归天宁寺 …………………………………… 251

二十四桥明月夜 ………………………………… 258

隋堤风景近如何？ ……………………………… 264

我爱真州老树阴 ………………………………… 271

夕阳瓜洲渡 …………………………………… 281

《红楼梦》文本中的扬州 ………………………… 289

扬州的"红楼"文化 ……………………………… 299

参考文献 ……………………………………… 316

后记 ………………………………………… 320

红楼三城断想（代序）

一

《红楼梦》写了"两京两州"四座城,京都、南京、苏州、扬州。我说的"红楼三城"是指南京、苏州、扬州。三城在小说中都是实指,而京都则不是,曹雪芹始终没有说京都就是北京,说到京城,作者有时还用"神京""长安""进京"这些模糊的说法。

其实,曹雪芹有意在模糊朝代、地址。《红楼梦》第一回说得很清楚:朝代年纪,地舆邦国,失落无考。纵观《红楼梦》全书,写实名的地域着实不多,大荒山、无稽崖、大如州、真真国、平安州等等,都是虚构的。唯有金陵、姑苏、维扬这三座城市在书中频繁出现。在书中,三城与京都构成了"三星拱月"的布局。在现实中,三城又与曹家、《红楼梦》有着非常密切的关系。三城都是历史上光芒四射的古都,又都在江苏,彼此之间很近,多有联系,因此,我提出了"红楼三城"这个概念。

我认为,没有三城,就没有《红楼梦》。

二

据对《红楼梦》前八十回的统计,南京(包括金陵、应天、江宁、石头城)就出现33次,苏州(包括姑苏)出现16次,扬州(包括维扬)出现6次,此外,"南省""江南""南方"自然也包括三地。南京出现的频次最高。

作者有意用三城的古名,以模糊故事发生的时间。南京第一次出场用的是"金陵",苏州第一次出场用的是"姑苏",扬州第一次出场用的是"维扬"。三城出场的顺序为金陵、姑苏、维扬。

曹雪芹很喜欢三城。曹雪芹与三城有着某种特殊的关系,是毋庸置疑的。一个作家写什么,不写什么,当然是他的自由。既然他自己说,朝代、地址无考,可又为什么将南京、苏州、扬州三城直接写到小说中呢?因为这三城是《红楼梦》大厦的重要支柱,缺一不可。也可以说,三城是作者之根,是"红楼"之源。

三

红楼三城中,曹雪芹似乎对金陵情有独钟,这也情有可原,因为金陵是他的故乡,他生于此,长于此,他的童年、少年都是在这里度过的。

曹雪芹喜欢用"金陵"这个名字。他把书中最重要的十二位女子冠名"金陵十二钗"。他最初还把小说命名为《石头记》《金陵十二钗》。

金陵,是南京最早的称号之一。公元前333年,楚威王熊商于石头城筑金陵邑,于是有了"金陵"之名,"金陵"这个名字很有古意。

四

康乾时代,"两京两州"(北京、南京、苏州、扬州)都是我国大都市里第一方阵,用现在的话说,就是一线城市。

清初,设江南省,统管今天的安徽、江苏、上海三地。又设两江总督衙门,两江总督是江西省、江南省的军政长官。清初,江南省的赋税占全国的三分之一。江北的府县也都冠上"江南"二字。

扬州地处江北,但属于江南省,加上它的物候特征、人文风貌都具有江南特色,所以,很多时候也把扬州列入江南范畴。在小说中,曹雪芹有时候用"南省""江南""南边"指代,其中"江南"就用了十多次,"南边"用了二十多次。

五

《红楼梦》第一回写石头想到凡间走一遭,仙僧看它心切,对它道:"携你到那昌明隆盛之邦,诗礼簪缨之族,花柳繁华地,温柔富贵乡去安身立业。"后来,"神瑛侍者"(贾宝玉)的投胎之地是南京,"绛珠仙草"(林黛玉)的投胎之地是苏州。这意味着,在小说中,南京、苏州是昌明隆盛之邦,花柳繁华地,温柔富贵乡,而贾家与林家都是诗礼簪缨之族,这里是不写之写。

曹雪芹为何要把两个最主要的人物放在南京、苏州,这是值得深思的。就三城来说,曹雪芹对南京、苏州可能更为熟悉。

如何将三城勾连在一起?

贾政的妹妹贾敏嫁给了林如海,而林如海被朝廷点了盐课,便到扬州担任两淮巡盐御史。除了林如海,贾家与扬州也有关联。

贾雨村与甄士隐在苏州相识,后来贾雨村又到了扬州林如海家做家庭教师。林黛玉母亲去世后,她只好到京城,投靠外祖母家。

这几层关系,把红楼三城串起来了。

六

《红楼梦》绝大多数时候是正面书写京都贾府,而对南京、苏州、扬州三城很少直接书写,多用侧笔。虽然如此,但也写出了南京、苏州、扬州最有代表性的"城市符号"。不信请看:南京写了六朝遗迹、钟山、秦淮河、石头城;苏州写了阊门、虎丘、玄墓山,还写了苏州昆曲、刺绣、特产;扬州写了绿杨城郭、运河、隋堤、二十四桥。如果作者对三城不熟悉,是很难下笔的。

当然,作家写一个地方,不会面面俱到,动人春色不须多,有时候点到即止。

如果把《红楼梦》比作一条河,京都就是流,而南京、苏州、扬州就是源。

如果把《红楼梦》比作一棵大树,京都是枝干,那么,南京是这棵树的根,苏州、扬州就是树上的绿叶与花朵。

七

曹雪芹对南京是念念不忘的。

第二回,贾雨村道:"去岁我到金陵地界,因欲游览六朝遗迹,那日进了石头城,从他老宅门前经过。街东是宁国府,街西是荣国府,二宅相连,竟将大半条街占了。大门前虽冷落无人,隔着围墙一望,里面厅殿楼阁,也还都峥嵘轩峻;就是后一带花园子里,树木山石也都还有葱蔚洇润之气……"

甲戌本第二回写道:"就是后一带花园子里。"脂批:"'后'字何不直用'西'字?恐先生堕泪,故不敢用'西'字。"

江宁织造署内有西堂,曹雪芹的祖父曹寅自号"西堂扫花行者",按照脂砚斋的意思,曹雪芹是故意用"后"字。

曹雪芹在南京的老宅生活了十三四年,这里的一草一木,都会勾起他的眷念之情。读了此段,我仿佛看见曹雪芹在某一年回到南京,在他家老宅门前徘徊的情景。

可以想象一下,那时秦淮依旧,老屋依旧,可是物是人非,树倒猢狲散,在老宅门前,曹雪芹一洒忧伤的泪。

八

曹雪芹写金陵的甄家,写贾府丫鬟鸳鸯的父母金彩夫妇在南方看房子,写贾母生气时说"回南京去",写贾母回忆小时候老家有个叫"枕霞阁"的亭子,这些都寄托了作者对故乡南京的思念之情。

九

曹雪芹写苏州,从最繁华的阊门写起,说苏州阊门"最是红尘中一二等富贵风流之地"。

写葫芦庙失火,烧毁了整条街,作者这样写道:"于是接二连三,牵五挂四,将一条街烧得如火焰山一般。"甲戌本有眉批:"写出南直召祸之实病。"南直是南直隶,即南京,"南直召祸"意思是南京祸起之发端。

"接二连三,牵五挂四",是不是一种暗喻?苏州李家被抄,接着曹家被抄,杭州孙家的官帽也被摘。想起脂砚斋的话:"作者之笔狡猾之甚。"

十

黛玉生于苏州,长于扬州,她对苏州、扬州都有感情。

第六十七回写薛蟠从苏州回来,带回两箱物品,林黛玉看到这些苏州虎丘的土特产时,一下子勾起了思乡情,泪眼汪汪。

第十九回写贾宝玉讨好林黛玉,问她几岁上京,路上见到何景致古迹,扬州有何遗迹,林黛玉就是不答,直到贾宝玉说"嗳哟!你们扬州衙门里有一件大故事,你可知道?"林黛玉见他一本正经,只当是真事,忙问什么事,于是贾宝玉忍住笑,胡诌了一个林子洞的故事,这才吸引了林黛玉。扬州是林黛玉长大的地方,对扬州发生的事情,她自然是关注的。正因为揣测到林黛玉的这个心理,贾宝玉才故意拿扬州说事。

十一

脂砚斋在"当日地陷东南,这东南一隅有处曰姑苏"处批道:"是金陵。"而在介绍林黛玉的父亲林如海"本贯姑苏人氏"一句处,又批道:"十二钗正出之地,故用真。"

真有些让人摸不着头脑。是作者玩的障眼法?

有人因此而认为姑苏才是小说故事发生的真正地点,甄士隐,就是将"真事隐"去。

十二

扬州人喜欢林黛玉,他们说,虽然林黛玉出生在苏州,可是她很小就到了扬州,扬州应该是她的故乡。直到今天,扬州还有关于林黛玉故居的传说,说故居在文昌中路的两淮盐运使衙门旧址的西侧运司公廨47—51号,这里原先是林如海家在扬州的房产,林黛玉小时候在这里生活过。

可是,不要忘了,《红楼梦》是小说,林黛玉是作者小说中虚构的人物,哪里会有故居呢?

十三

从三城到京城,行程在一千多公里,清初,走得最多的是运河水路。当时,从扬州到京城乘船也要四五十天。曹雪芹对旅途很少着墨。林黛玉回扬州、进京城,只写了"登舟往扬州去了""登舟而去"。贾雨村到金陵游览,也只是说"那日,我到了金陵地界"。到苏州去的昭儿回到京城,告诉凤姐说"二爷带了林姑娘同送林姑老爷灵到苏州",对旅途一笔带过。

但有一处写了旅途,第四十八回写香菱学诗,她的一番领悟:"'渡头馀落日,墟里上孤烟',这'馀'字和'上'字,难为他怎么想来!我们那年上京来,那日下晚便湾住船,岸上又没有人,只有几棵树,远远几家人家做晚饭,那个烟竟是碧青,连云直上。谁知我昨日晚上读了这两句,倒像又到了那个地方去了。"

十四

曹雪芹小时候到过三城吗?

我认为,曹雪芹生于南京,南京是他的故乡。

当然也有人说他在苏州出生。在苏州有传说,拙政园曾一度归曹寅,后来为李煦家属所住。曹雪芹十岁前后,曾随家属数度到苏州。我相信,曹雪芹肯定去过苏州。

曹雪芹到过扬州吗?我认为是肯定的。扬州是大运河中重要一站,他祖父当年在扬州创造了曹家的鼎盛,最后又在扬州辞世。曹雪芹肯定会到扬州寻访他祖父的足迹。此外,被抄家后,曹雪芹也应该是从扬州水路回京的。所以,敦诚赠曹雪芹的诗说:"扬州旧梦久已觉。"

十五

曹雪芹后来回到过南方"寻梦"吗?

我认为是肯定的。

有意思的是,南京、苏州、扬州都有关于曹雪芹到过的传说。

在南京有传说,曹雪芹曾在秦淮河畔遇见一落难女子,他救助了她,后来,二人一起北上,结为夫妻。

据镇江学者江慰庐实地调查,在扬州的瓜洲附近曾有传说,曹雪芹在某一年到南方，在瓜洲遇雪，只好在瓜洲停留，并结识了当地沈姓大户人家，曹雪芹还画了《天官图》《鲤鱼图》两幅画送给沈家。

大约乾隆二十五年秋，曹雪芹的朋友敦敏写了一首题为《芹圃曹君霑别来已一载余矣》的诗，根据"别来已一载余矣"，他们已经有一年多没有见了。而曹雪芹的朋友张宜泉也有一首诗《怀曹芹溪》："似历三秋阔，同君一别时。怀人空有梦，见面尚无期。"综合二诗，研究者认为，那一年多，曹雪芹不在北京，到了南方。

周汝昌说，曹雪芹到了尹继善所在的两江总督衙门做幕僚。

从敦敏的诗句"秦淮旧梦人犹在""秦淮风月忆繁华"，敦诚的诗句"废馆颓楼梦旧家"看，曹雪芹对南方的家是非常思念的，不仅经常梦见，而且经常回忆。我以为，他后来肯定会到南方去寻梦。周汝昌认为，曹雪芹不止一次回到江南。

十六

就《红楼梦》中的人物来说，写得最多的不是南京女子，而是苏州女子。你看，林黛玉、妙玉、香菱、邢岫烟、娇杏是苏州人，十二官是苏州人。

甲戌本《红楼梦》第二回写道，林如海"本贯姑苏人氏"，脂砚斋侧批："十二钗正出之地，故用真。"台湾学者皮述民据此认为应为"姑苏十二钗"，也是一家之言。

十七

林黛玉是苏州人,妙玉是苏州人,可是为什么曹雪芹把她们都列入"金陵十二钗"?原来,作者虚构了一个金陵省的概念。第五回,贾宝玉问:"常听人说,金陵极大,怎么只有十二个女子?"所以,苏州应该属于金陵省范围之内。

我推想,包括"金陵十二钗"在内的女子形象,不能凭空虚构,一定会有原型,这些原型应该来自南京曹家与苏州李家。

十八

京都的贾家与金陵的甄家几乎一模一样。

甄府与贾府是世交,甄宝玉与贾宝玉,长得一模一样,脾气也一模一样。甄家与贾家都曾接驾过,甄家接驾四次,贾家接驾两次。甄家与贾家都被抄家。

原来,金陵甄府里的甄宝玉是贾宝玉镜子中的形象。作者通过这个写法突出了金陵在小说中的地位。作者在甄宝玉身上寄托了无限的怀乡之情。

曹雪芹的这种写法很魔幻,也很超前。

十九

金陵曹家与苏州李家真的很相似。

李煦的母亲文氏、曹寅的母亲孙氏都曾给康熙皇帝做过保姆。

李煦担任苏州织造30年。曹家三代人担任江宁织造前后长达58年(曹玺21年,曹寅21年,曹颙3年,曹頫13年)。同时,李煦与曹寅还轮流兼任两淮巡盐御史,长达12年(曹寅4年,李煦8年)。

康熙皇帝后四次南巡,在南京住在江宁织造曹家,在苏州住在苏州织造李家。曹家、李家都曾四次接驾。

雍正元年,李家被抄。雍正五年底,金陵曹家被抄。不久,杭州织造孙文成丢职。

康熙皇帝早就说过,"三处织造,视同一体"。《红楼梦》中塑造了贾、史、王、薛四大家族,"四家皆联络有亲,一损皆损,一荣俱荣,扶持遮饰,皆有照应的"。

二十

我常常在思考一个问题:《红楼梦》中究竟用了多少真实的素材?

林黛玉第一次走进贾府，来到荣禧堂，看见了一副对联："座上珠玑昭日月，堂前黼黻焕烟霞。"脂砚斋批曰："实贴。"这样的批语让我们大吃一惊。我们自然要问，如果是真实的，这副对联是挂在南京的江宁织造署内，还是挂在苏州织造署内呢？脂砚斋没有细说，不得而知。

还比如，第十六回，赵嬷嬷道："那时候我才记事儿，咱们贾府正在姑苏扬州一带监造海舫……"曹寅在康熙四十三年给皇帝的奏折中说："臣同李煦已造江船及内河船口，预备年内完工。"原来，真实的生活中，曹家与李家的确做了这件事。

脂砚斋批着批着，就忘记了自己的角色。庚辰本上有两条脂批："凤姐点戏，脂砚执笔事，今知者寥寥矣，不怨夫！"脂砚斋让自己也跑到了小说中，为小说人物点戏，这是非常有意思的一件事。

还有，甄家接驾四次，而曹寅与李煦也曾接驾四次。曹寅与李煦曾任两淮巡盐御史，书中林如海也任两淮巡盐御史。

我从一个小说写作者的角度看，作家写什么不写什么，一定是从自己的经验出发去取舍的。《红楼梦》前八十回60多万字，如果没有真实的碎片做基础，"文学红楼"早就坍塌了。

二十一

《红楼梦》涉及的范围极广，所以，有人说它是中国封建社会的一部百科全书。尽管少数地方有雕琢之嫌，但总体上是协调的。

我常常还思考一个问题:曹雪芹的知识结构来自哪里?红学家们已经注意到他祖父曹寅对他的影响。

曹寅是一位文化大家,家有藏书万种。曹家被抄家之后,那些藏书去哪里了?也可能带到京城,曹雪芹才有条件去博览群书。

曹寅的知识面非常广泛,诗词文赋、戏曲之外,善书法、绘画,喜欢收藏,茶、酒、棋、饮食、骑射,无所不通。

曹寅从三十三岁以后,一直在南京、苏州、扬州三城做官。因此,他对三城都有特别的感情。这从他写的诗中也可以看得出来。

关于南京,曹寅写了燕子矶、天界寺、祈泽寺、苍翠庵、清凉山、鸡鸣寺、东郊朱园等。他对江宁织造署内的西池多有咏怀,他在西池内植柳,种牡丹,看玉兰花开,赏秋叶,赏月光。春天到了,他还将春梅剪下来插在花瓶里欣赏。

关于苏州,曹寅喜欢苏州风物。他的诗写了虎丘、阊门、石湖、沧浪亭、苏州郊外。他特别喜欢水乡风貌。他写道:"近郭村皆好,渔村水护门。"油菜花开的时候,他与尤侗等文人一起去欣赏,还写诗道:"吴中菜花天下无,平畴照耀黄金铺。"他写月色下的水乡:"水乡月色真娟妙,独夜东吴静赏偏。"他在《十三夜南楼看月》一诗中自注:"北人谓苏州为天堂。"曹雪芹在小说中对苏州阊门的评价是"最是红尘中一二等富贵风流之地",可以对照着看。

关于扬州，曹寅在扬州（包括真州）断断续续生活了八年，他的诗中写了扬州使院、真州使院、桃花泉、红桥。他很喜欢真州使院，他说："我爱真州老树阴，江天疏豁散烦襟。"他在真州时经常到渔湾看渔夫打鱼，有时候自己还去打鱼。在扬州，他和一帮文人经常宴集。他还到东园、方园等名园去赏景。夜晚，他驾一叶轻舟，到瓜洲去赏月。

我想，曹雪芹是一定读过《楝亭集》的，并从中汲取了营养。

二十二

曹寅在三城的声望都不错：任苏州织造结束，苏州人在虎丘为他建了生祠；在扬州，扬州人在小东庙为他建了祠堂；在南京，南京人在聚宝山（今雨花台）为他建了曹公祠。

二十三

曹玺当年到南京任织造的时候，移来燕子矶边树，栽种在江宁织造署内的西池边。曹寅的友人施瑮赋诗曰："楝子花开满院香，幽魂夜夜楝亭旁。廿年树倒西堂闭，不待西州泪万行。"他在一首诗的结尾处写道："曹楝亭公时拈佛语对坐客云：'树倒猢狲散'，今忆斯言，车轮腹转。"

第十三回，秦可卿死前道："如今我们家赫赫扬扬，已将百载，一日倘或乐极悲生，若应了那句'树倒猢狲散'的俗语，岂不虚称了一世的诗书旧族了？"脂砚斋批语："'树倒猢狲散'之语，全犹在耳。曲指三十五年矣。伤哉！宁不恸杀？"

对于金陵曹家来说，曹寅就是一棵大树，大树倒了，曹家也就很快散了。

二十四

《红楼梦》中的大观园究竟来自哪里，红学界一直争论不休。有说大观园的原型是曹家花园（随园前身），有的认为是江宁织造署内的西池，有的说是恭王府，有的说是圆明园，有的说是苏州的拙政园，有的说是扬州园林。

我以为，作者是在写小说，千万不能附会。曹家在金陵有江宁织造署西花园，城西有曹家花园。苏州舅爷爷李煦家有苏州织造署花园，有蒋溪别墅。苏州当时有很多名园。扬州也有好的园林。曹雪芹在经历过很多江南园林之后，并间接地借鉴前人造园经验，最后构思出他心目中的大观园。关于大观园，脂砚斋批曰："非经历过，如何写得出？"

二十五

关于饮食，《红楼梦》写得很多，很细。曹雪芹绝对算得上美食家。晚年的曹雪芹,敦诚说他:"举家食粥酒常赊。"我想,如果那位"蓬牖茅椽、绳床瓦灶"的落魄文人,没有经历过"烈火烹油"的生活,没有"饫甘餍肥之日",是绝对写不出《红楼梦》中的饮食的。

冯其庸说:"人们常常喜欢说《红楼梦》里的菜肴,我认为'红楼菜'实在是扬州菜的体系。"

我同意冯其庸的观点。

在清代,扬州就是美食之城。何故?与盐商有很大关系。因为盐商每一家都养了好厨子,有自己的拿手菜,盐商之间还有互借厨子的习惯。久而久之,菜越做越好。扬州吃得有名,其来有自。

如今,扬州开发出"红楼宴",就不是偶然的了。

二十六

同样的道理,如果没有经历过"锦衣纨绔"的生活,是写不出《红楼梦》中的服饰之美的。

曹雪芹的那些有关绫罗绸缎的知识来自哪里?我以为,如果不是江南三织造大家族走出来的人,是写不出《红楼梦》中的服饰的。

江南三织造,大体上有分工。江宁织造专门为皇帝、后妃、皇子、公主制造面料,皇家宫廷御用之彩织锦缎主要来自江宁织造。

用作赏赐大臣及有功人士的丝绸面料多来自苏州织造、杭州织造。

三大织造都有自己的绝活。江宁织造的绝活叫"天衣无缝"。苏州织造的绝活则被称作"丝绸上的雕刻艺术",这种叫缂丝的丝绸工艺,经线是连贯的,纬线则是断的,像雕刻出来的一般。杭州织造的丝绸工艺绝技是织出来的丝绸特别薄,薄如蝉翼,名叫杭罗,又名蝉翼纱。

江南三织造,不仅促进了清代丝绸业的发展,同时也孕育出了一部伟大的经典作品,厥功至伟。

二十七

朋友张宜泉说曹雪芹工诗善画,其画喜奇石、山水。他在《红楼梦》中写了不少画家,也通过黛玉、宝钗之口写了一些绘画的知识。他写得最多的是苏州画家,如唐伯虎、祝枝山、仇十洲等,看得出来,他很喜欢苏州画家。在明清时期,以苏州为中心的"吴门画派"影响很大。说不定,曹雪芹的画也深受"吴门画派"的影响。

传说,曹雪芹于风雪瓜洲夜,在沈家逗留,还作了两幅画给沈家,一幅是《天官图》,一幅是《鲤鱼图》。我有疑问,曹雪芹一贯喜欢画石头、山水,这次怎么画的不是山水?

二十八

《红楼梦》后四十回写了"落了片白茫茫大地真干净"。

第一百二十回,写"贾政扶了贾母的灵柩,贾蓉送了秦氏凤姐鸳鸯的棺木,到了金陵,先安了葬。贾蓉自送黛玉的灵也去安葬"。

续写者让贾母、凤姐、秦可卿、鸳鸯都魂归金陵,黛玉安葬在苏州。当年,她父亲林如海去世,是贾琏和黛玉把他的灵柩送回了老家苏州安葬。现在,这株"绛珠仙草"终于叶落归根了。

宝玉去了哪里?续作者写他在毗陵驿这个地方,遇见了贾政之后,消失于风雪中。毗陵驿在江苏的常州,在清代也是个大驿站,大体位于南京与苏州之间。

二十九

如果用《红楼梦》里的三位女性来代表三座城市,我想,苏州肯定是林黛玉,水灵,聪慧,纤细,有才情。

潘知常教授认为南京的形象代表非史湘云莫属。我是赞同的。史湘云出身名门,率直心肠,大大咧咧,开朗热情,颇具豪爽之气。

扬州呢?我想推荐薛宝琴。她出身诗书之家,阅历广,有才华,曾写过《广陵怀古》诗,可见她是到过扬州的。

三十

红楼三城为《红楼梦》贡献了什么?细想想,南京是曹家生活了六十多年的地方,也是曹雪芹生活了十三四年的故乡,古都南京带给了他广阔的视野与见识,由盛及衰的家族经历为他提供了刻骨铭心的人生感受,诗书之家带给了他深厚的文化涵养。

苏州舅爷爷李煦家的经历带给了他"一损俱损、一荣俱荣"的人生感悟。苏州李家的那些人物,也为他提供了鲜活的素材。此外,苏州还为曹雪芹贡献了戏曲、园林、服饰等方面的知识与见识。

扬州是曹雪芹祖父曹寅创造人生辉煌的地方,也是曹家从盛转衰的转折点,"扬州旧梦"给了曹雪芹人生无常的感慨。此外,扬州还丰富了作者美食方面的知识。

(本书所引用的《红楼梦》原文,除注明版本外,均采用人民文学出版社2022年第4版)

南京篇

◎ 南京,是曹雪芹的故乡,他在这里生活了十三四年。曹家自从曹玺起,先后三代四人任江宁织造五十八年,在南京前后生活了六十六年。

◎ 在现实生活中,南京是曹家的根;在小说中,南京是贾、史、王、薛四大家族的根。

◎《红楼梦》最早时名为《石头记》或《金陵十二钗》,"石头""金陵"都与南京有关。

◎ 在红楼三城中,南京(包括金陵、应天府、江宁)出现的频次最高。曹雪芹特别喜欢用"金陵"这个称号,前八十回用了二十多次。

◎ 感谢曹公,将大观园里一群争奇斗艳的女子冠以"金陵十二钗",使南京多了一张独特的文化名片。

◎ 曹雪芹对南京是熟悉的,他写了钟山、秦淮河畔桃叶渡、石头城、六朝遗迹,还写了云锦、西府海棠、白雪红梅等与南京有关的风物,还写了南京风俗,用了不少南京话。

◎ 曹雪芹塑造了一个住在金陵城的甄家,甄家与贾家是世交,甄家有一个甄宝玉,与贾宝玉长得一模一样。与贾家一样,甄家也曾接驾过,后来被抄家。甄家似乎是贾家在"镜子"中的形象。这就是艺术上的真真假假、虚虚实实。

◎ 传说,曹雪芹在某一年回到南京寻梦,在秦淮河畔遇见了一位落难女子,救助了她,后来二人一同北上,并喜结连理。我相信,曹雪芹后来一定回到过南京寻梦。不然,敦敏在赠曹雪芹的诗中怎么会说"秦淮旧梦人犹在"? 敦诚也说:"废馆颓楼梦旧家。"这"旧家"不就是他在南京曾经的家?

◎ 敦敏在另一首诗中说:"秦淮风月忆繁华。"我们不难揣测,曹雪芹晚年经常与敦敏、敦诚等三两好友一起把酒话旧,回忆曹家在秦淮河畔的高光时刻。故乡,是甘醇的美酒,亦是痛楚的记忆,更是催生伟大经典作品《红楼梦》诞生的酵母。

曹雪芹的"家"

一

"红楼"寻踪,我寻访的第一站自然是曹雪芹的"家"。

曹雪芹的"家"就在今天的南京大行宫,这是为大多数红学研究家所认同的。因为这里是江宁织造署所在地,康熙、乾隆下江南时驻跸的行宫,故名大行宫。

今天,提起大行宫,南京没有人不知道。它位于南京主城中心地带,与市中心新街口仅地铁一站的距离,大行宫本身就是南京的CBD。大行宫只是一个概括性的称呼,所指的范围是模糊的,今天所指的大概位置在以中山东路和太平南路、太平北路交叉十字路口为圆心,周围五百到八百米为半径的范围内。大行宫位于中山东路与长江路之间,这两条路都是南京的东西主干道。

走在中山东路上,眼前是高大茂密的梧桐树和林立高耸的水泥钢筋大楼,中山东路与太平南路交界处的西南角是长安国际中心大厦、龙台国际大厦,东南角是新世纪广场大厦、长发中心大厦,东北角是新南京图书馆。马路上车流不息,人来人往,现代化的繁华都市,到处都是晃眼的玻璃幕墙。只有西北角一组低矮的江南风格建筑,特别引人注目,这里便是江宁织造博物馆。

江宁织造署是什么机构?是专给皇室制作衣料、衣裳的机构。官位不大,只有五品,薪水不高,年俸不过一百零五两银子,月支白米五斗，可是位置极其重要。在康熙时代，担任织造的人都是皇帝在南方的"耳目"，一般人是坐不到这个位置的。曹家先祖是汉人，打仗失败后沦为女真正白旗包衣阿哈（家奴，简称"包衣"）。后来，曹雪芹高祖曹振彦经八旗廷试擢拔为清朝官员，曹家从此开始发迹。到了曹寅父亲曹玺时代，曹玺妻子孙氏做了康熙皇帝小时候的保姆。因为这种特殊关系，曹家受到了康熙皇帝的特别关照。曹雪芹的祖辈三代四人执掌江宁织造大权达五十八年，曹家在南京生活了六十多年。曹雪芹在这里出生，长到十三四岁才离开南京，到了北京安家。所以说，江宁织造署是曹雪芹实实在在的老家。

其实，江宁织造署早已不存，多年来，在有识之士不断呼吁下，南京市于2009年在这里建成江宁织造博物馆。

虽然以江宁织造博物馆命名，主要还是展示曹雪芹家族历史以及与《红楼梦》相关联的史实资料，包括江宁织造与云锦的历史。曹家往日那幢深宅大院早已不见了，取而代之的就是这座颇具江南建筑特色的博物馆。这也算作曹雪芹的一个新"家"吧。

二

如果乘坐地铁2号线、3号线到大行宫站，从2号出口走到大行宫地面，就可以看见北侧有一处古典花园式建筑，房子都不高，粉墙黛瓦，石山飞檐，绿植葳蕤，向北依次展开，如同一幅水墨画立于眼前。这里就是江宁织造博物馆。大门开在长江路上,门楼飞檐高耸,透出古意。门牌号显示这里是长江路123号。

三百多年前,伟大的文学家曹雪芹就诞生在这块土地上,我怀着朝圣般的心情走进了江宁织造博物馆大院。

大门朝北,走进大门,放眼望去,院内面积不大,称得上小巧玲珑,但树木花草,高矮有致。首先映入眼帘的是"有凤来仪"厅。《红楼梦》中的"有凤来仪"为宝玉所题,贾元春后来将它改为潇湘馆。它的特征是"数楹修舍,有千百竿翠竹遮掩"。而在博物馆"有凤来仪"厅的正前方,可见几竿修竹,起到了象征性的作用。厅南侧内悬有"敬慎"匾额,复制的是康熙御笔题词。插屏上所书是徐元文所撰《织造曹君示所赐御书敬赋》。徐元文是江苏昆山人,清初国子祭酒,主修过《明史》《清太宗实录》,做过刑部、户部尚书。康熙皇帝曾为曹玺手书"敬慎"匾额,徐元文回乡路过南京,看到了这块匾额,便写了这首诗,对康熙皇帝所赐的御书赞颂一番。由此可见,曹家与康熙皇帝的关系非同一般。

一楼东侧是江宁织造一厅,展示江宁织造署的设立理念、江宁织造府大堂"勤政堂"模型、江宁织造府全景模型、江宁织造博物馆模型。在这里大致可以了解到江宁织造博物馆的来历——

康熙年间《江宁府志》记载:"织造府在督院前。"乾隆年间《上元县志》记载:"江宁织造署,在督院前衙内,有圣祖行宫。"这两个文献都说江宁织造署位于两江总督大院的前面。乾隆三十一年,两江总督高晋编撰的《南巡盛典》中刊有"江宁行宫图",图中有这样的解释:"江宁行宫,地居会城之中,向为织造廨署,乾隆十六年,皇上恭奉慈宁,巡行南服,大吏改建行殿数重,恭备临幸。"康熙六下江南,有五次就住在江宁织造署内,其中四次由曹寅接驾。到了乾隆时代,乾隆南巡,地方官便在江宁织造署内改建行宫。大行宫的称呼由此得来。

行宫早在道光年间就毁于战火,再加上后来的城市建设,江宁织造署以及行宫的准确位置变得越来越模糊。文献记载,江宁织造署门前有一条大街叫吉祥街,东边有一条街叫利济巷大街,再往前,就是西华门大街。吉祥街、西华门大街这两个名称早已消失了,利济巷名字还在。专家们对江宁织造署的大体方位是清楚的,但具体边界在什么位置一直不清楚。

1984年8月,南京市幼儿教育馆在大行宫小学东南角动工挖地基,施工人员挖到一处遗址,立即引起文化部门的重视。南京的考古专家随后进行了勘察,发现完整的假山和太湖石、染料及瓷片、龙纹瓦当、砖雕残片、一些色织染料等,其中一块瓷片上有"大清雍正年制"字样,后经吴新雷、季士家、韩品峥等专家的论证,这里就是江宁织造府西花园遗址。

专家们大致了解了江宁织造署的具体位置。原来,吉祥街被拓宽成了太平南路。由于开辟了中山东路,西华门大街便消失了,但西华门的玄津桥仍在,它昭示了西华门大街的走向。江宁织造署的四至为:北到两江总督府;南界为西华门大街;东到利济巷大街,现在的长江东路位置;西到碑亭巷。长宽大约都在一公里范围内。西华门大街与今天的中山东路基本平行。大行宫的大门临此大街。行宫的大宫门对着吉祥街。吉祥街即今天的太平南路北段,是一条南北向的大街。也就是说,过去的江宁织造署大门是朝南开的。

搞清楚了江宁织造署的具体位置,专家们开始呼吁在这里建造曹雪芹纪念馆。可是,在闹市区建造一座博物馆谈何容易。

早在1958年,红学家周汝昌就在《雨花》杂志该年的第六期上发表《曹雪芹与江苏》一文,建议在江宁织造署遗址上建立曹雪芹纪念馆。1985年11月,江苏省红楼梦学会第三次年会在扬州举行,时任名誉会长匡亚明提出建议,在南京建立红楼梦研究中心和曹雪芹纪念馆,为曹雪芹立塑像。匡亚明的建议得到与会者的热烈响应。会议倡议用一年左右时间在南京大行宫原江宁织造府西花园遗址上为曹雪芹立像;用三年时间,在南京建立曹雪芹纪念馆。

年会后不久,匡亚明、程千帆、吴奔星、唐圭璋、孙望、艾煊、周汝昌、冯其庸、蒋和森、胡德平、周雷、吴世昌、李希凡、端木蕻良、吴组缃、启功等知名人士在《关于在南京为曹雪芹塑像并成立纪念馆的倡议》上签名,并将倡议书提交给江苏省、南京市有关部门,但不知何故,一直未见行动。

1992年,江宁织造府西花园遗址被列为南京市文物保护单位。2002年,江宁织造府的再造工程正式立项。当时的南京市委书记专程到北京拜访清华大学著名建筑学家、两院院士吴良镛,请他担任设计师。此时吴良镛已经八十一岁高龄，出于对家乡的热爱，他欣然接受任务。之后，他数次到南京考察，并深入研究《红楼梦》与南京、曹家的关系，渐渐形成了自己的设计理念。

吴良镛认为，文化是历史的积淀，它存留于建筑间，融汇在生活里，对城市的营造和市民的行为有着潜移默化的影响，是城市和建筑的灵魂。江宁织造博物馆要体现三个世界：一是历史世界，素有六朝古都之称的南京城，有着深厚的历史文化积淀。该馆作为江宁织造府的旧址，也与曹雪芹《红楼梦》的诞生有着很深的联系，再结合云锦的文化展现，体现历史文化价值。二是艺术世界，以《红楼梦》为主要艺术表现参考依据，将《红楼梦》中优美诗句表现的艺术意境转换为建筑语言表现出来。三是建筑世界，理性回归建筑本身，考虑建筑功能与造型。

基于这样的指导思想，吴良镛在设计时提出了"两种模式"——现代建筑立面与传统建筑群围合庭院的"核桃模式"、自然园林架于建筑托盘之上的"盆景模式"。

"核桃模式"的灵感来自明代魏学伊《核舟记》的描写，在核桃上刻画了宋代苏东坡等三人赤壁之游的艺术世界。受此启发，意在将清代江宁织造的历史故事浓缩在"核桃模式"中，使人们在建筑中体会到历史与现代的时空穿插。而"盆景模式"的要义是小而精。

经过六七年的建设，江宁织造博物馆于2009年建成，可是随后又陷入产权之争，空关三年。直到2012年才被南京市政府购回，交由南京市文广新局负责管理。经过南京市文广新局一年的筹备，该馆于2013年2月正式对外开放。

现在的江宁织造博物馆占地1.87万平方米，建筑面积3.7万平方米，分地面建筑和地下建筑两部分，地面建筑4层。

一波三折，曹雪芹在南京终于有了一个"家"！

三

出一楼东侧展厅，就来到曹家花园。据曹寅《楝亭诗钞》提到的名称，我们知道了江宁织造署内的西花园内有西池、西堂、西轩、楝亭、萱瑞堂、鹊玉亭、鹊玉轩等景点，西堂是曹家的藏书地，曹家藏书有万卷之多。曹寅曾自称"西堂扫花行者"。由于空间限制，吴良镛只能采取浓缩的办法来体现。小花园里，有廊有桥有水，花木搭配讲究。大观园、曲径通幽、会芳闸、潇湘竹林、落红寻踪、葬花吟、花塚、寒塘鹤影……每一处小景的名称都取自《红楼梦》。当然这也只能具有一点象征意义了。花园的最南端是曹府戏台，可能是受到贾母喜欢看戏的情节启发而设置。戏台的对联"曹府家声传织造，红楼遗韵演春秋"，为红学家吴新雷所撰。另有两处建筑受到了设计师的高度重视，一处是楝亭，一处是萱瑞堂。

在江宁织造博物馆朝北望，位于最高处有一个立于假山之上的六角飞檐亭子，就是楝亭。历史上，在江宁织造署的曹家花园内,楝亭是一个重要场所,来历很不一般。

康熙二年,曹玺被委以重任,任江宁织造。到任不久,便"移来燕子矶边树"(纳兰性德词句)。他移来的是一棵楝树。他亲手将这棵楝树植于江宁织造署(今大行宫附近)的院中,并在其侧建造了一个亭子,名曰"楝亭"。曹玺公务之余经常在这个亭子里读书歇息。他眼见着亭子旁边的楝树一天天长高长粗。曹玺有两子,曹寅与曹宣,他让孩子们在亭子里刻苦攻读。曹家的朋友王鸿绪用诗句记录了这个场景:"婆娑一枝下,授经声琅琅。"

曹寅十六岁时离开家乡南京,到了京城,做了皇帝的内侍,后来又在内务府任郎中。康熙二十九年,曹寅三十三岁,出任苏州织造。康熙三十二年,曹寅出任江宁织造。时值冬天,曹寅回到南京,父亲栽的楝树已经长得很高大,树叶已经落去,只见枝头挂满黄色果实。再看看,楝树旁的楝亭已经很破旧。曹寅很快重修了亭子。

曹寅坐在亭子里,端详着高大的楝树,想到这树是父亲亲手栽下的,自己小时候在树下读书,如今树已亭亭如盖,而不见了亲人,情何以堪!为了表达对父亲的思念之情,他干脆将"楝亭"作为自己的号。他先是请江南的名画家画楝亭、楝树,再拿着画请文人们题咏。当时画楝亭、楝树的画家有黄瓒、张淑、禹之鼎、沈宗敬、戴本孝、严绳孙、恽寿平等。题咏者有四十多人,如纳兰性德、尤侗、顾贞观、唐孙华、陈恭尹、姜宸英、杜濬、余怀、叶燮、韩菼等,他们中有明朝的遗民,有当朝的新贵,有降清的名士,有放浪山水的隐士。一时间,楝亭题咏成了江南文士的精神纽带。当然,他们关于曹家楝树说的都是好话。纳兰性德、尤侗最先把楝树比作"甘棠",为楝树意象定了清高调子,后面的人纷纷仿效。对于曹家来说,他们在南方兼有"统战"工作,团结南方的文士,是他们的职责。对于江南文士来说,曹玺在南方口碑不错,文士们看到改朝换代后,朝廷对他们还是尊重的,在无可奈何中只好给自己一个台阶下,于是,他们成了曹家的座上客。

总之,曹寅这一招很漂亮。后来,曹寅还将自己的诗文集以楝亭命名,叫《楝亭集》。

在江宁织造博物馆花园里,还有一处建筑十分有名,那就是萱瑞堂。萱瑞堂是曹家的正厅。康熙三十八年正月初十,皇帝第三次南巡至金陵,特地见了曹寅母亲孙氏,孙氏时年六十八岁,曾为康熙帝幼时保姆,见到孙氏后,康熙很激动地说:"此吾家老人也!"刚好看见庭中有一株萱草,古人正是以萱喻母,于是亲书"萱瑞堂"三个大字匾额赐给曹家。当时,曹家周围的名士纷纷写诗祝贺。这件事情,冯景、毛际可、邵长蘅等名人都有诗文记载。此时,曹家的荣耀真是令人羡煞。

江宁织造博物馆里的萱瑞堂如今成了一个卖文创产品的商店,这多少让人有些扫兴。不过,端详"萱瑞堂"三个字,自然想起林黛玉第一次走进贾府,看见"荣禧堂"斗大的三个字时的情景。就在荣禧堂,林黛玉还看到一副对联:"座上珠玑昭日月,堂前黼黻焕烟霞。"脂砚斋批曰:"实贴。"不知道脂砚斋说的实联是指江宁织造署西园内的一处对联,还是指苏州织造署内一处对联。

西堂是曹寅招待嘉宾的大厅,如今的博物馆不可能再现。庚辰本《石头记》第二十八回,宝玉到冯紫英家喝酒,觉得喝得太快易醉而无味,便说:"我先吃一大海,发一新令,有不遵者,连罚十大海,逐出席与人斟酒。"这段话有眉批:"大海饮酒,西堂产九台灵芝日也。批书至此,宁不悲乎?壬午重阳日。"甲戌本《石头记》批曰:"谁曾经过,叹叹,西堂故事。"在现实生活中,西堂真的就在江宁织造署内。曹寅曾自号"西堂扫花行者",他经常在西堂宴请嘉宾,在《楝亭集》中有关西堂的诗就有八首,如《西堂饮归》《五月十一日夜集西堂限韵》《西堂新种牡丹夜置酒限沉香亭三字》等。

在江宁织造署内,花园位于西部。曹寅喜欢用"西轩"称之。《红楼梦》第二回,写贾雨村"那日进了石头城,在后一带花园里",脂砚斋侧批:"'后'字何不直用'西'字,恐先生堕泪,故不敢用'西'字。"读了批语,觉得脂砚斋对江宁织造署十分熟悉。

四

江宁织造博物馆一楼西侧为江宁织造历史陈列。展览以清代江宁织造沿革为主线,通过从全国各地征集到的清代绸缎实物,帮助人们了解清代江南丝绸业的发展概况。

有清一代,江宁、苏州、杭州三织造统称江南三织造,都是顺治初年在明代旧有织局上恢复生产的,其中江宁织造成立最早。

从顺治二年(1645年)江宁织造局恢复生产,到光绪三十年(1904年)裁撤,江宁织造局存续近260年,几乎贯穿清王朝始终,前后共有84任官员。江宁织造官员多系皇帝亲信,在主管织造事务的同时还常兼管盐务税关,搜集地方政情和密奏官员业绩政声,在清王朝政治生活中一度占据重要地位。其中尤以康雍年间曹氏家族在江宁织造任上近60年的兴衰荣辱最为引人瞩目。

曹雪芹远祖(五世祖)曹世选原是明朝守边将领,任沈阳中卫指挥使。明天启二年、后金天命七年(1622年),后金军队攻占沈阳,曹世选及其子曹振彦、孙曹尔玉(曹玺)被俘,先是成为王府家奴,后来又成为皇室家奴。曹雪芹的曾祖父曹玺,本名曹尔玉,康熙皇帝连笔写成了"玺",因此改名为曹玺。康熙二年(1663年),江宁织造改由内务府派员任官。曹玺是清代江宁织造第八任官员,担任江宁织造21年。曹雪芹的祖父曹寅在康熙二十九年(1690年)任苏州织造,两年零八个月后,调任江宁织造。康熙四十二年(1703年)起与李煦隔年轮管两淮盐务,曹寅担任了4年,李煦担任了8年。康熙后四次南巡都住在江宁织造署内。康熙五十一年(1712年),年仅55岁的曹寅在扬州病逝。曹颙是曹寅独子,在康熙皇帝的关照下,曹颙继任江宁织造。可惜两年后,曹颙又病故。自曹寅独子曹颙病故后,为延续曹寅一脉香火,在康熙皇帝亲自过问下,将曹寅胞弟曹宣的第四子曹頫过继给曹寅为子,接替曹颙,担任江宁织造。

曹雪芹的父亲究竟是曹颙还是曹頫,学术界一直有争议。我认为,曹雪芹应该是曹頫的儿子。康熙五十四年(1715年),他诞生于江宁织造署内。关于曹雪芹童年、少年的生活,我们很难见到只言片语,只能从他在《红楼梦》中的叙述中揣度一二。

曹雪芹出生时,曹家尽管在走下坡路,但相比之下还是很富裕的,阖家老小有一百多口,曹雪芹在江宁织造署度过了锦衣玉食的童年、少年时光,让人联想到《红楼梦》中对贾宝玉的描写:"每日只和姊妹丫头们一处,或读书,或写字,或弹琴下棋,作画吟诗,以至描鸾刺凤、斗草簪花、低吟悄唱、拆字猜枚","只在园中游卧","每每甘心为诸丫鬟充役,竟也得十分闲消日月"。

祖父藏书丰富,曹雪芹博览群书,对各种知识都有浓厚的兴趣,唯独不喜欢八股文,不喜读四书五经。他对南京的历史文化很感兴趣,经常听大人讲南京的典故。他喜欢六朝遗迹,常常去寻访,发思古之幽情。他攀登过钟山,在秦淮河畔流连。他喜欢到城南的聚宝山(雨花台)游玩,那里有他祖父曹寅的祠堂,他在山冈捡拾到五彩斑斓的雨花石。他喜欢六朝人物,尤其喜欢王谢两大家族的风流人物……

南京城离苏州、扬州不远。他在很小的时候就和大人一起去过苏州,在舅爷爷李煦家,与那些差不多大的表姐表妹一起玩耍。他还去过阊门、虎丘,还随大人一起去邓尉探梅。苏州的园林是大人们常去流连的地方,他很小就随大人游玩过苏州名园。

扬州是他祖父曹寅担任两淮巡盐的地方,他曾去游览过瘦西湖,不过那时候还不叫瘦西湖,叫保障湖。他去平山堂怀古,去运河畔看舟楫如梭、帆影点点。不过,想起祖父曹寅在天宁寺辞世,他十分难过,因为祖父是他们曹家的大树。

曹寅死后,曹家勉强维持了十五六年。雍正一上台,先是查抄了苏州织造李煦家。雍正五年(1727年)十二月,曹頫接连因骚扰驿站和待罪时转移家产罪名被弹劾,获罪入狱并被查封家产,曹家在江南的历史宣告结束。随后不久,杭州织造孙文成亦被解职。至此,休戚与共的"江南三织造"曹家、李家、孙家俱已垮台。

突如其来的家庭变故,在少年曹雪芹心中种下了痛苦的种子。雍正六年暮春时节,曹雪芹一家一百一十四口老老小小,告别南京,在官府的押解下北上京城。我想,那一幕场景是凄惨、悲凉的,肯定在少年曹雪芹心中留下了深刻的烙印。十三四岁的少年,已经很懂事了,面对凄惶的场景,他一定流过不少痛苦的泪水。此时,他的祖母李氏还健在。伴在老人身边,他也许能给老人带去一丝安慰。

曹雪芹后来在创作《红楼梦》时,对故乡南京更是难以忘怀。他在第二回写贾雨村和冷子兴的交谈,贾雨村说:"去岁我到金陵地界,因欲游览六朝遗迹,那日进了石头城,从他老宅门前经过。街东是宁国府,街西是荣国府,二宅相连,竟将大半条街占了……"这一段读来,感觉就是曹雪芹在写自己家的老宅。脂砚斋在旁边批曰:"好!写出空宅。"

在江宁织造博物馆历史展厅,回顾曹家在江南的历史,为曹家的辉煌与没落而叹息,同时也感受到了曹家在江宁织造历史中的分量。

这个展厅最引人注目的要数《康熙南巡图》4D长卷动漫版,整幅动态画卷布置在一座圆形展室内,画面能够呈现白昼、黑夜以及四季的交替,形象地表现了康熙皇帝南巡的宏大场面,让参观者有一种身临其境的感觉。

五

《红楼梦》主题馆位于江宁织造博物馆负一楼。

步入《红楼梦》馆的门口,最先映入眼帘的是数码动态画册:画面左下角曹雪芹坐在石凳上奋笔疾书,随后幻化出大观园中的怡红院、潇湘馆、蘅芜苑、稻香村、栊翠庵等场景。展厅中有多台放映机,参观者可以点击《红楼梦十二曲》《红楼梦判词》《红楼梦灯谜》,进入多媒体模拟情景中,听朗诵,答灯谜。

位于展览大厅中央的太虚幻境厅是最大亮点。360度环形大屏上用动漫画面展示了警幻仙子领着贾宝玉看金陵十二钗判词的情景,每一首判词对应一个场景,十二钗的结局大多悲惨,所以看了动漫画面,有一种心酸的感觉。

再往前走,展厅的廊上有四台穿墙式播放设备,放映《红楼梦》中"宝黛初会""共读西厢""黛玉葬花""黛玉焚稿"动漫画面,观众可点击欣赏。

在展厅的结尾处,用大屏演示《红楼梦》中"归彼大荒"的场景。画面中贾宝玉身披大红猩猩毡斗篷,在雪地中向舟楫上的父亲贾政叩首拜别,然后随着一僧一道在茫茫旷野中渐行渐远,消失于迷茫风雪中,印了《红楼梦》中那句话"落得白茫茫大地一片真干净"。情景再现,画面逼真,看到这样的结局,令人唏嘘不已!

展厅最后部分展示的是《红楼梦》文艺。墙上的屏幕正在播放 1987 年版的《红楼梦》电视剧。这个版本我看过,感觉不错,于是坐下来静静地看了一会。电视剧由王扶林导演,共 36 集,前 29 集基本忠实于曹雪芹原著,后 7 集不用高鹗的续作,而是根据《红楼梦》前八十回的伏笔,结合红学的最新研究成果,重新构建悲剧故事的结局。这一版电视剧社会评价较好。扮演贾宝玉的欧阳奋强、扮演林黛玉的陈晓旭、扮演薛宝钗的张莉、扮演王熙凤的邓婕都给观众留下了深刻的印象,扮演林黛玉的陈晓旭于 2007 年因病离世,年仅 42 岁,让人感到惋惜。

1987 年版《红楼梦》电视剧中所有音乐由著名词曲作家王立平创作。他废寝忘食,历时 4 年,共完成了 13 首歌曲,其中仅一首《葬花吟》就费时一年九个月。主要的歌曲至今还被人们所传唱。

2010 年,导演李少红拍了一部 50 集的电视剧《红楼梦》,这一版的结局根据程本改编,程本即现在常见的一百二十回本。这一版没有 1987 年版的影响大。

关于《红楼梦》电影,早在 1962 年,上海海燕电影制片厂和香港金声影业公司联合拍摄了越剧舞台艺术片《红楼梦》,著名越剧演员徐玉兰、王文娟分别扮演贾宝玉与林黛玉,被认为是当代戏曲的经典之作。两位演员戏曲艺术造诣很高,且都高寿,徐玉兰96岁去世,王文娟95岁去世。

1999年,泰国正大集团与上海越剧院、上海文广集团联手又拍了新版越剧《红楼梦》,同年8月首演,导演为胡雪杨。这是我国首部高清电视电影戏曲艺术片,该片保留了电影版《红楼梦》中所有经典唱段。

1989年,北京电影制片厂再次拍摄电影《红楼梦》,由谢铁骊导演,夏菁、陶慧敏、傅艺伟、刘晓庆等主演,共六部八集,总长735分钟,为系列古装剧情电影。

走出《红楼梦》主题馆,我忽然想到还没有看到曹雪芹的塑像。问博物馆工作人员,才得知曹雪芹的塑像放置在一楼院子中央,由于有玻璃相隔,只能远观,不能近视。透过玻璃,可以看见汉白玉曹雪芹塑像,由于院内植物芜杂,看不清塑像的表情。

塑像作者为雕塑家吴为山,他擅长大写意,据雕塑家自己描述,他想象中的曹雪芹塑像应该是这样的——

> 他当是一块峻峭、陡然,开合豪放,而又积郁沉厚的奇石。
> 他当低首心昂、俯视浮云而独立苍茫。
> 他当以石而凿,玉骨冰魂。

他当历经风雨,超尘内敛而手执巨章。

他当从意象中淡出而义气堂堂。

这富有诗意的描述,我认为是契合曹雪芹的内在精神、气质的。再看看塑像作品,采用了大写意的手法,表现了晚年曹雪芹清癯的面容。由于不能靠近,只能远远一瞥,未能充分感受到塑像的魅力。我手头有吴良镛编纂的《金陵红楼梦文化博物苑》画册,里面有曹雪芹塑像的清晰照片,凝视照片,发现风格独特,线条简洁有力,有一种自然生成的韵味,觉得塑像是成功的。

曹雪芹的塑像,南京目前有三尊。除了这里的以外,一尊在乌龙潭,一尊在钟山风景区红楼艺文苑内。关于曹雪芹的长相,有的说胖,有的说瘦。乾隆时的裕瑞说:"其人(曹雪芹)身胖,头广而色黑,善谈吐,风雅游戏,触境生春;闻其奇谈,娓娓然令人终日不倦。"(《枣窗闲笔》)曹雪芹晚年生活极其困顿,过着"举家食粥酒常赊"的生活,很难想象他很胖,所以,威斯康星大学周策纵认为肯定是瘦子。而胡文斌认为,他少年时胖,中年以后变瘦了。敦诚《挽曹雪芹》云:"四十萧然太瘦生。"敦敏《题芹圃画石》云:"傲骨如君世已奇,嶙峋更见此支离。"同时代的明义《题红楼梦》第二十首云:"馔玉炊金未几春,王孙瘦损骨嶙峋。"根据这些诗句推测曹雪芹肯定是一个瘦骨嶙峋的形象。吴为山在雕塑时取瘦的形象,我认为是可取的。

我总以为,这尊塑像放的位置不很理想。曹雪芹当然是江宁织造博物馆的灵魂,不然为什么要造一座博物馆?曹雪芹的塑像应该出现在博物馆最突出的位置,我甚至认为,塑像应该坐落在临中山东路的街边广场上,路人抬头就可以看见这位伟大的文学家。

六

从江宁织造博物馆出来,我在想,一个百年家族,曾经荣耀至极,怎么一下子就坍塌了,落得个"白茫茫大地一片真干净"?曹雪芹自然也在思考这个问题,思考的结果是"命数已定"。而在民间一直就有"富不过三代"的说法。物极必反,盛极而衰,是事物的规律,无论是曹家还是李家,都逃脱不了这个命运。只是在这个变化中,曹家演绎了太多悲欢离合的故事,触发我们同频共振,进而一洒同情的泪。

走出江宁织造博物馆,就是宽阔的长江路。沿着长江路往东走去,我知道这里都是当年江宁织造署的范围。与博物馆一路之隔就是南京图书馆,我知道这里保存着一部比较珍贵的《红楼梦》藏本——戚蓼生序《石头记》,这是《红楼梦》十多个版本中的一种。戚蓼生是曹雪芹同时代人,所以他作序的八十回《石头记》就显得弥足珍贵。在当年江宁织造署遗址上建立的南京图书馆以馆藏这部珍本向曹雪芹表达敬意,这也算是一种冥冥之中的缘分吧。走过图书馆,就是江苏省美术馆新馆,再往东就是利济巷路,这还是康熙年间的路名,是当年江宁织造署东边界的一条路。再循着中山东路走不远,就是逸仙桥旁的玄津桥,古桥横跨青溪,正对西华门,是当年西华门大街上的大桥。往西走不远处,就应该是江宁织造署的南大门,可惜西华门大街已经不存,但站在玄津桥上,遥想当年江宁织造署的盛景,有一种"不知今夕是何夕"的感觉。

长江路的北边就是当年的两江总督府、现在的总统府,以及六朝博物馆。长江路上的文化地标很多,有人说,一千五百米长的长江路,跨越一千五百年,此话也算是言简意赅的概括。在过去一千多年的文化星空中,南京乃至中国的天空出现过无数璀璨夺目的星星,曹雪芹无疑是最亮的之一。在他诞生的土地上,建造一座博物馆,是对这位伟大文学家最好的纪念!

随园是大观园？

一

胡适曾说："袁枚在《随园诗话》里说《红楼梦》里的大观园即是他的随园，我们考随园的历史，可以信此话不是假的。"(《红楼梦考证》)

袁枚在《随园诗话》(道光四年刊本)中是这样说的：

> 雪芹撰《红楼梦》一部，备记风月繁华之盛，中有所谓大观园者，即余之随园也。

其实，袁枚不是最早说随园就是大观园的人，最早是袁枚的朋友富察明义。明义是一位世家子弟，都统傅清的儿子，他的伯父与曹家有姻亲关系，他读了《红楼梦》后写过《题红楼梦》诗二十首，在这组诗的序言中写道：

> 曹子雪芹出所撰《红楼梦》一部，备记风月繁华之盛。盖其先人为江宁织造，其所谓大观园者，即今随园故址。惜其书未传，世鲜知者，余见其钞本焉。

与袁枚有过交往的裕瑞在《枣窗闲笔·后红楼梦书后》中云：

闻旧有《风月宝鉴》一书，又名《石头记》，不知何人之笔。曹雪芹得之，以是书所传述者，与其家之事迹略同，因借题发挥，将此部删改至五次，愈出愈奇，乃以近时之人情谚语，夹写而润色之，借以抒其寄托。……闻袁简斋家随园，前属隋家者，隋家前即曹家故址也。约在康熙年间。书中所称大观园，盖假此园耳。

明义、裕瑞、袁枚三人大体上属于同一时代，都说随园就是《红楼梦》中的大观园。那么，随园到底是不是大观园呢？

首先，我们要搞清楚这随园是否与曹家有瓜葛，如果曹雪芹与袁枚根本就没有交往，那曹雪芹怎么会写到随园呢？

我们都知道，曹家主要住在江宁织造署内，这从曹寅的《楝亭集》中也可以看得出来。难道曹家在南京还有多处房屋？的确有。根据隋赫德给皇帝的奏折，曹家被抄家时，在南京的房产有十三处，房屋四百八十三间，家人大小男女共一百一十四口。这么多人，有的可能住在当时的江宁织造署内，有的可能住在随园。只不过，那时不叫随园，我们姑且叫曹家花园。后来，雍正皇帝将这十三处房屋全都赏给了继任者隋赫德，这是有文献可查的。隋赫德在江宁织造任上只待了五年，也被抄家了。那他家的这个花园又归谁了呢？资料无考。

从曹家被抄到乾隆十三年袁枚辞官回南京定居，也就二十多年时间，曹家被抄后，这个园子归隋赫德，隋赫德被抄家后，又过了十四五年，这个园子被袁枚看上了，他花了三百两银子买下，改"隋园"为"随园"。这是袁枚自己说的，应该可信。而随园的前身就是曹家的物产，也是没有异议的。

如今，我能寻找到曹家花园的蛛丝马迹吗？

二

在南京，提起随园这个地名，无人不晓。大体上指五台山、南京师范大学、广州路一带。

沿着广州路向西，走到与上海路的交叉口，有一幢写字楼名曰随园大厦，再往前走，就是随家仓，传说这里曾是隋赫德家的仓库，现在只是一个地名了。沿着广州路走到宁海路口，就是南京师范大学随园校区。这里被称作"中国最美的大学校园"。它的前身是建于上个世纪初的金陵女子大学。在宁海路与广州路的交叉口，有一处街心公园，近年来南京在这里立了一座袁枚的塑像，表明了这里与过去的随园还有着密切的关联。

实际上，今天的随园只是一个地名，已经没有了具体的实指。让我们拂去历史的尘埃，一探随园的前世今生。

袁枚（1716—1798），字子才，号简斋，晚号随园老人，钱塘（今杭州）人。袁枚与赵翼、蒋士铨并称乾隆时期三大诗人。乾隆四年进士，曾任溧水、沭阳和江宁知县。乾隆十年，他在小仓山买下一个旧园子,起名随园。乾隆十三年,他辞官定居随园。

关于随园,袁枚自己一共写过六篇《随园记》。乾隆十四年三月写的那篇《随园记》中说:当年隋赫德在山上栽了很多树,尤其是桂花树,有一千多株,很多人都喜欢到这个园子游玩,我后来看到这个园子"百卉芜谢,春风不能花",觉得十分可惜,于是就花了三百两银子购得此园,随形就势,修葺一新,取"隋园"的同音为"随园"。

其实,早在明末,隋园就已经存在了,那时叫焦园,是金陵文人吴应箕的住处。陈诒绂《金陵园墅志》云:"吴氏园,贵池吴次尾应箕寓金陵,尝言乌龙潭为山水都居,不比造作,而自然风景,遂园于乌龙潭畔居焉。"吴次尾就是吴应箕,明末社会活动家,复社领袖。袁枚的《续同仁集》中张坚赠袁枚的诗序中也说:"白门有随园,创自吴氏。"后来这处园子到了曹家手里,再后来,皇帝赏给了隋赫德。早在清初,这处园子风景就不错。雍正年间,一位叫黄之隽的松江文人曾来金陵旅游,并写下《游金陵城西北记》,他是这样记录的:

> 雍正十年春,客金陵,……郡人也,极称城西北山川之胜,……上巳之明日,往观焉,……又北行,地稍峻,俯瞰朱栏翠楯,隔一水,隋织造园也。往则门者辞曰:"群游女饮于此!"遂西憩。……(明日)再游,遵旧路过五柳园不入,过永庆寺后圃,仍入迤至地峻处,瞰隋园,又有游女焉。至门,门

者不辞,遂入园,为桃源别墅,今日映山,其水竹花木颇胜,亭馆梁约,布置亦佳。

黄之隽(1668—1748)是江南华亭(今上海市奉贤区青村乡陶宅村)人,原籍安徽休宁,五十三岁中举,后又中进士,曾任翰林院编修、福建督学等职,曾参加重修《明史》的工作,革职后曾应聘纂修江浙两省通志,任《江南通志》总裁。黄之隽嗜书,存书二万余卷,是清代著名的诗人和藏书家。黄之隽有一阵客居南京,听说南京城西北部山川风光不错,就去探访。西北山川,指的就是南京西部清凉山及其余脉小仓山南北两岭、广州路以及乌龙潭一带。黄之隽写道,站在小仓山上,隔着一水,可以看到隋织造园。等到走近一看,山水相映,修竹竿竿,花木扶疏,布置精巧,风景的确很美。

袁枚花三百两银子买的这个园子究竟有多大,他自己没有说。看来面积不小,当代研究者周安庆的《清代大才子袁枚随园及其范围考略》引用了一个资料,很有说服力。据民国《中央日报》报道,1936年,袁枚曾孙袁诚与五世孙袁栋因该园祖传家产引发官司诉讼,经江苏高等法院第五分院二审判决:随园遗址"二百二十亩五分五厘一毫八钱"地基,判归袁诚、袁栋共有。看来,袁枚的随园比我们想象的要大得多。

那么,隋赫德家的园子是否就有这么大?不好说,他在任也就四五年,也不可能在这么短时间内将园子打理得怎么好。我推测,曹家花园、隋家花园很可能没有后来的随园那么大。

我们来看看袁枚的随园位置在哪里。袁枚在《随园记》中说：

> 金陵自北门桥西行二里,得小仓山。山自清凉胚胎,分两岭而下,尽桥而止,蜿蜒狭长,中有清池水田,俗号干河沿。河未干时,清凉山为南唐避暑所,盛可想也。

根据他的说法,南京北门桥西行二里路,就可以看到小仓山主山体,这小仓山由清凉山起源分两道岭向下延伸,一直到北门桥止。这就是说,这小仓山是源自清凉山的一个支脉山,而不是一个坡,小仓山又分为两道岭向下,即小仓山南岭和小仓山北岭,一直可以抵达南京城珠江路的北门桥才终止。那么小仓山位于何处？位于广州路的南北。北部位于随园大厦的后面,南边就是五台山。现在一条广州路相隔,已经看不出当年两座山头的形势了。袁枚的随园主要建筑也都在小仓山的北岭上。

袁枚又说,这两道岭蜿蜒狭长,两道岭的中间形成一个坳谷,里面有清池水田,俗称干河沿。这个地名今天仍然在使用。

袁枚不用围墙,因而随园是一个开放式的园子,但大体位置还是可以圈定一下的：随园在今天的广州路两侧,东起干河沿（南京大学南园广州路门口）、青岛路,西至随家仓、乌龙潭一带。

如今,这些地方都建起了高楼,广州路上车水马龙,已经很难看出随园的影子了。

随园毁于何时？学者考证后认为毁于太平天国时期。太平军因为急于补充军粮,将小仓山的顶峰削去,改造成梯田,使小仓山矮了一大截,变成了小山坡。再后来,1950年代,南京又将小仓山挖了一个大坑,修建五台山体育场。五台山就是小仓山的南岭,是袁枚的书仓和祖茔所在地。随家仓百步坡地区曾发现袁枚家族墓,曾被列为江苏省文物保护单位,墓前有石牌坊,上刻"清故袁随园先生墓道",并树立"皇清诰授奉政大夫显考袁简斋之墓"石碑一块,碑文为姚鼐所撰。后因扩建五台山体育场,袁枚墓被发掘填平。

袁枚在世时曾对儿子说,希望后代能把这个园子维持三十年。沧海桑田,这世界上没有什么可以永存的事物,从这一点看,袁枚还真是一位豁达的文人。

袁枚的墓虽然曾被列为江苏省文物保护单位,但还是被发掘了。我总觉得十分遗憾,南京对这位清代诗坛领袖是亏欠的。要知道,当年袁枚是放弃了故乡杭州而来南京定居的。他自己就说过,"爱住金陵为六朝"。到最后,文保单位也没有保得住。直到2016年,南京才在宁海路与广州路交会口街心花园,为袁枚塑了一尊像,算是一个补偿。塑像作者为吴为山。袁枚站在三层台阶上,身材修长瘦削,身体微微前倾,左手拿着一本书,面带谦和的微笑,凝视前方……塑像的神韵是有的。

三

现实中看不到随园的一点影子,只能回到书本中,去寻求答案。

袁枚辞官回南京后,卜居随园五十年,经过精心打理,园子收拾得很漂亮。他自己写了六篇《随园记》,还有若干首诗。他的弟弟袁树、孙子袁祖志都写过关于随园的诗文。袁枚还请人画过不少随园图,有的已经不存。袁枚的族孙袁起就画过随园。这些画中有的是写意画,有的是写实画。陈从周曾发现乾隆年间一位名叫汪荣的画家画过随园图画卷,是写实画。卞孝萱考证后认为,图中所画的景致与袁枚自己所说是相符的,画卷是真品,现收藏于上海同济大学图书馆。研读这些诗文以及画卷,我们对随园会有比较细致的感性认识。

随园内有金石藏、环香处、小眠斋、峻山红雪、香雪海、群玉山头、绿晓阁、柳谷、牡丹岩、菡萏池、双湖、渡雀桥、澄碧泉等二十多个小景点。随园内,亭台楼阁长廊,都是依山势而建,小桥流水,曲径通幽,树木蓊郁,一年四季,花开不断,每一处小景都有特色,别具妙意。悠然登访南楼,启窗纵情四眺,金陵好山好水尽收眼底,令人沉醉于山色乐趣之中,尽享林泉幽胜清福。随园中还用了玻璃作为装饰材料,要知道,玻璃在当时来说非常稀少。随园还有一个特点,不设围墙,与山野融为一体,附园还有水田、菜畦,

南京篇

颇具田园风韵。袁枚小仓山房还挂了一副楹联:"此地有崇山峻岭、茂林修竹;是能读三坟五典、八索九丘。"对仗工整,饶有趣味。

比较一下随园与大观园,有同有异。

先说同的方面。就时间来说,都处乾隆时代,因为袁枚与曹雪芹年龄差不多大;随园、大观园都是很漂亮的私家园林;随园、大观园都具备山、水、树、花、石、楼、亭、廊等造园元素;随园、大观园都有设计师或造园高手,大观园的总设计者当然是曹雪芹,但在小说中是山子野,而随园的设计者为武龙台;就山来说,随园有好几座小山头,登山可以眺望南京的钟山、雨花台、秦淮河,大观园中有"青山斜阻";就水来说,随园里有西北流来的活水,有双湖,大观园有沁芳溪;随园有很多富有诗意的景致,如金石藏、环香处、小眠斋、峻山红雪、香雪海、群玉山头、绿晓阁、柳谷、牡丹岩、菡萏池、双湖、渡雀桥、澄碧泉等,而大观园也有怡红院、潇湘馆、蘅芜苑、稻香村、栊翠庵等;随园有对联、碑刻、匾额等艺术形式点缀,强化景点的意境美,而大观园也是,不少地方的匾额是贾宝玉题的;就花卉草木来说,都差不多,四时之花,应有尽有;就建筑材料来说,随园、大观园都使用了玻璃。随园中用了白玻璃、蓝玻璃、绿玻璃、紫玻璃等,还有一处景致起名琉璃世界。在大观园中,也有一面大镜子,当贾政一群人往前走的时候,发现"迎面也进来了一群人,都与自己形相一样",走近一看,是一面大玻璃镜子。后来,刘姥姥误走进贾宝玉的卧室,也看到了一面镜子,她还误以为见到了自己的亲家。乾隆年代,私家花园里能用上玻璃,绝对算是大户人家,像刘姥姥这样的社会底层人物根本就没有见过玻璃。关于园子的大小,大观园有多大?根据贾蓉所说,"从东边一带,借着东府里的花园起,转至北边,一共丈量准了三里半大,可以盖造省亲别院了",有人推算,有二三百亩。随园也有两百多亩,那还真差不多大。

但随园与大观园也有很多不同之处。随园处于城郊,很野,袁枚一再说利用自然的山水,随形就势,有自然野趣。而大观园不同,大观园原本是城市中的私家园林,私家园林不可能很大,也不会有很多小山。因为元妃省亲,才将荣、宁两府中间的围墙打掉,合成一个园子。这地方属于"宅傍地",便于理石挑山,开池凿壑。随园没有围墙,大门是柴门,二门又小又低,而大观园有围墙,"左右一望,皆雪白粉墙,下面虎皮石,随势砌去"。

随园大门内是竹林,二门内是梧桐。而大观园迎面一排翠嶂挡在前面;大观园有大观园正殿——大观楼,"崇阁巍峨,层楼高起",随园内没有这样的高楼,袁起在《随园图记》中说:"入大院,四桐隅立。面东屋三楹……"四棵梧桐下有房屋,一棵银杏树下也有房屋,都不会很大。

大观园里沁芳溪的水是"从东北山坳里引到那村庄里,又开一道岔口,引到西南上",而随园的水发自西山,向东流至随园,聚为荷池,然后流出园外。

其实还可以列出一些不同点,但这已经说明了问题,两者差别还是很大的。我认为,大观园与随园之间不能画等号。

当然，从我国传统园林的精髓来看，无论是大观园还是随园，审美趋向是一致的，表达的文人情趣是一致的，雅致的风格也是一致的。

鉴于袁枚的随园与曹家花园的特殊关系，以及袁枚及其友人对随园的描绘，很多人认为随园就是大观园。胡适、吴世昌就认为大观园就是随园。南京的红学家严中也主张随园是大观园的原型。

也有人会说，袁枚与曹雪芹既然是同时代人，曹家与两江总督尹继善关系好，而尹继善与袁枚关系不错，曹雪芹与袁枚是否有过交往？研究者们翻了一个底朝天，也没有找到二人交往的资料。事实证明，袁枚对曹家、对《红楼梦》是不了解的。他在《随园诗话》中说："康熙间，曹练亭为江宁织造，……其子雪芹撰《红楼梦》一部，备记风月繁华之盛，明我斋读而羡之。当时红楼中有某校书尤艳。"他把曹雪芹说成了曹寅的儿子，并说《红楼梦》写了某个妓女，这说明他根本就没有读过《红楼梦》。很明显，他的话是从明义那里转来的。

明义与袁枚神交二十多年，是通过朋友介绍认识的，一个在京城，一个在南京，二人虽然有唱和，并没有见过面。明义没有到过南京，所以也只是从别人那里听来的。

袁枚大裕瑞五十五岁，二人有交往，但并不多。裕瑞也在北京生活。裕瑞知道袁枚家有一个好看的随园，想当然把它与大观园联系在了一起。他认为，既然随园的前身为曹家花园，为曹雪芹家祖辈所有，曹雪芹就将这个好看的园子写进了《红楼梦》中。

还有一个主要原因,明义、裕瑞都不是小说家,他们还不知道小说创作的规律,上升不到艺术想象的高度来看待原型问题,所以,尽管他们看过《红楼梦》,了解到大观园的概况,但他们仍然把小说所写与现实之间画上了等号。

曹家曾是红极一时的名门望族,曹家的花园、江宁织造署内的西花园都是好看的,当时的金陵私家园林别墅甚多,曹雪芹小时候完全有可能到这些私家园林去赏看。苏州李家的苏州织造署西花园、蒨溪别墅也都是好看的,曹雪芹小时候完全有条件接触这些花园。此外,他也完全有可能到苏州、扬州游览大户人家的私家园林。到北京以后,也有可能出入一些大户人家的花园。这些都是作家的经历。当然,单凭这些经历还不够,他肯定认真研读过像计成的《园冶》等造园著作。红学家吴新雷说:

> 至于《红楼梦》中的大观园,我认为是曹雪芹高度概括中国园林艺术的典型创造,不必实指某处。它可能有隋织造园或隋园的影儿,也可能有江宁织造府西园或扬州塔湾行宫西花园的模样,既可反映南京的特征,也可兼采北京的风貌。如果说隋园是大观园的生活原型之一,那是毫无疑义的。
>
> ——《随园与大观园的关系》

俞平伯也认为,大观园的地点问题有三种因素,一是回忆,二是理想,三是现实。

在诸多说法中我赞成俞平伯、吴新雷的观点。很多学者在争论时忘记了根本的一点,那就是曹雪芹是在写小说,他完全可以在现实经历的基础上,将他的所见所闻所识综合起来,构筑成他心目中的一座大观园。只能说,大观园是一个艺术形象,哪能到现实中一一对应起来呢?

清代读过《红楼梦》的二知道人说:"大观园之结构,即雪芹胸中丘壑也。壮年吞之于胸,老去吐之于笔耳。"这几句说得非常好,大观园其实是曹雪芹的"胸中丘壑"。

四

虽然不能在随园与大观园之间画等号,但我不否认曹家花园曾经在曹雪芹的心目中产生过影响。

历史还是在当年随园的一个角落留下了一点印记。这个角落便是现在的乌龙潭公园。

沿着广州路,走过南京市胸科医院,便到了217号,这里便是乌龙潭公园。

今天的乌龙潭其实就是一条小河,从东面流来,至园门后向西南延伸并逐渐形成一个长条形池塘。沿着潭边西侧的小道行走不远,便可看见一座横跨两岸的小石桥,石桥为复桥,旁边题曰"沁芳桥",这三个字为著名红学家周汝昌手书。桥中间是曹雪芹塑像,高2.5米,底座1米,坐东朝西。只见曹雪芹身着长袍,手持文卷，似乎在沉思。塑像由红色花岗岩制作而成，座上"曹雪芹先生像"六字为著名红学家冯其庸手书。

这尊塑像的作者为南京艺术学院副教授谌硕人、阮雍崇夫妇，以谌硕人为主。谌硕人毕业于广州美术学院雕塑系，以人物雕塑见长，曾经为邓寅达、顾炎武塑像。接到任务后，他们开始阅读《红楼梦》以及曹雪芹相关传记资料，经过一段时间思考，写出了曹雪芹塑像创作说明。谌硕人在创作说明中说："曹雪芹是中国文学史上光芒四射的伟人，虽然他在南京只是度过了少年时代，但大家一致认为，在南京建立他的纪念馆，建立他的塑像，年龄当在四十岁左右。过去塑造曹雪芹的形象，多表现他深思、凄凉、孤寂的一面。我们认为，曹雪芹不同于中国历史上一般的文人，他有脱俗的气魄、博大的智慧、开阔的胸怀、超凡的毅力。我们应该强调表现他历经种种磨难，忍受巨大压力，洞悉世事，与当时恶劣的社会势力，与人生抗争的傲视气魄。正是这种气魄，才使他的思想和文笔迸发出耀眼的光芒，才使中国有了不朽的名著《红楼梦》。我们根据这种思想指导，塑造出曹雪芹手拿文稿、昂首挺胸、架腿坐在一块大石头上，似有思考，似有傲视的神态。微耸的双肩与昂起的头，似在顶开千钧的压力，挣脱万钧的束缚。"（《曹雪芹塑像创作说明》）

曹雪芹长得什么样，是胖是瘦，历来都有争论。更多的学者认为，应该是清瘦的形象。从现在的成品看，乌龙潭公园里的这尊塑像取的是四十岁左右的年龄，不胖也不瘦，像一位古代的士人。说实话,雕塑的形象也只是具有象征意义罢了。

塑像位于沁芳桥中间。为何要建一座沁芳桥?设计者采用了《红楼梦》中这样一个情节。《红楼梦》第十七回写道:贾政与诸人在桥上为此桥取名颇费心机,有说"翼然",有说"泻玉",问及宝玉,宝玉道:"有用'泻玉'二字,则莫若'沁芳'二字,岂不新雅?"一语既出,众口称赞。贾宝玉还撰写七言对联:"绕堤柳借三篙翠,隔岸花分一脉香。"桥名是贾宝玉起的。大观园的一条小溪也因之而得名沁芳溪,其他轩馆都是沿着沁芳溪来布置的,如沁芳亭、沁芳桥、沁芳闸等。

塑像后是曹雪芹纪念馆,门口挂有一副对联:"几番成败兴衰,引来笔下幽思,心中血泪;多少悲欢离合,写出人间青史,梦里红楼。"为红学家蔡若虹所撰。纪念馆为重檐歇山顶仿古建筑。纪念馆陈列了曹雪芹的家世、生平资料,包括"五庆堂曹氏宗谱"、清宫秘藏的曹家奏折以及《红楼梦》多种版本。自从大行宫江宁织造博物馆建成以后,这里的曹雪芹纪念馆基本上处于关闭状态。

从纪念馆向南,靠近龟山西侧树林中树有一块高6米的仿真石头,书有"石头记"三个大字。离沁芳桥不远处仿建了一座"藕香榭",临潭而建,歇山顶式,上覆黛色小瓦,下围落地门窗,三面外廊,红色柱椅,门前高挂两个大红灯笼,檐下高悬"藕香榭"匾额,三面为美人靠石栏。在《红楼梦》中,史湘云曾在藕香榭开海棠社,赏桂花设螃蟹宴。贾母二宴大观园时,在大观园东面的缀锦阁底下吃酒,让女戏子们在藕香榭的水亭子上演习乐曲,借着水韵欣赏。当然,此处的藕香榭也只是借用一下名称而已。

从纪念馆往北走,有两组汉白玉雕塑,一组是宝玉、黛玉共读西厢,一组是宝钗扑蝶。雕塑水平一般,部分雕塑已经损坏。

为什么要在乌龙潭建曹雪芹纪念馆?早在1958年,周汝昌就在《雨花》杂志上发表了《曹雪芹与江苏》一文,提出在南京江宁织造署遗址上建曹雪芹纪念馆的构想。1983年11月,纪念曹雪芹逝世220周年学术讨论会在南京召开,周汝昌再次呼吁:"希望南京能在曹雪芹的诞生地大行宫建立一座纪念馆,到那时,全世界将会像瞻仰莎士比亚故居那样,对伟大的文学家曹雪芹的故乡表示敬慕之忱。"(《开谈说红楼——访红学家周汝昌》)周汝昌的倡议引起了与会代表的积极响应,在参观江宁织造署遗址时,代表们希望建立曹雪芹纪念馆。

此后,红学家们多次呼吁尽快建立曹雪芹纪念馆,但一直没能受到重视。由于江宁织造署遗址地处大行宫闹市区,牵涉的拆迁单位较多,南京市有关部门虽然也计划建造,但始终没有推进。而此时上海、北京先后建了大观园。在这种情况下,江苏省红学界人士退而求其次,认为乌龙潭公园属于随园范围,也就是说乌龙潭公园也曾是曹家花园的一角,于是建议在乌龙潭公园里建一座曹雪芹纪念馆。

乌龙潭公园负责人周久发是一位热心于文化事业的人,专家学者的建议引起了他的重视,决定由乌龙潭公园自筹资金,为曹雪芹塑像，并建立曹雪芹纪念馆。此举博得专家学者称赞。经过一年多的筹备，曹雪芹塑像完工，1992年10月20日在乌龙潭公园举办了盛大的曹雪芹塑像揭幕仪式，著名学者、江苏省红楼梦学会名誉会长匡亚明，著名红学家冯其庸共同主持了揭幕仪式，出席扬州1992年中国国际红楼梦研讨会的全体代表特地从扬州转移到南京，参加曹雪芹塑像的揭幕仪式。

当时多数人认为塑像是成功的，匡亚明、冯其庸都认为很好，冯其庸说："栩栩如生，形神兼备，是一件成功的艺术作品。"也有不同看法，著名美学家王朝闻看了之后说："这曹雪芹不是我心目中的那个，太老成，太世故些了，缺乏一种纯真。"

我认为这尊曹雪芹塑像太周正了，像一位普通的清代正统文人，苦难的经历与叛逆的性格表现不够。

又经过了四五年的筹备，乌龙潭公园里的曹雪芹纪念馆于1997年9月建成。

由于建得比较早，加上资金有限，乌龙潭公园里的纪念馆建得不够精致。但作为当时南京唯一一处纪念曹雪芹的场所，还是很有意义的，特别是为曹雪芹建了一尊塑像，海内外媒体纷纷报道，产生了一定的影响。

乌龙潭是明清时期南京城西一处重要的景点，历史悠久，风景尤佳，被誉为"西城之冠"。小仓山的风景消失之后，城西只有这里还保留着不错的景致。那时的乌龙潭比现在要大得多，曾名清水大塘、芙蓉池。相传晋代潭中有四处泉眼，终年喷涌不息。

某年有人看见四条乌龙环绕泉眼戏水,此后每年乌龙准时出现,乌龙潭由此而得名。由于唐代升州(今南京)刺史颜真卿在这里置放生池,乌龙潭又以放生闻名。颜真卿还为乌龙潭放生池撰书《放生池碑记》。后人于潭西建颜真卿祠、放生庵以示纪念。

明清时期,由于乌龙潭附近环境优美、安静,达官显贵沿潭辟筑园林别墅,加之寺、祠、庵、堂相环,乌龙潭一带很热闹,著名的朴园、瘘园、曹织造园、随园都建于此。明末文学家谭元春曾居住乌龙潭畔,写过三篇很有名的乌龙潭游记。桐城派创始人方苞归隐江宁后,也曾在乌龙潭畔居住。晚年号称"桑根老人"的薛时雨,辞官后在乌龙潭筑薛庐,出任当时龙蟠里的惜阴书院山长,课徒授业。晚清著名学者魏源在乌龙潭西侧购地造宅,取名"小卷阿",在这里完成了著名的《海国图志》。

现在的乌龙潭公园已经免费开放,在放生庵南侧文化墙上,可以看到历代与乌龙潭有交集的名人如曹雪芹、吴敬梓、颜真卿、袁枚、魏源、谭元春等的浮雕。

乌龙潭畔真是群星闪耀!

秦淮风月忆繁华

一

秦淮河上有太多的故事。

这条流淌了两千多年的南京母亲河,早就成了南京的代名词。

历史上有太多的文学家走近它,讴歌它,李白、杜甫、杜牧、苏轼、王安石、高启、吴敬梓、袁枚……实在太多,举不胜举。

曹雪芹在南京生活了十三四年,他居住的江宁织造署离秦淮河并不远,毫无疑问他是喝着秦淮河水长大的。他在《红楼梦》中写到了秦淮河吗?答案是肯定的。他写了秦淮河的桃叶渡,提到凤凰台,还写了秦淮河畔很多名人,如王谢家族、张僧繇、顾恺之、寿昌公主等等。

传说,曹雪芹晚年还曾到秦淮河畔寻梦,遇见落难的女子,仗义救助,二人一同北上,喜结连理。还有传说,曹雪芹在秦淮河畔遇见了曹家过去的丫鬟。

"秦淮旧梦人犹在""秦淮风月忆繁华",曹雪芹的好朋友敦敏在写给曹雪芹的诗中一再提到秦淮。

敦敏、敦诚兄弟俩都是曹雪芹晚年的至交。二人都是清宗室子弟,官场都不得意。曹雪芹在晚年经常与敦敏、敦诚聚在一起,谈诗论文,兄弟俩都受过良好的教育,每人都有诗集传世。在敦敏写给曹雪芹的诗中,有一首诗题目很长——《芹圃曹君(原注)霑别来已一载余矣。偶过明君(原注)琳养石轩,隔院闻高谈声,疑是曹君,急就相访,惊喜意外。因呼酒话旧事,感成长句》,诗是这样写的:

> 可知野鹤在鸡群,隔院惊呼意倍殷。
> 雅识我惭褚太傅,高谈君是孟参军。
> 秦淮旧梦人犹在,燕市悲歌酒易醺。
> 忽漫相逢频把袂,年来聚散感浮云。

我们从诗的题目知道,敦敏与曹雪芹已经有一年没有见了,一天,作者偶然路过朋友明琳的养石轩,隔着围墙听到里面有人在高谈阔论,当时就怀疑是曹雪芹,走进一看,果然是,于是便坐下来,把酒言欢,好不畅快。全诗比较通俗,用了两个典故,褚太傅、孟参军都是晋人,褚太傅善于识人,而孟参军善于言谈。"秦淮旧梦人犹在,燕市悲歌酒易醺",秦淮依旧梦依旧,往日的那些人虽然已经老了,但还健在,叹如今只能悲歌一曲,以酒浇愁。有研究者认为,居住地相距不远,曹雪芹与敦敏怎么一年不见?那这一年他去了哪里?于是,有人推测,曹雪芹到了南方寻梦,他在秦淮河畔还见到了过去的熟人,所以,敦敏才说"秦淮旧梦人犹在"。

敦敏的另一首《赠芹圃》诗这样写道:"燕市哭歌悲遇合,秦淮风月忆繁华。"将"秦淮"与"燕市"并称,其实是过去与现在的对比。敦敏一定知道，曹家在秦淮河畔的历史是多么辉煌，而现在只能靠回忆来重温往日岁月。

"秦淮风月忆繁华"，如何理解"秦淮风月"？风月，一般指风景。比如李白有诗："会稽风月好，却绕剡溪回。云山海上出，人物镜中来。"秦淮风月，泛指秦淮风光。曹雪芹祖父曹寅在一首《浣溪沙》中写道："秦淮风月怅夤缘。"夤缘，是连绵不绝之意。意思是说，秦淮河畔的风光让自己惆怅不已。清代诗人吴灏《秦淮忆旧》云："秦淮风月梦曾游，今日来游已尽秋。孤柳瘦条轻拂水，石头城老水悠悠。"诗中的"秦淮风月"也是指秦淮风光。"秦淮风月忆繁华"，按照字面的理解，就是秦淮风景依旧，而昔日的繁华景象已经不在，回忆过去岁月，令人惆怅不已。

秦淮河，顾名思义，它与秦代有关，相传是秦始皇所开。早在六朝时，秦淮河畔就是南京的商业中心。显赫一时的王谢家族就居住在秦淮河南岸。李白有诗："至今秦淮间，礼乐秀群英。"杜牧有诗："烟笼寒水月笼沙，夜泊秦淮近酒家。"到了明代，秦淮河进入极盛期。作为乡试场所的江南贡院就在秦淮河北岸，夫子庙东边。三年一次的秋闱，江南各地的考生云集秦淮河畔。而在秦淮河畔兴起了另一种文化——青楼文化，这里成了那些失意文人的心灵避难所。孔尚任诗云："梨花似雪柳如烟，春在秦淮两岸边。一带妆楼临水盖，家家分影照婵娟。"

那么，曹雪芹时代的秦淮河是什么样子，他同时代的吴敬梓在《儒林外史》中有一段关于秦淮河的描写，可以对着看。吴敬梓在第二十四回写道：

> 这南京乃是太祖皇帝建都的所在，里城门十三，外城门十八，穿城四十里，沿城一转足有一百二十多里。城里几十条大街，几百条小巷，都是人烟凑集，金粉楼台。城里一道河，东水关到西水关，足有十里，便是秦淮河。水满的时候，画船箫鼓，昼夜不绝。城里城外，琳宫梵宇，碧瓦朱甍，在六朝时，是四百八十寺；到如今，何止四千八百寺！大街小巷，合共起来，大小酒楼有六七百座，茶社有一千余处。不论你走到一个僻巷里面，总有一个地方悬着灯笼卖茶，插着时鲜花朵，烹着上好的雨水。茶社里坐满了吃茶的人。到晚来，两边酒楼上明角灯，每条街上足有数千盏，照耀如同白日，走路人并不带灯笼。那秦淮到了有月色的时候，越是夜色已深，更有那细吹细唱的船来，凄清委婉，动人心魄。两边河房里住家的女郎，穿了轻纱衣服，头上簪了茉莉花，一齐卷起湘帘，凭栏静听。

曹雪芹比吴敬梓小十三四岁，属于同一时代人。他们所看到的秦淮河景象，应该是差不多的。敦敏所说的"秦淮风月"，一方面指秦淮河畔的繁华景象，另一方面则是曹家往昔繁华岁月的泛指。

曹家与"秦淮风月"有着不解之缘。他的曾祖父、祖父、父亲三代任江宁织造五十八年,曹家在秦淮河畔生活了六十多年。康熙六巡江南,他祖父曹寅接驾四次。康熙第三次南巡时,在江宁织造署为曹寅的母亲孙氏题写"萱瑞堂",并称她为"吾家老人"。康熙在位时,对曹家竭力呵护、照顾。曹寅任江宁织造,还兼任两淮巡盐御史,负责刊刻《全唐诗》。江南很多文士都喜欢与他交往。曹家在南京的六十多年里,享有很高的地位。曹家的财力,也是可观的。曹家除了江宁织造署内的住处,还有十三处房屋,总共八百多间。可以想象曹家的家人、幕僚、佣人之多。到了曹𫖯被抄家时,曹家老老小小还有一百多人。

曹雪芹在秦淮河畔的江宁织造署度过了童年与少年时代,江宁织造署内的西园,有一块不小的水面,直通青溪,而青溪与秦淮河是相通的。从他家乘船,就可以到达十里秦淮。曹雪芹对秦淮河一定留有深刻的印象。

雍正五年(1727年),曹家被抄,十三四岁的曹雪芹被迫与家人一齐北迁,回到北京。据说后来也有短暂的复苏,但到了晚年,过着"绳床瓦灶""举家食粥"的生活也是事实。幸运的是,曹雪芹结识了敦敏、敦诚、张宜泉等几位好友,他们经常在一起聚会、喝酒、聊天。某一年,曹雪芹还回到了江南。回到京城后,老朋友相会,诗酒相会、酒酣耳热之时,曹雪芹绘声绘色地向老朋友讲述重回江南的见闻,回忆曹家昔日的繁华时光,敦敏、敦诚、张宜泉静静地听着,不时发出感叹。敦敏有感而发,写下了"秦淮风月忆繁华"的诗句。

斗转星移,岁月如流。今天的秦淮河水依然在流淌,秦淮河畔依然繁华。十里秦淮是外地游客来南京必游的景点。乌衣巷、桃叶渡、文德桥、李香君故居、瞻园、夫子庙……走在这些有故事的地方,想想前朝往事,会有时光的穿越感。走进秦淮人家或晚晴楼,品尝夫子庙小吃,可以领略一下舌尖上的江南味道。如果有时间,画舫是一定要坐的,桨声灯影,杜牧感受过,曹雪芹感受过,朱自清感受过,秦淮依旧,岸上的人一代代走过,只有秦淮月还是一如既往的朦胧。

曾经的"秦淮风月",对于曹雪芹来说是痛彻心扉的梦幻。他将这些梦幻形诸笔端,凝聚成了一部伟大的经典作品——《红楼梦》。

二

到了秦淮河,桃叶渡是一定要看看的。

曹雪芹借薛宝琴之口写了十首怀古诗,南京就占了两首,一首是咏钟山,一首是《桃叶渡怀古》:

衰草闲花映浅池,桃枝桃叶总分离。
六朝梁栋多如许,小照空悬壁上题。

按照诗的字面意思理解:秦淮河畔的花草已经在秋风中衰落,桃树上的桃叶已经随着秋风悄然飘去,只有桃枝兀自在秋风中孤立,显得十分萧瑟。六朝的那些杰出人物也如秋叶般飘走,王献之当年在壁上题写的字画仍然依稀可见,时光是多么无情啊!

今天的桃叶渡仍在,就在夫子庙风光带上,很容易找到。到了建康路,过淮清桥,就可以看到路南的一个牌坊,这里就是桃叶渡。如果乘船夜游秦淮,往东水关方向,经过桃叶渡,导游会向游客讲述王献之与桃叶的爱情故事。

春天的午后,我走进了桃叶渡。这里现在是一个小型公园,南京著名书法家言恭达题写的"古桃叶渡"碑立于门前,门口一副对联比较醒目:"赏桃叶歌烹六朝气韵,听团扇曲啜千古风流。"进了公园,一座石牌坊格外引人注目。石牌坊是20世纪80年代建的,牌坊两边柱子上的对联"楫摇秦代水,枝带晋时风",取自清代南京才女纪映淮的一首诗。牌坊的另一面对联为:"细柳夹岸生,桃花渡口红。"桃叶渡牌坊下,桃花正开。站在桃叶渡口,可见淮清桥、桃叶桥,游船来往不息。

桃叶渡是有故事的。

六朝时,东晋两大家族王家与谢家就住在秦淮河南岸的乌衣巷。王献之是王羲之的第七个儿子,自幼聪明好学,以行书和草书闻名,父子合称"二王"。

王献之的妻子,是他的表姐郗道茂。两人青梅竹马,感情甚笃。可是王献之被东晋简文帝的女儿新安公主看中。在一个士族社会里,对很多人来说,能攀上做驸马本是件巴不得的好事。

可是王献之不愿意放弃自己的妻子,便采取了自残的方式来拒绝。在那样一个等级森严的社会里,与皇帝作对是没有好下场的,他最终还是屈服了,娶了新安公主,而他的发妻不得不在孤苦伶仃中老去。做了驸马,似乎也没有带给他多少快乐。一天,他在渡口遇到了桃叶。桃叶是秦淮河畔的一位歌姬,还有一个妹妹,叫桃根。桃叶很漂亮,还会写诗。王献之娶了桃叶为妾,把自己全部的爱给了桃叶。

桃叶的家也许就在秦淮河的北面,王献之经常到秦淮河的这个渡口迎接爱妾。六朝时的秦淮河比现在要宽得多,风高浪急,王献之作歌安慰桃叶:"桃叶复桃叶,渡江不用楫。但渡无所苦,我自迎接汝。"

王献之与桃叶的故事,在六朝时期就已经流传开去。人们干脆将渡口命名为桃叶渡。六朝时期的《古今乐录》就收录了王献之的《桃叶歌》。《隋书·五行志》记载:"陈时江南盛歌王献之《桃叶》诗。"那时的人们为什么喜欢传唱《桃叶歌》?《古今乐录》中说:"《桃叶歌》者,晋王子敬所作也。桃叶,子敬妾名,缘于笃爱,所以歌之。"子敬,是王献之的字。因为爱情,所以歌之。

一位是风流才子,一位是秦淮美人。一个是王公贵族,一个是卑微歌女。两个人相恋了,相守相知。是真爱,就会跨越世俗的鸿沟,变得纯粹。才子佳人的故事,正符合了人们的心理期待,也为后世的文人们做了一个很好的垂范。桃叶渡就这么一代代积淀下来,成了一个桃花灿烂的审美意象。所以,吴敬梓说,"人间重美人,古渡存桃叶"。后来,秦淮河畔演绎了太多才子佳人的故事,大体上是王献之与桃叶爱情范式的重复,比如明末清初"秦淮八艳"的故事都是才子佳人故事。从这个意义上看,桃叶渡的爱情故事是滥觞。

桃叶渡在后来的岁月里一直享有盛名。明清时的"金陵四十八景"中有它,历代南京地方志都会写它。从东晋以来的一千七百多年历史中,有无数诗人来到这里流连、吟咏,留下很多诗歌。《桃叶歌》还流传到了日本。

曹雪芹借薛宝琴之口,写的桃叶渡怀古诗,用意又在哪里?

《红楼梦》中写道:"众人闻得宝琴将素习所经过各省内的古迹为题,作了十首怀古绝句,内隐十物,皆说这自然新巧。"那么,桃叶渡的诗究竟隐含着什么事物呢?惹得后人各种猜测。有的认为是桃符,周春《阅红楼梦随笔》认为是团扇,蔡义江认为是写探春的。周汝昌在《红楼夺目红》中认为,暗寓雪芹本人重到金陵时,曾与一位过去熟悉的人相遇,后来又被迫分离,他只能时时怀念,绘像供之。

我以为,如果仅仅猜测一个物品的谜底,那没有什么意义。那不是曹雪芹的风格。脂砚斋曾说曹雪芹:"作者之笔,狡猾之甚。"曹雪芹在小说中往往虚晃一枪,另有所指。比如小说中的人物名字,就不是随便起的。他自己说过,假作真时真亦假。他为什么偏偏选中桃叶渡来作为怀古的题材?其实,是包含着深意的。这首诗一开始就描绘出了秋天的衰败景色,在清澈见底的池塘里映着枯萎败落的花草，给全诗罩上一层惨淡的气氛。第二句写秋色凄迷之中，桃叶从树上一片片飘落，表面是写王献之和桃叶的别离，其实是表达一种无奈。"黯然销魂者，唯别而已矣！"人生在世，分离总是永久的主题。宝玉与黛玉的分离，探春的分离，晴雯的被赶走，秦可卿的死亡，等等，都是切合"桃枝桃叶总分离"的意思。诗的后两句，是写物在人空的孤寂景象。这首诗中所表达的空寂情绪，与整个《红楼梦》的情绪是一致的。这或许是曹雪芹的真正用意。至于谜底，那并不重要。他不会仅仅为了一把团扇或者桃符，或者其他无关紧要的物品，去写桃叶渡。

三

到了秦淮河，自然就会想起"秦淮八艳"。

我过去在读《红楼梦》时，情不自禁由"金陵十二钗"联想起"秦淮八艳"，前者是大家闺秀，而后者是青楼女子，怎么会产生这样的联想呢？

"秦淮八艳"是指明末清初活跃在秦淮河畔的八位妓女：顾横波、董小宛、卞玉京、李香君、寇白门、马湘兰、柳如是、陈圆圆。这些女子不仅个个花容月貌，而且都有才气，琴棋书画，样样都能，更难能可贵的是在时代大裂变中表现出非同寻常的气节。李香君是她们的代表。今天的夫子庙文德桥旁还有李香君故居在。

《红楼梦》中的"金陵十二钗"指林黛玉、薛宝钗、贾元春、贾探春、史湘云、妙玉、贾迎春、贾惜春、王熙凤、贾巧姐、李纨、秦可卿。她们各具其美,富有个性、才气。

两者之间具有共同性:美丽,聪慧,有个性,有才气,都是古代女子中的佼佼者。有学者认为,曹雪芹的"金陵十二钗"命名,就是源出于"金陵青楼十二钗"之说。在明末清初,还没有"秦淮八艳"之说,但有"十二钗"之说。明代冯梦龙《情史·情痴类》中有这样一段文字:

> 嘉靖间,海宇清谧,金陵最称富饶,而平康亦极盛。诸姬著名者,前则刘、董、罗、葛、段、赵;后则何、蒋、王、杨、马、褚,青楼所称十二钗也。

冯梦龙所说的"金陵青楼十二钗",是由当时文人评品出的金陵青楼十二名妓,前六位为刘、董、罗、葛、段、赵,后六位为何、蒋、王、杨、马、褚。冯梦龙只列出了姓,没有写出具体名字。到了清代,秦淮河还有"秦淮四美"之说。余怀在《板桥杂记》中就曾记录秦淮河畔青楼女子选美的经过。

钗,古代汉族妇女的一种首饰,由两股簪子交叉组合而成,形状为两条金属丝绞成一股,在装饰物的结尾处一般有流苏吊坠来衬托。钗有金钗、宝钗、玉钗之分。南朝梁武帝《河中之水歌》就有"头上金钗十二行,足下丝履五文章"的诗句。白居易《酬思黯戏赠》诗云:"钟乳三千两,金钗十二行。"可见,用金钗比喻女子,由来已久。

曹雪芹也许受到"青楼十二钗"的启发,"念及当日所有女子",择出主要的十二位女子,用"金陵十二钗"作了概括。"金陵十二钗"还一度成了小说的总名称。

四

在南京,还有一个曹雪芹秦淮河畔喜结良缘的传说。

某年冬天,曹雪芹到了南京,他正准备在秦淮河畔的长乐古渡乘船,隐约听见一个女子在哭泣,官府的人正要把她带走,她怎么也不愿意走。曹雪芹上去一打听,原来这女子父亲身患重病,借了人家十两银子,债主逼她为娼,她不愿意,债主就告到了官府。官府的人要拿她去坐牢。为了十两银子,逼人为娼,这也太欺负人了。富有同情心的曹雪芹当场拿出了十两银子,从官府的人手中救下了这女子。女子连忙叩头感谢。曹雪芹问女子的姓名,女子说,我叫杜芷芳,不知道如何报答大人的恩。曹雪芹说,不要报答。后来,曹雪芹又在秦淮河畔见到了这女子。两人都觉得有缘分,后来,杜芷芳嫁给了曹雪芹,曹雪芹称她为芳卿。

这个传说来自《南京民间故事》,传说的讲述者是葛芝华,记录者是王永泉。王永泉是南京一位写历史题材的作家,后来他根据这个传说创作了长篇小说《曹雪芹南下》。

虽然是传说,但说明南京人没有忘记这位伟大的文学家。我认为,曹雪芹后来一定会故地重游的,至于在秦淮河畔遇到什么人,他又去了哪些地方,这就很难说了。我倒宁愿相信这个传说是真的,那样的话,我们可以说,秦淮河不仅仅哺育了曹雪芹,同时也给他的人生带来了第二个"春天"。

钟山"红楼"缘

一

"钟山龙蟠,石城虎踞。"钟山的名气很大。

说钟山是南京的发脉之地,并不为过。因为钟山最早就叫金陵山,战国时代楚国所建的金陵邑即因此山而得名。这也是南京又称金陵的由来。在南京生活的人,举头便可见钟山。

曹雪芹生活在秦淮河畔,岂能对钟山没有印象?《红楼梦》不仅写到秦淮河,还写到了钟山。

第五十一回薛宝琴作了十首怀古诗,其中第三首就是《钟山怀古》:

名利何曾伴汝身,无端被诏出凡尘。
牵连大抵难休绝,莫怨他人嘲笑频。

想读懂这首诗,还得要了解一个典故。这个典故说的是六朝时候的事。周颙是南齐时期一位有才能的人,学识渊博,他本不想做官,就在钟山脚下隐居,没想到,后来有一天他还是出山做了海盐县令。同时代一位叫孔稚珪的文人就写了一篇题为《北山移文》的文章,讽刺他假清高,在山中冒充隐士,其实是时时刻刻想着做官。历史上,周颙曾为山阴县令,并没有做过海盐县令,一生仕宦不绝，并没有隐而复出的事，当时，他在钟山脚下有别墅，也是他在京任职时供假日休憩之用。孔稚珪所作是一篇寓言体游戏文，假以山灵口吻斥责周颙，以讽刺隐士贪图官禄的虚伪情态，未必有事实根据。

这首诗的字面意思是：周颙啊，你何尝存有什么名利观念，但有一天，你竟然平白无故被诏出来做海盐县令。这也难怪你，多半是因为世俗的种种牵挂、连累，你才不得不出来做官。既然出来做官了，也就不要怪后来人的嘲笑。

薛宝琴的这首《钟山怀古》诗究竟用意在哪里，研究者有多种说法，周春猜测是肉，徐凤仪认为是傀儡。蔡义江认为说的是李纨，她青春丧偶，心如槁木死灰，外界之事"一概不问不闻"，所以说她不曾为"名利"所系。她后来"被诏出凡尘"，"戴珠冠，披凤袄"，完全是因为她儿子贾兰"爵禄高登"，并非她自己不愿当"稻香老农"，所以说"牵连大抵难休绝"。（《红楼梦诗词曲赋评注》）周汝昌认为，《钟山怀古》是指雪芹曾、祖、伯、父四人到江宁任织造，非由自愿，是"无端被诏"，且牵连难以断休。（《红楼夺目红》）

我以为，周汝昌的观点有可取之处，这首诗隐含了曹雪芹对自家前辈家世的感叹。"名利何曾伴汝身"，这分明是一种议论，也许在曹雪芹看来，他的祖父、父辈都很看轻名利，但后来还是出来做了官。做了也罢，最后还落得个被抄家的下场。

周颙在钟山的足迹，早已消失得无影无踪。曹雪芹借用了这个传说，隐约表达出心中的感慨。

今天的钟山,已经是著名的风景胜地。来此游玩的人,很少有人知道周颛的典故,周颛当年的住处早就没有了,还是去明孝陵看看曹雪芹祖父曹寅为康熙制作的"治隆唐宋"碑吧。

二

钟山脚下的明孝陵,现在被列入世界文化遗产名录。

走进明孝陵景区,过了金水桥就是文武方门,殿内的五块清代石碑引人注目。正中最大的一块就是康熙手书的"治隆唐宋"碑。站在碑前,端详这四个大字,感觉康熙的书法还是遒劲有力的。据介绍,这块石碑高 3.85 米,宽 1.42 米。

在"治隆唐宋"碑旁边,就是张玉书的《驾幸江宁纪恩碑记》,上面记录了当年康熙书写"治隆唐宋"以及曹寅刻石立碑的经过:

> 康熙三十八年夏四月,驾入江宁,越翼日甲寅,御书"治隆唐宋"四大字为明陵题殿额;又传谕曰:朕昨往奠洪武陵寝,见墙垣复多倾圮,可交与江苏巡抚宋荦,织造郎中曹寅,合同修理。朕御书"治隆唐宋"大字,交与织造曹寅制匾,悬置殿上,并行勒石,以垂永远,钦此。

钟山南麓独龙阜玩珠峰下的明孝陵,是明太祖朱元璋与马皇后的合葬处。洪武十四年(1381 年)开工兴建,整个孝陵工程的建设前后用时三十余年。到了明末清初,明孝陵已经损坏严重。康熙三十八年(1699年),康熙帝第三次南巡谒陵时,见到陵墓损坏严重,当场指令江苏巡抚宋荦、江宁织造曹寅修理陵墓,并手书"治隆唐宋"四个大字,交给曹寅制匾悬挂,并刻石纪念。"治隆唐宋"的意思是说,明太祖的治国方略超过了唐太宗李世民和宋太祖赵匡胤。皇帝回京后,曹寅立即按照皇帝的旨意修好了陵墓,并竖立了石碑。

康熙为什么要让曹寅刻碑?原来,曹寅与康熙的关系非同一般。就是在这一次,康熙在江宁织造署内见到了曹雪芹的曾祖母孙氏,称她为"此吾家老人"。孙氏曾是康熙幼时的保姆。康熙还为曹家题写了"萱瑞堂"匾额。康熙让曹寅刻碑的意图很明显,就是要突出曹寅独特的地位。

后来,康熙一直授意曹寅密切关注着明孝陵的情况。康熙四十七年(1708年)五月,对于明孝陵西北角梧桐树下"陷塌一窟"的传闻,曹寅很快报告给康熙。康熙朱批回复道:"知道了,此事奏闻的是,尔再打听,还有甚么闲话,写折来奏。"曹寅连忙察看,向康熙报告说,明孝陵塌陷完全是传闻,塌陷处根本没有十丈,只有两丈多,而且离墓地还很远,为了制止谣言,我们特意让守陵官将墓地开放三天,让老百姓参观,这样谣言也就不攻自破了。

透过这件事,我们可以揣摩到曹寅与康熙的关系有多密切。照理说,明孝陵出现情况,康熙最先找的应该是江苏巡抚宋荦。现在,康熙直接给曹寅布置任务。曹寅的"耳目"角色由此可见一斑。

今天,当我们走进明孝陵景区,参观"治隆唐宋"碑时,了解它的前世今生,有助于了解曹家与康熙之间的特殊关系。

三

今天的钟山,无疑是一座大公园。公园里景点众多,绿树茂密,空气清新,是休闲观光的好去处。梅花山的梅花更是闻名遐迩。就在梅花山的旁边,建有一座以纪念曹雪芹为主题的公园——红楼艺文苑,游客赏景之余,可以一观。

1990年代,"红学"持续热火,随着1987年版《红楼梦》电视剧的热播,南京的学者们纷纷建议,鉴于曹雪芹与南京的历史渊源关系,南京市应该尽快建立纪念曹雪芹的场所。1995年前后,中山陵园管理局在明孝陵旁的梅花山的东北角拿出一大块地,自筹资金一千多万元,建造了红楼艺文苑。说是艺文苑,其实就是一座小型主题公园,占地面积7.5万平方米。

红楼艺文苑入口处是一座四楹三门的石牌坊,上书"太虚幻境"四个大字。石头正面刻着"通灵宝玉"四个篆字,背面有"无材可去补苍天,枉入红尘若许年。此系身前身后事,倩谁记去作奇传"的刻文。

艺文苑以《红楼梦》前八十回为蓝本,或以石头花草,或以一台一榭,或以一池一溪,表现小说中某个故事场景的意境。全园分十二个意境单元:太虚幻境、芙蓉仙境、芦雪联吟、海棠吟社、药园沉醉、沁芳钓台、栊翠分花、潇湘竹韵、香丘、梨园雏莺、红楼艺文馆和香草园。园子不大,但亭桥廊榭,巧妙点缀,颇具江南园林特色。太虚幻境的右边是一片竹林。往里走,有一座面阔三间的古典建筑,即元春归省时赐名、日后又成黛玉住所的"潇湘馆"。出"潇湘馆"沿砖石小径往右行,即为"栊翠庵"。庵堂前面的放生池与院外水源相通。沿着放生池水道寻迹,便来到了一脉相通的荻芦草亭。草亭双顶并连,三面环水,一面傍陆,茅檐土壁,槿篱竹牖,推窗即可垂钓,四面芦苇掩覆,颇有乡村野趣。这一景出自《红楼梦》第五十回中大观园里的女子到芦雪庵拥炉作诗的情节。

出竹篱笆,沿石子路,过小桥不远,便到了"海棠吟社"。"海棠吟社"是《红楼梦》第三十七回中的情节,说的是大观园里的姐妹们起了成立诗社的雅兴,以两盆白海棠为题,结社作诗。

红楼艺文苑的中心是桥亭,桥亭旁边的桃花丛中,有宝黛促膝读《西厢记》的汉白玉石像,这一景况取自《红楼梦》第二十三回,说的是宝玉独自在沁芳桥边一块大石头上细看《西厢记》,被黛玉撞见,进而促膝共读。

离读书处不远,一座小土坡旁,黛玉葬花的汉白玉塑像引人注目。临水戏台对岸是芍药园,园内有一汉白玉少女卧像,取自史湘云醉卧芍药园的情节。

紧邻芍药园的是香草园,取自《红楼梦》第六十二回,芳官、蕊官、藕官、豆官等在一起斗草的情节。

曹雪芹的汉白玉站像被安置在红楼艺文苑中心位置,塑像为站像,风格写实,形象略瘦,左手拿书,右手背后,眼睛傲然凝视前方,似有所思,周围簇拥着苍翠的花木。塑像的作者不详。

红楼艺文苑由于建造时间较早,不够精致,但在南京著名的风景区,有一处纪念曹雪芹的场所,也属难能可贵的了。

石头城与《石头记》

南京城与石头的关系太密切了。

南京城的周围都是山,山中石头自然很多。南京城,很早的时候就叫石头城。南京城内的聚宝山(雨花台)上还盛产一种晶莹剔透的石头,叫雨花石。

脂砚斋在第一回侧批:"本名《石头记》。"可见,《红楼梦》最早的版本就叫《石头记》。早期的绝大多数抄本都题作《脂砚斋重评石头记》,甲戌本凡例中说:"又曰《石头记》,是自譬石头所记之事也。"小说正文叙述,书中所记乃是大荒山无稽崖青埂峰下一块大石上所镌写的,此石因为无才补天,幻形入世,历经悲欢离合、世态炎凉的一段故事。

那么,石头城与《石头记》之间是否有关联呢?

清乾隆时的文人周春在《阅红楼梦随笔》中云:"开卷云说此《石头记》一书者,盖金陵吴名石头城,两字相关。"民国时,王梦阮、沈瓶庵在《红楼梦索隐提要》中云:"其称'石头'者,大抵为记石头城之事。"

现代学者蔡元培在《红楼梦索隐》中亦云:"书中叙事托为'石头'所记,故名《石头记》。其实因金陵亦曰石头城而名之。"当代红学家严中也认为,《石头记》的名称就是来自石头城。

我们先来看看曹雪芹是怎么写到石头城的。石头城出现在《红楼梦》第二回。作者通过贾雨村的口写道：

> 去岁我到金陵地界，因欲游览六朝遗迹，那日进了石头城，从他老宅门前经过。街东是宁国府，街西是荣国府，二宅相连，竟将大半条街占了。

这里的石头城指的是南京城。南京有石头城的称号，要追溯到东吴时期。

公元前333年，楚国灭了越国，楚王设置金陵邑，并在清凉山上筑城。后来秦统一六国，灭了楚，改金陵邑为秣陵县。211年，孙权把统治中心从京口（今镇江）迁来秣陵。次年，在石头山楚金陵邑旧址上，修建了石头城，作为水军基地，并把秣陵改称建业，意思是"建帝王之大业"。孙吴的石头城以石头山为范围，南面开有两门，东面开一门，西北面紧临大江，所以不设城门。此城主要是利用石头山岩壁的自然山势筑城，以西面临江的城基最为险峻。石头城为孙吴水师的总部，江上常泊有上千艘船只。城内建有石头仓库，用来储存粮食、兵器等物资。城西最高处还建有孙吴的烽火台。据说一旦发现敌情，在烽火台一举烽火，半日内即可传遍长江沿线。石头城地势险峻，此后数百年间，石头城一直是江防军事重镇。西晋统一全国时，大将王濬从四川率舟师东下，直扑石头城，吴主孙皓只得举幡投降。唐代诗人刘禹锡《西塞山怀古》云："王濬楼船下益州,金陵王气黯然收。千寻铁锁沉江底,一片降幡出石头。"说的就是这段故事。

六朝以后,南京作为都城的形势发生了很大变化,石头城成了城西的一部分,军事作用也渐渐失去。但是石头城的地名仍在,遗迹仍在,名气很大。到南京来的诗人都会登临石头城怀古,感叹一番,发思古之幽情。最有代表性的诗作便是刘禹锡的《石头城》了:"山围故国周遭在,潮打空城寂寞回。淮水东边旧时月,夜深还过女墙来。"用"潮打空城""月照女墙"等意象,营造出了苍凉的意境。

自六朝以来,"石头"就是金陵石头城的简称或代称。刘禹锡有"一片降幡出石头",李商隐诗云:"窦融表已来关右,陶侃军宜次石头。"杨万里诗云:"万里长江天上来,石头却欲打江回。"这些诗句中都用"石头"指代石头城。

石头城遗址今天仍在,清凉山西麓当年临江的一段崖石城墙依然耸立。孙权当年建石头城时,这石崖便是过去依山而筑的石头城一角。因为长年风化,砾石剥落,坑坑洼洼,斑斑点点,赭红色砂砾岩因经古时长江水冲刷而凹凸不平,怪石嶙峋,远看隐约可见耳目口鼻,酷似一副狰狞的鬼脸,所以民间称之为"鬼脸城"。由于过去崖石下面就是江水,固有"鬼脸照镜子"之说。后来,江水西移,石头城下成了陆地。如今,这里成了公园,收拾一新,是怀古休闲的好去处。

石头城作为六朝遗迹,曹雪芹一定很熟悉。他喜欢六朝遗迹,石头城意象自然是随手拈来。他也一定到过石头城寻幽探胜。那时候,石头城下还是波涛滚滚,"潮打空城寂寞回"的意境还在。

还有学者注意到,曹家有爱石的传统。曹雪芹祖父曹寅就很喜欢石头。比如,他的《楝亭集》里就有多首吟咏石头的诗。某一年,他路过燕子矶,看到附近弘济寺有一座大石壁,非常喜欢,在石壁下坐了半天,他在诗中写道:"爱此一片石,徘徊不能去。"

曹寅还有一首《巫峡石歌》,写得很怪诞,说有一块"巫峡石,黝且斓",原来石头是娲皇补天所遗:"娲皇采炼古所遗,廉角磨礲用不得","嗟哉石,顽而矿",意思是这块石头,钝拙而粗朴。这块石头很容易让人联想到曹雪芹写的顽石。娲皇炼石补天,在大荒山无稽崖练成顽石三万六千五百零一块,娲皇用了三万六千五百块,只有一块未用,丢弃在青埂峰下。曹雪芹是否从曹寅的《巫峡石歌》中受到启发呢?

曹寅还有一首《小游仙》诗写道:"剪纸为驴叶作舟,倒倾三峡作奇游。旁人不信呼颠子,囊底余粮尽石头。"曹寅写了一位石痴,宁愿把口粮卖掉也要买自己喜欢的石头。

南京聚宝山(雨花台)产一种色彩缤纷的石子,后人称为雨花石。曹寅在南京生活多年,对南京的雨花石印象深刻。他在《江阁晓起对金山》诗中写道:"从谁绚写惊人句,聚石盘盂亦改颜。"盘盂中的聚石,无疑就是雨花石。说不定曹家的花园里,就有雨花石呢。有学者认为,曹雪芹写的通灵宝玉,就是以雨花石为原型的。

曹雪芹非常喜欢石头,平时还喜欢画石头。他的好朋友张宜泉在《题芹溪居士》题中介绍说:"其人工诗善画,其画喜奇石、山水。"南京的石头给了他灵感与启发。所以,《红楼梦》中,石头成了重要的意象。

曹家的家庙

一

旧时,有家庙的家庭,绝非一般的家庭。因为香火施舍,要花费大量的银子。没有一定的财力与地位,是不可能有家庙的。像《红楼梦》中贾、史、王、薛四大家族有家庙,就不奇怪。

《红楼梦》中写了不少寺庙,铁槛寺、栊翠庵、水月庵、天齐庙、地藏庵、芦雪庵、智通寺、葫芦庙、玉皇庙、达摩庵、蟠香寺、水仙庵、一乘寺等,加上脂砚斋批曰的"狱神庙",共十四处,其中与贾府关系最密切的寺庙是铁槛寺、栊翠庵、水月庵。铁槛寺是贾府的家庙,平时烧香拜佛,布施还愿,倘若"老了人口",灵柩在此停放,择日再安葬。所以,对铁槛寺着墨甚多。栊翠庵是大观园里的一座小庙,妙玉在此修行。水月庵也是贾府的私家庙庵,离铁槛寺不远,由于做的馒头好,又叫馒头庵。写这些寺庙,也不是作者随意为之,背后是有深意的。

《红楼梦》开篇僧道助石头下凡入世,结尾处贾宝玉看破红尘,皈依佛门。甄士隐经历过人生磨难后,大彻大悟,出家了。书中有很多人物都信佛,贾母、王夫人都信佛,连刘姥姥口口声声都是"阿弥陀佛",她在大观园里给贾母说佛法感应人间的故事,比如自己村里有个高年的老奶奶吃斋念佛感动了观音,后来观音还托梦送给她一个孙子等。宝玉、黛玉、宝钗也常常用"阿弥陀佛"来当口头禅。小说中有不少人物最后都皈依了佛门：甄士隐同疯道人飘然而去，贾宝玉出家为僧，妙玉也是带发修行的尼姑，惜春、芳官、藕官、蕊官均出家为尼，柳湘莲将万千烦恼丝一挥而尽。总之，《红楼梦》通篇笼罩着浓厚的佛教思想。

那么，曹雪芹的佛教思想来自哪里？首先，曹雪芹的家庭是信佛的，他自小就受到佛教思想的熏陶。曹家是皇帝的重臣，大户人家，根据目前的资料，可以确认他家有三处家庙——香林寺、水月庵、万寿庵。有研究者认为，香林寺就是铁槛寺的原型。

二

香林寺在南京城区偏东北的位置，银杏树叶飘黄了的时候，我走进了香林寺。

从明故宫遗址向北，经过北安门街、农场巷路，很快就到了佛心桥37号大院。定睛一看，只有一幢古色古香的大殿立于院内，旁边都是现代建筑。大殿坐东向西，南北长24米、东西宽18米，5楹，进深4间，墙用大城砖砌成。硬山顶，四角上翘，屋脊两端置吻兽。殿内已空无一物。

何以知道这里就是曹家的家庙？

1975年，南京博物院工作人员王少华进行文物普查时，在香林寺大殿厢房壁间发现了一块倾倒于地的石碑，碑高79厘米，宽

71.5厘米。碑文共22行,每行21或20字不等。根据碑文记录,这块碑是嘉庆三年(1798年)九月立。碑上有一段文字引起了王少华的注意:

前织造部堂曹大人买施:秣陵关田二百七十余亩,和州田地一百五十余亩。

檀越李公天士布施:江宁镇田地二百一十亩,六合县田地九十余亩。

那么,这两个施主是谁?王少华将此事告诉了南京大学红学家吴新雷。吴新雷开始寻找资料。碑文说,香林寺最大的施主是"前织造部堂曹大人",第二个施主是李天士。一个有名有姓,一个只是说曹大人。据道光年间甘熙《白下琐言》卷四记载,李天士是南京板巷人,乾隆二十四年时为"生员"(秀才)。这位曹大人是谁呢?南京大学红学家吴新雷教授研究后认为,曹大人就是曹寅。曹寅在秣陵关购买了二百七十余亩田地,在和州(今安徽和县)购买了一百五十余亩田地,总共四百二十余亩田地,施舍给这座寺。

吴新雷考证后认为,香林寺始建于南京湖熟镇杜桂村(今南京市江宁区湖熟街道),离城里有五六十里路,当时名为杜桂院。明洪武元年(1368年),香林寺迁入城内,原名兴善寺,属江宁府上元县,位于南京城东明故宫西北方向。据《乾隆上元县志》卷十二

《祠祀志·寺观》记载："香林寺在太平门内,明时建,国朝康熙三十八年圣祖南巡改今名,方丈内赐御书'觉路'二字匾额。"康熙三十八年第三次南巡时曾游此地,并亲笔题额,改名为香林寺。

南京的名寺很多,康熙为何到这个寺来?原来香林寺坐落在城里,离江宁织造署不远,乘船沿着青溪就可以到达。康熙南巡,住在江宁织造署,曹寅肯定将香林寺推荐给了信佛的康熙皇帝,于是有了康熙皇帝的香林寺之行。这一年是康熙三十八年,四月的南京,和风吹拂,春意盎然。康熙在江宁织造署内见到了曹寅的母亲孙氏,孙氏是康熙的保姆,康熙饱含深情地说:"此吾家老人也!"也就是这一次,康熙在曹寅陪同下到了香林寺,为香林寺题写了匾额。皇帝到过的寺庙,自然非同一般。自此,香林寺的香火格外旺盛,一度与鸡鸣寺、古林寺并称"南京三大寺"。

我猜想,作为曹家的家庙,曹雪芹小时候肯定到过香林寺。

南京红学家严中就认为,香林寺是《红楼梦》中的铁槛寺原型。曹雪芹在《红楼梦》第十五回《王凤姐弄权铁槛寺,秦鲸卿得趣馒头庵》中写道,荣宁二府"往北"不远,"这铁槛寺原是宁荣二公当日修造,现今还是有香火地亩布施,以备族中老了人口,在此便宜寄放……"。从方位上看,香林寺的确处于江宁织造署的东北方向,是曹家香火地亩布施,所以说,香林寺是曹家的家庙。也许曹雪芹受到香林寺的启发而写,也未可知。

曹家败落后,香林寺也渐渐失去了往日的繁盛,后来关于香林寺的记载很少。1937年12月,日寇侵占南京,溃败的官兵剃光了头发躲进寺庙,想假扮和尚躲过劫难。谁知还是被日本兵发现了。残暴的日寇开始惨绝人寰的屠庙行动,不仅将他们全部杀害,还把庙里所有的出家人一同杀死,断了香林寺的香火。

1945年,利用寺庙部分老建筑建成了香林寺小学,大殿成了音乐教室和小礼堂,大殿佛像也被拆毁了。后来,香林寺又被作为工厂与医院的办公地,除了大殿,香林寺内其他老建筑都被拆除。

我仔细察看大殿的台基,前后各有四个巨大的石础。柱础华丽,肩、腹、胫三层均有浮雕;图案为吉祥纹饰,有八卦、如意、方胜、龙凤、花卉等,为一般寺庙所少见,可以推想过去香林寺的规模还是很大的。

大殿后面,有三棵高大的银杏树,树干直径都在七八十厘米,满树黄叶,在阳光映射下十分美丽。三棵银杏的树龄都在两百年以上。

大殿左侧,立有一块"南京市文物保护单位"的牌子。再看看院子里其他建筑,左边为南京玄武区残疾人联合会的办公地点,右边的建筑上挂着南京市佛教协会的牌子。

在红学研究领域,如果有一点点发现,就会掀起巨大波澜。当年,香林寺石碑被发现,立即引起了红学界的关注。很多红学家专门到南京察看石碑。如今,这块见证香林寺兴衰的石碑收藏于南京博物院内。

我想,既然香林寺是南京市文物保护单位,有关部门应该采取一些保护措施，不妨立碑，介绍香林寺与曹雪芹家的关系。如果有一天，南京开辟"红楼"文化游专线，香林寺不应该被遗忘。

三

水月庵与万寿庵也是贾府的私庙。

《红楼梦》第十五回对水月庵也有具体的描写："原来这馒头庵就是水月庵，因他庵里做的馒头好，就起了这个浑号，离铁槛寺不远。"第七十七回，芳官跟了水月庵的智通出家为尼。

其实，在现实生活中，曹家附近就有一处水月庵，名字完全一样。曹雪芹在写小说时，一般不直接写真实地名，不知为何，却把水月庵写进了小说中，也有可能随着时间的推移，他的记忆若隐若现，也就不经意中写了出来。

康熙五十年七月初四，曹寅写给皇帝的奏折中，曾提到水月庵："菩提子织造局内所种四粒，已出一棵，枝桠叶色相同，惟叶下有刺，少异于众。万寿庵、水月庵两处所种，亦俱于六月中各出一棵，与扬州香阜寺所生无异。"那么这个水月庵在什么位置？与曹雪芹同时代的袁枚在《随园诗话》中也说金陵有个水月庵，里面的镜澄和尚诗写得不错。清末陈作霖在《东城志略》中记载，正觉寺，初名水月庵，嘉庆中，改名正觉寺。民国十五年《金陵胜迹志》："正觉寺，初名水月庵，在天平桥南。"再查同治年间《上江两县志》图，标明水月庵在江宁织造署正北方向，相隔不远。如今，

"太平桥南"这个地名还在。穿过珠江路旁的一条小巷子,是一片相对密集的居民区,在这条东西向的路的西端,有一个"太平桥南小区"。从太平桥南向南走 100 多米,就到了总统府的东北角,沿东箭道走出来,就到了大行宫广场,正对面就是江宁织造博物馆,也就是清代江宁织造署的旧址。

按理说,寺庙是清净之地,又是曹家的家庙,曹雪芹会用一种远离人世间欲望的笔调来写寺庙,但他偏偏不按照一般套路来写。秦可卿停灵铁槛寺,可是她弟弟秦钟却与馒头庵里的智能缠缠绵绵,如胶似漆。寺庙里怎么弥漫着欲望的气息?

还有,王熙凤弄权铁槛寺,写净虚给凤姐揽了一差事,让凤姐净赚了三千两银子。长安府的张财主,有个女儿金哥,原是许给了长安府原守备的公子,却不料被现任长安府府太爷的舅子李衙内看上了,非得娶金哥,守备知道了这事,骂人家一女许几家,张家不乐意了,就要退婚,但守备家偏不退。为了争这口气,张财主求到了净虚,净虚求到了凤姐,凤姐一张嘴就要了三千两银子。寺庙里怎么弥漫着金钱的气息?

曹雪芹为什么要这样写?我开始很不解,反复揣摩之后,为曹雪芹的眼光所折服。他不是在写抽象的佛教,他把承载佛教教义的寺庙放在尘世中来看待,写出了人的复杂性。这正是曹雪芹的高明之处。人间本来就是充满着矛盾与复杂,所以他才不回避,他要把纷乱的冲突撕开给世人看。

曹家附近还有一处与曹家关系很密切的寺庙,那就是万寿庵。万寿庵位于江宁织造署的东侧,康熙五十四年七月初四,曹寅给康熙皇帝的奏折中,曾提到万寿庵。雍正六年七月初三,新任江宁织造隋赫德在给雍正的奏折中说:

> 窃奴才查得江宁织造衙门左侧万寿庵内,有藏贮镀金狮子一对,本身连座共高五尺六寸。奴才细查原由,系塞思黑于康熙五十五年遣护卫常德到江宁铸就,后因铸得不好,交与曹𫖯,寄顿庙中。

由此可以看出,万寿庵也属于曹家的家庙。那么万寿庵位于何处?1980年代,在现在的中山东路291号发现了万寿庵遗址,还有一块刻有万寿庵的碑额,南京的红学家吴新雷、严中都曾见过这块石碑,可惜后来不知去向。

据严中回忆,万寿庵在1990年代还有建筑留存。他1991年在《南京日报》当记者时,曾经与南京大学吴新雷教授一起来到这里考察,看到这里还保存着第三进殿,长约15米,宽约10米,殿内的木柱和砖墙还保存完整,是清朝初期的建筑风格。他们听居民介绍,万寿庵在1920年代还有三进大殿。1928年修建中山东路时,前两进被拆掉,保留下第三进和门楼,门楼上书写着"万寿禅寺"。1950年代后期,这里办起了一家胶木电器厂,门楼被拆毁。再后来,这里建起了10层高的汉府大厦,现在是江苏交通控股有限公司的办公楼,梅园新村纪念馆牌坊在它的东侧。如今,已经看不到一点历史的痕迹了。

四

曹家还有一处结缘寺庙——鸡鸣寺。

鸡鸣寺位于鸡笼山东麓山阜上，最早可以追溯至东吴的栖玄寺，寺址所在为三国时吴国后苑之地。作为鸡鸣寺，始建于西晋永康元年（300年），是南京最古老的梵刹和皇家寺庙之一，自古有"南朝第一寺"之称。南朝时，与栖霞寺、定山寺齐名，是南朝时期中国的佛教中心。南梁大通元年（527年）梁武帝在鸡鸣埭兴建同泰寺，曾四次舍身于此。天竺高僧菩提达摩从印度来建康时就住在这里。明朝洪武二十年（1387年）明太祖朱元璋下令重建寺院，并为寺院题额"鸡鸣寺"，后经不断扩建，院落规模宏大，占地千余亩，殿堂楼阁、台舍房宇三十余座。

到了清初，鸡鸣寺损坏严重，康熙四十六年（1707年），康熙第六次南巡到达南京时，在曹寅的推荐、陪同下，参观了鸡笼山观象台和鸡鸣寺，并且题写"鸡鸣古迹"匾额。随后，曹寅便牵头修葺鸡鸣寺。

康熙五十年（1711年）正月二十六日，曹寅作《重葺鸡鸣寺浮图碑记》，记录了修葺一事：

> 康熙丁亥岁，圣驾南巡，宸翰作"鸡鸣古迹"四字赐镇此

寺。里之士民僧俗以台殿倾圮、浮图欹坏,思加修葺,敬悬御书,于是卜吉鸠工,经一年始竣,江山云物,顿改旧观。里之人以余久宦,磨石请记,不敢辞。……康熙五十年正月二十六日,钦差江宁织造巡视两淮盐漕通政使司通政使曹寅谨记。

这段话的意思是说,康熙四十六年,康熙南巡,特地为鸡鸣寺题写了"鸡鸣古迹"四字,此时的鸡鸣寺台殿损坏严重,寺庙僧人以及周围百姓都希望尽快修葺。皇上赐书,得到有司重视。经过一年的修葺,终于完工,众人希望我刻石记录下这件事,我也不敢推辞,就写了这篇碑记。

令人遗憾的是,曹寅在立碑之后第二年的七月,就于扬州天宁寺书局病逝了。

到了乾隆十六年(1751年),地方官为了迎接皇帝和太后南巡,又重建了鸡鸣寺的凭虚阁,乾隆也为鸡鸣寺题写了匾额和楹联,这些今天都已不存。

值得一提的是,明代在鸡笼山南麓建的曹武惠王庙与曹雪芹家还有些关系。据《康熙上元县志·曹玺传》记载,宋朝开国功臣武惠王曹彬是曹玺、曹寅家的远祖。宋太祖开宝七年(974年)七月,曹彬率领大军从荆南顺流东下,直捣金陵。兵临城下时,南唐后主李煜投降,避免了一场血战,金陵人感恩曹彬不战,在聚宝门外为他建了祠堂,明初移建于鸡鸣寺南。作为曹彬的后人,曹寅很喜欢鸡鸣寺,也就不无道理。

曹寅经常与朋友一起游览鸡鸣寺,《楝亭诗钞》中有三首写鸡鸣寺的诗,其中一首写道:"香际凭高鸟,湖风浴早莲。悠然坐萧远,烟雨阅诸天。"还有一首写道:"孤筇临别路,万竹倚斜曛。白业双林静,青溪一曲分。"诗中写了他游览鸡鸣寺的所见所闻:湖风浩荡,青溪逶迤,修竹竿竿,莲叶田田,烟雨朦胧,飞鸟盘桓……看到如此美景,心情自然是高兴的。

虽然鸡鸣寺不是曹家的家庙,但也是曹家经常去烧香拜佛的地方。至于曹雪芹有没有到过鸡鸣寺,没有这方面的文献记载。但我推想,江宁织造署离鸡鸣寺不远,当时鸡鸣寺又是那么有名,曹雪芹极有可能随家人一起去鸡鸣寺烧过香。

清代以来,由于它特殊的地理位置,鸡鸣寺一直享有盛誉。到了清末,两江总督张之洞在鸡鸣寺建豁蒙楼。1929年元旦,国学大师黄侃约请陈伯弢、王伯沆、胡翔冬、胡小石、汪辟疆、王晓湘等六位金陵大学和中央大学知名教授,登临鸡鸣寺豁蒙楼,感时伤怀,联句为诗,一时传为美谈。

今天的鸡鸣寺与南京市政府大院仅一墙之隔,大院曾是中华民国的考试院所在地。鸡鸣寺北与玄武湖紧邻。由于位于市区中心地带,香火一直很旺盛。特别是早春时节,鸡鸣寺路樱花盛开之际,鸡鸣寺前更是人头攒动。朱自清对南京很有感情,他在一篇题为《南京》的文章中劝读者一定要到鸡鸣寺看看,他说:

> 逛南京像逛古董铺子,到处都有些时代侵蚀的遗痕。你可以摩挲,可以凭吊,可以悠然遐想;想到六朝的兴废,王谢的风流,秦淮的艳迹。这些也许只是老调子,不过经过自家一番体贴,便不同了。所以我劝你上鸡鸣寺去,最好选一个微雨天或月夜。在朦胧里,才酝酿着那一缕幽幽的古味。

朱自清之所以劝游客上鸡鸣寺去看看,是因为这里是六朝遗迹。登上鸡鸣寺,湖光山色,尽收眼底。他还说最好选微雨天,或是月夜,可见他对鸡鸣寺、对南京是多么的了解!

如今,由鸡鸣寺路左侧循石级缓步而上,一座黄墙洞门迎面而立,洞门正中"古鸡鸣寺"四个金字熠熠生辉。步入山门,左为施食台(志公台)。施食台前为弥勒殿,山门牌坊"鸡鸣寺"由中国佛协原会长赵朴初所题。其上为大雄宝殿和观音楼,殿内供奉着两尊由泰国赠送的释迦牟尼和观音镏金铜坐像。大雄宝殿之东为凭虚阁遗址,西为塔院。塔院内采用青石磨光雕花工艺,青石铺设地面,观音楼左侧为豁蒙楼。豁蒙楼现已改建为百味斋。豁蒙楼东边为景阳楼,楼上有对联:"鸡笼山下,帝子台城,振起景阳楼故址;玄武湖边,胭脂古井,依然同泰寺旧观。"这副对联包含了鸡笼山、台城、玄武湖、同泰寺和胭脂古井等遗迹故事,意味深长。鸡鸣寺观音殿内供奉的观音像面北而坐,殿门的楹联为"问大士为何倒坐,叹众生不肯回头",颇有意趣。

出了鸡鸣寺后门,就是明城墙遗址博物馆。从旁边登墙通道,可以登上明城墙,一览湖光山色。如果从城墙上回望鸡鸣寺,只见殿宇参差,佛塔巍峨,绿色葱茏中隐约可见佛家的黄墙,是一幅意境不错的都市佛塔图。

六朝遗迹今犹在

南京是六朝古都,自然有很多六朝遗迹。

《红楼梦》中有两处提到了六朝遗迹——

第二回,贾雨村和冷子兴交谈,谈到贾府旧宅的情况,贾雨村道:"去岁我到金陵地界,因欲游览六朝遗迹,那日进了石头城,从他老宅门前经过。街东是宁国府,街西是荣国府,二宅相连,竟将大半条街占了。"

第八十七回,黛玉因史湘云说起南边的话,便想着"父母若在,南边的景致,春风秋月,水秀山明,二十四桥,六朝遗迹……"。

前一处"六朝遗迹",无疑是指南京六朝留下的古迹。而后一处"六朝遗迹",并非专指南京古迹,因为黛玉出生在苏州,长在扬州,所以,此处的"六朝遗迹"应该是泛指苏州、扬州的六朝古迹。

曹雪芹借贾雨村的口,说出了贾家金陵老宅的情况。贾雨村因为要游览六朝遗迹,才进了石头城。这其实折射出"六朝遗迹"在作者心目中的位置。南京是曹雪芹的老家,他在金陵生活了十三四年,他小时候一定游览过很多古迹名胜,对六朝历史很熟悉。

六朝,指东吴、东晋、宋、齐、梁、陈,前后367年。六朝都以建康(南京)为都城。六朝政权时间最长的东晋,也只有104年,其他都是几十年的短命王朝。可是,在后人的心目中,六朝作为一个整体而存在,甚至成了一个美好时代的代名词。

六朝承汉启唐,创造了辉煌灿烂的"六朝文明",经济、社会得到巨大的发展,在文学、艺术、科技等诸方面都出现空前的繁荣景象。当时的南京城是世界上第一个人口超过百万的城市。单就文学艺术上来说,六朝开创了我国山水诗先河,涌现出以谢灵运、谢朓、沈约、颜延年等为代表的一批文学大师。记录六朝人社会生活风貌的《世说新语》,对后世文学产生了深远的影响。刘勰的《文心雕龙》是我国第一部文学理论著作。从书法史上说,"二王"(王羲之、王献之)书法,令后人叹为观止。从绘画艺术看,出现了顾恺之、张僧繇等杰出画家。从雕刻艺术看,六朝石刻造型生动,线条流畅,达到了很高的水平。从园林艺术看,出现了乐游苑、华林园等最早的皇家园林。六朝的文化成就,总是令后人仰慕。哲学家宗白华曾说,六朝是一个精神上极自由、极解放、最富于智慧、最浓于热情的一个时代,也是最富有艺术精神的一个时代。

可惜六朝只延续三百多年就被隋朝结束了。隋灭陈后,下令将建康城的宫殿、陵园及城垣庐舍悉数荡平,建康城几乎成了一片耕地。尽管六朝创造的文化十分辉煌,可是六朝的有形建筑却遭到了严重的毁坏。到了唐代,诗人们来到金陵想看看六朝遗迹,什么也没有了。所以李白说:"吴宫花草埋幽径,晋代衣冠成古丘。"刘禹锡感慨:"山围故国周遭在,潮打空城寂寞回。"韦庄有诗:"江雨霏霏江草齐,六朝如梦鸟空啼。无情最是台城柳,依旧烟笼十里堤。"尽管是一片废墟,但是诗人们还是喜欢到金陵来走一走，到六朝的遗迹上看一看，发一番怀古之幽情。这构成了金陵怀古诗特有的感伤基调。

六朝人物也是为后人褒扬的对象。日本诗人大沼枕山的诗曰："一种风流吾最爱，六朝人物晚唐诗。"六朝人物了不起。曹雪芹提到的正邪两赋的六朝人物就有顾虎头、王谢二族、陈后主，这类人"置之于万万人之中，其聪明灵秀之气，则在万万人之上；其乖僻邪谬不近人情之态，又在万万人之下"。作者对这类人是抱着欣赏态度的。

六朝留给后人的不仅仅是感伤，还有一个美丽的意象——"六朝烟水气"。

《儒林外史》中的杜慎卿感叹金陵："真乃菜佣酒保，都有六朝烟水气。"什么是"六朝烟水气"？其实是指一种历史沉淀的味道，一种到处透发出书卷气的文化气息，一种美丽与哀怨相结合的诗意。"六朝烟水气"滋养了一代又一代文人，当然包括曹雪芹。他在秦淮河畔度过了童年、少年，甚至有可能后来多次到过南京寻梦，南京的山山水水，六朝遗迹，他铭记于心。在京城，还经常向他的几个好朋友述说南京的六朝遗迹以及曹家的繁华岁月，所以他的好友敦敏才会说"秦淮风月忆繁华"。

城市是有记忆的。南京这座古老的城市至今还保存不少六朝遗迹，不少老地名还在，六朝石刻还在，关于六朝的那些传说还被人们经常说起。不妨循着历史的印迹，去感受一番六朝的气息。

去秦淮河畔看看乌衣巷吧,只是王谢家的燕子,早已飞入寻常百姓家。

去秦淮河畔看看桃叶渡吧,秦淮河水依旧在流淌,王献之与桃叶的传说就镌刻在河畔的石碑上,当念出薛宝琴的"桃枝桃叶总分离"的句子时,不免心生惆怅。

去看看石头城吧,尽管已经看不到当年孙权时代列樯蔽空的景象,但当年石头城的一角仍在,站在赭红色的鬼脸城前,摩挲着粗粝而坚硬的岩石,遥想六朝往事,不禁有沧海桑田之叹。

去台城要选一个春天微雨的日子,或是朗朗秋月之夜,登上城墙,领略古城山、水、城、林的美景……

去东南大学校园里拜拜六朝松吧,这位"老人"已经有一千六七百岁了,传说是南朝时期梁武帝亲手种下的,也有人说它当年就生长在南朝的宫殿里。尽管它已经老态龙钟,但依然枝叶苍翠,显示出神奇的生命力。它恐怕是六朝流传至今的唯一的活物了。

去看看六朝石刻吧,六朝皇帝和王侯喜欢在陵墓前安置石刻的神兽——辟邪、麒麟,一千多年过去了,陵墓早已不见踪影,或者被盗,或者已成尘土,但这些神兽历经千年的风吹雨打,仍然栩栩如生,大有腾云驾雾之势。目前南京尚存的六朝石刻有二十多处。站在这些神兽面前,会感受到六朝工匠们俊朗、豪迈的精神气。

……

对了,要想全面了解六朝的历史,那就走进位于长江路上的六朝博物馆吧,六朝的历史,浓缩其中。博物馆由世界著名建筑大师贝聿铭之子——贝建中先生领衔设计,于2014年8月11日建成开放,分地下与地上两层。走到地下一层,映入眼帘的便是六朝建康宫城的东城墙遗址,站在这里可以清晰地看到当年城墙的包砖、墙外的城壕、晚期的木桩和各个时期的地层。从2002年起,考古工作者在这里发现了大量六朝时期遗址,包括多条高等级道路、城墙、城壕、木桥、大型建筑基址,以及各类砖结构房屋、排水沟和水井等,还出土了精美的瓦当、印有铭文的砖和釉下彩绘青瓷器等。专家考证后认为,这里就是六朝建康宫城的建筑遗址。

博物馆展出了不少在南京出土的六朝时期的青瓷器、陶俑、墓志、建筑构件等文物,最打动我的是那些六朝女陶俑,她们面带微笑,神情自若,仿佛穿越千年,来到我们面前翩翩起舞……

关于六朝人物画,早在1960年代,就在南京西善桥的一座六朝古墓中发现了"竹林七贤与荣启期"砖画,砖画由300多块古墓砖组成,出土时分东西两块,一块为嵇康、阮籍、山涛、王戎四人,另一块为向秀、刘伶、阮咸、荣启期四人。荣启期是早于"七贤"许多年的春秋时期人物,由于荣启期的性格和"七贤"极为相似,又被时人誉为"高士",因此,砖画中安排荣启期和"七贤"在一起。这幅砖画纯熟地发挥了线条的表现能力,人物造型简练而传神,八人席地而坐,或抚琴啸歌,或颔首倾听,性格特征鲜明,被誉为国宝级文物,现藏于南京博物院。

现在,六朝博物馆里陈列的这件文物叫《错版竹林七贤拼镶画像砖》。细看展品,画面中很多人物、植物等线条都没有对上,而且画面内容有重复之处,看起来像是临时堆在那里,还没有来得及拼似的。所以,这幅错乱无章的砖画又被称为"错版竹林七贤"。

"竹林七贤与荣启期"不是某个人的书画作品,而是流行于六朝时期的一种墓葬装饰,所以竹林七贤的砖画在很多个六朝墓中都有发现。不过也不是谁想用就能用的,只有皇家墓葬才有资格使用。至于为何弄错,考古界有多种推测,一种说法是封墓的工人偷懒,没有按照图纸和编号拼,而是随意堆砌。还有一种说法,这可能是某位臣子的墓,按其身份没有资格在死后墓葬里设置"竹林七贤与荣启期"砖画,但是这位臣子喜欢这幅画,家人在墓葬里偷偷弄了一幅砖画,故意把顺序打乱。

参观六朝博物馆,可别忘了看看这个错版的六朝人物砖画。

移来燕子矶边树

饮罢石头城下水,移来燕子矶边树。

这是清代词人纳兰性德为曹寅家楝亭而写的词《满江红》中的句子,通过词的题目以及所写内容,我们得知,江宁织造署内的那棵楝树来自燕子矶。

燕子矶曾是曹家往来南京与扬州、南京与北京之间的重要渡口。清代,往来北方的船只都要经过燕子矶。那时,燕子矶的知名度很高。曹雪芹的曾祖父曹玺是康熙二年调任江宁织造的,刚来不久,他就从燕子矶边移来了一棵楝树,栽在江宁织造署中的院子里,并在楝树旁筑了一座亭子,起名楝亭。曹玺的孩子们小时候就在这个亭子里课读。曹玺去世后,曹寅见树思亲人,请了好几位著名画家画楝亭,又拿着画请江南名士题咏。当时题咏者有四五十位,都是很有名气的文士。纳兰性德与曹寅的关系很好,所以,曹寅也请他题词,纳兰性德就写了这首《满江红》。

一个秋日的傍晚,我登上了燕子矶。

燕子矶道路两旁的树木特别茂盛,我特意找到了一棵楝树,抬头望,树上的叶子已经落去,枝头挂满了金黄色的果实。我自然想起了曹家的楝树。当年,曹玺就是从这里移走了一棵楝树。早年我在读到这段历史时有些疑惑,我生长在农村,在乡下,楝树属于自然生长的杂树,极少有人去移栽,曹玺为什么独独喜欢这棵树?后来,我检阅了相关文献才了解,曹玺栽种楝树是用心良苦的。

原来,楝树与丝织品有些关联。楝树生长速度很快。《周礼·考工记》云:"以楝为灰,渥淳其帛。"这句话的意思是说,用楝树的枝叶烧成灰,把生丝放在水中浸泡,使之洁白柔软。尤侗在《楝亭赋并序》中说:"楝者,练也,取以尚衣,五采乃见。"经过这样处理的丝帛,更加白净、柔软,有光泽。楝树除了这个功能,还是季节转换的信号,咏楝花的诗歌不在少数。南宋何梦桂有诗:"处处社时茅屋雨,年年春后楝花风。"这是咏楝树的名句。还有一位叫丘葵的诗人,也有两句诗很有名:"一信楝花风,一年春事空。"这样看来,曹玺喜欢楝树,也是其来有自的。

在曹寅看来,父亲栽下的这棵树是一个标志。曹玺去世后,他见到这棵树以及树旁的楝亭,就会思念起父亲。

在曹寅时代,曹家受到康熙皇帝特殊的关照,达到了顶峰。然而,曹寅一死,曹家的情况就变了,儿子曹颙继任江宁织造,仅仅两年多,曹颙又早逝。在康熙皇帝的直接关照下,曹寅的弟弟曹宣将第四子曹頫过继给了曹寅之妻李氏,继任江宁织造。康熙一死,雍正上台,曹家也就走上了末路。

我一直以为,曹玺栽下的楝树,客观上有一种隐喻的意义,这棵楝树见证了曹家在江南从立业走向辉煌,再从顶峰跌落深渊,正是应了《红楼梦》中出现的那句"树倒猢狲散"的俗语。

在现实中,曹寅也曾说过"树倒猢狲散"的话。

曹寅的朋友施瑮在《隋村先生遗集·病中杂赋》"廿年树倒西堂闭"句下注云:"曹楝亭公时拈佛语,对坐客云:'树倒猢狲散',今忆斯言,车轮腹转。"曹寅当年把这句俗语挂在嘴上。《红楼梦》第十三回写道"若应了那句'树倒猢狲散'的俗语",脂砚斋在此批曰:"'树倒猢狲散'之语,今犹在耳,屈指三十年矣,伤哉,宁不痛杀?"脂砚斋对这句俗语也非常熟悉。

对于曹家来说,这棵大树倒了,曹家在江南的一切也就散了。我想,在江宁织造署内长大的曹雪芹小时候一定像他祖父、父亲一样,在这棵楝树旁的楝亭内读书写字。他对这棵楝树肯定有深刻的印象。我以为他会在《红楼梦》中写到楝树,但找遍全书,并未发现。可能楝树的标识性太强,曹雪芹就是要把真的写成假的,把假的写成真的,这也是曹雪芹的高明之处。

再来说说燕子矶。曹玺为什么要从燕子矶移来这棵楝树?

燕子矶其实只是幕府山东北的一个小山峰,海拔只有三十六米。因石峰突兀江上,三面临空,势如燕子展翅欲飞而得名。燕子矶与安徽采石矶、湖南岳阳城陵矶并称"长江三大矶"。三大矶中,燕子矶的名气最大,被世人称为"万里长江第一矶"。

从明代开始,这里就是出入南京的重要渡口。明朝开国皇帝朱元璋,当年曾到燕子矶,时值薄暮,新月当空,澄江如练,没有多少文化的朱元璋诗兴大发,吟诗一首:"燕子矶兮一秤砣,长虹作杆又如何? 天边弯月是钩挂,称我江山有几多。"(《燕子矶》)

明清之际，很多文人如张岱、钱谦益、顾炎武、吴敬梓等都写过燕子矶。在明清时期金陵四十八景中，燕子矶一带就占了六景：燕矶夕照、永济江流、嘉善闻经、化龙丽地、幕府登高、达摩古洞。《同治上江两县志》中有一段关于燕子矶的描写，颇具文采："俯江诸亭，白云扫空，晴波漾碧，西眺荆楚，东望海门，离人孤客，或乃夜登，水月皓白，澄江如练，景物尤胜，故自晋题咏于此独多矣！"

康熙、乾隆南巡时也都是在这里下船，然后再走陆路到城里。有时候，也会在燕子矶住上一晚。康熙就曾写过《燕子矶夜泊》的诗："巍峨一片江头石，千载人传燕子矶。疑有鼋鼍藏窟宅，时闻钟磬出山扉。牙樯缓住寒烟净，羽卫周连夜火围。沙岸声声动行漏，芦花深处雁惊飞。"诗写得不算差，写出了燕子矶之夜的静美。

乾隆皇帝在1751年暮春第一次来燕子矶时，就被这里的壮丽景色所吸引，当即作了一首诗："当年闻说绕江澜，撼地洪涛足下看。却喜涨沙成绿野，烟村耕凿久相安。"他还挥笔书写了"燕子矶"三个大字，如今，这块字碑依然立在燕子矶头。乾隆皇帝还有一首《游燕子矶》的诗，其中有四句写得也不错："一峰飞插长江里，其势翩翩如燕子。我来四度亦四登，翠壁丹崖信如绮。"

曹玺当年往来，必须从燕子矶经过。有一年春天，他在燕子矶边漫步，微风过处，馨香扑鼻，他抬头看了看，只见紫色的碎花开满了枝头，原来这就是楝树。他知道，楝树还有让丝帛洁白的功能,他很喜欢楝树,便与身边的人一起选了一棵楝树苗,带回江宁织造署内,栽在院子里。

曹寅随父到江宁时才六岁,是在这棵树下长大的,他一定知道这棵树从燕子矶而来。他任江宁织造后,兼任两淮巡盐御史,往来于南京与扬州之间,燕子矶渡口是必须经过的。翻阅《楝亭诗钞》,就有《坐弘济石壁下及暮而去》《过燕子矶》《阻风燕矶》《登燕子矶》《暮游弘济寺石壁回宿观音阁中》《阻风燕矶登岸望洪济寺有作》等五六首写燕子矶的诗。其中《登燕子矶》写道:

> 吴楚设天堑,峭壁为之门。
> 飞烟自上下,怒涛啮其根。
> 艨艟剪江来,风力厚且屯。
> 一入吞吐中,屹然不可扪。

诗意不难理解,燕矶天堑,绝壁凌空,江风呼啸,怒涛汹涌,舟楫如梭,来来往往,此景此情,心神摇荡……

燕子矶畔幕府山上有弘济寺,缘崖而建,山后有一天然石壁,形如观音。一次,曹寅经过此处,见到石壁,十分喜爱,便在石壁下坐了许久。他写道:

> 我有千里游,爱此一片石。
> 徘徊不能去,川原俄向夕。

浮光自容与,天风鼓空碧。

露坐闻遥钟,冥心寄飞翮。

——《坐弘济石壁下及暮而去》

诗的意思是,我云游四方,只喜欢眼前的这片石头,我围绕着它,久久不愿离去,转眼间,到了黄昏时分,看看周围,一切都是那么安静、淡定,远处还传来了钟声,将我的思绪带到远方……

南京红学家严中就认为,曹雪芹肯定读过曹寅关于弘济寺的诗,也曾去看过祖父喜爱的大石壁,很可能受到这块石头的启发,写出了开头的大荒山青埂峰下的那块顽石。不过,这也是一家之言。

弘济寺早已不存,但弘济寺后面的石刻仍然保存完好,目前为南京市文物保护单位。其中一块镶嵌在悬崖峭壁上的碑刻,格外引人注目,上书"悬崖撒手"四个字。有人认为,曹雪芹在小说中写贾宝玉"悬崖撒手"的情节,就是受到这个题字的启发而写的。因为脂砚斋批语中,提到小说后面有"悬崖撒手"一回。

山形依旧,人已远去。

航运时代早已过去,燕子矶失去了码头的功能,今天变得异常沉寂。

傍晚,我登上矶头,目之所及,大江如练,蜿蜒东去,一轮圆日正好挂在西边的江上,欲落未落,晚霞将江面映得金黄一片,江面上舟楫往来,汽笛声声。向北望,八卦洲大桥长虹卧波;向南望,长江大桥飞架南北。燕子矶下,惊涛拍岸,飞鸟往还,这正是"燕矶夕照"的美景。我在一棵粗大的野生楝树旁徘徊,在我的老家,楝树又称苦楝树,果子是黄色的,味道是苦的,曹家移栽的这棵苦楝树,是否在冥冥之中喻示了曹家苦难的命运?

《红楼梦》文本中的南京

在"红学"研究中,南京与《红楼梦》、作者曹雪芹的关系,一直是热门的研究话题。这方面的论文比比皆是。这其中很多文章是探讨曹家与《红楼梦》的关系,寻找小说是作者家世自传(自况)的依据。当然,也有论者认为,南京的曹家经历仅仅是为曹雪芹创作《红楼梦》提供了重要的素材。目前多数的研究者认为,曹雪芹在南京生活了十三四年,他的祖父曹寅去世以后三年,他才出生,尽管他与祖父曹寅没有交集,但颇受祖父的影响。南京是曹雪芹的老家,无论持什么观点,谈《红楼梦》与曹雪芹,南京是绕不过去的。我们从《红楼梦》文本入手,看看曹雪芹是怎么写南京的。

一、几多写金陵

《红楼梦》所写的地名很多,但实实在在的还是三城:南京、苏州、扬州。其中以南京出现的频次最多。据统计,《红楼梦》(人民文学出版社,2022年第4版)一百二十回中,南京(包括金陵、应天府、江宁、石头城)出现45次(前八十回出现33次),苏州(包括姑苏)出现18次(其中前八十回出现16次),扬州(包括维扬、绿杨城郭)出现8次(前八十回出现6次),此外,小说中"南省""江南""南边"出现37次,自然包括南京、苏州、扬州在内。

南京在小说中出现次数多的原因不难理解,南京是贾、史、王、薛四大家族的籍贯,与小说事件的关联最多。尽管作者很少直接去写南京,但通篇看下来,南京如影随形。南京是曹雪芹的故乡,他在南京生活了十三四年,有一种割不断的情结,所以,这种故乡情在小说中会时不时自然流露出来。

自古以来,南京的称号很多,据不完全统计,有40多个。《红楼梦》中就用了"金陵""金陵城""金陵省""应天府""江宁府""江宁县""石头城"等称号,其中"金陵"用得最多。

"金陵"之名,始于战国。公元前333年,楚威王熊商于石头城筑金陵邑,于是有"金陵"之名。公元229年,吴大帝孙权在此建都,开始了金陵建都的历史。尽管后来出现了很多名称,但"金陵"这个称呼始终存在。曹雪芹似乎对"金陵"这个称号情有独钟,前八十回就用了20多次,在小说的开头第一至五回最为集中。为什么?因为前五回是《红楼梦》的总纲。在这五回里,要交代贾、史、王、薛四大家族的身世历史,自然要多次提到籍贯。此外,《红楼梦》最早的名字就叫《金陵十二钗》。《红楼梦》第一回就写道:"曹雪芹于悼红轩中,批阅十载,增删五次,纂成目录,分出章回,则题曰《金陵十二钗》。"

那么作者有时用"金陵",有时用"金陵城",有时用"金陵省",三者之间又有什么区别?

第二回，贾雨村与冷子兴的对话中提到"金陵城"与"金陵省"："不用远说，只这金陵城内，钦差金陵省体仁院总裁甄家，你可知么？"第一个"金陵"说明甄家是住在"金陵城"里，第二个"金陵"是说甄家的当家人是"金陵省"的官员钦差大人。"金陵城"，顾名思义，就是指南京城。贾、史、王、薛四大家族的老房子都在金陵城里，同时，江南甄家也住在金陵城里。"金陵城"其实是"金陵省"的一部分。

第五回，宝玉来到太虚幻境，见到"金陵十二钗正册"，宝玉问道："何为'金陵十二钗正册'？"警幻道："即贵省中十二冠首女子之册，故为'正册'。"警幻所说的"贵省"有双重意思，首先这个贵省就是宝玉的籍贯。"贵省"就是"金陵省"。

曹雪芹在构思"金陵十二钗"时，明明知道自己笔下的林黛玉、妙玉是苏州人，为何还将她们纳入"金陵十二钗"？曹雪芹没有用现实中的"江南省"这个概念，而是虚拟了"金陵省"这个概念，金陵、苏州都在金陵省里，所以宝玉才说"金陵极大"。

小说的后四十回也是按照四大家族籍贯是金陵这个思路来写的，如第八十六回，"窃生胞兄薛蟠，本籍南京"；第一百一十九回，"皇上一一的批阅，看取中的文章俱是平正通达的，见第七名贾宝玉是金陵籍贯，第一百三十名又是金陵贾兰，皇上传旨询问，两个姓贾的是金陵人氏，是否贵妃一族"。

前八十回，称"南京"的，就有10处。如第十二回，写道："老爷正在厅上看南京来的东西。"第三十三回中，宝玉挨打，贾母气急,"便令人去看轿马,'我和你太太宝玉立刻回南京去!'"第四十六回,鸳鸯道:"太太才说了,找我老子娘去,我看他南京找去。"凤姐道:"他爹的名字叫金彩,两口子都在南京看房子,从不大上京。"第四十六回,贾琏回道:"上次南京信来,金彩已经得了痰迷心窍。"第五十二回,宝琴笑道:"在南京收着呢,此时那里去取来?"第七十五回,佩凤道:"听见说外头有两个南京新来的,倒不知是谁。"

"南京"之称,始于明代,相对于北京而言。在曹雪芹时代,"南京"已经喊得很普遍了。贾府的祖籍在南京,而且南京还有老宅,丫鬟鸳鸯的父亲等人在南京看房子。所以,在人物日常对话中,自然而然就会提到"南京",相比较而言,"南京"称呼更通俗一些,日常口语中"金陵"用得少一些。

称呼"应天府"的,如第三回:"不上两个月,金陵应天府缺出,便谋补了此缺。"第四回:"如今且说贾雨村,因补授了应天府,一下马就有一件人命官司详至案下。"应天府的名称是明太祖朱元璋所起,有"上应天意"之意。

第十三回,写贾蓉的身份为"江南江宁府江宁县监生"。

"江宁"这个名字,从西晋时候就开始用了。西晋太康元年(280年)析建邺县西南置临江县,二年改江宁县。唐至德二年(757年),于江宁县置江宁郡。江宁,寓意"江外无事,宁静于此""江南安宁"。清初,改应天府为江宁府。

作者有时称"应天府",有时称"江宁府",我认为,应该指同一处。

《红楼梦》写了一个江南甄家,甄家的身份是钦差金陵省体仁院总裁,甄家住在南京,与贾家是世交。甄家曾接驾四次,甄家也有一个甄宝玉,与贾宝玉长得一模一样,两家都有一个老祖母,甄家简直就是贾家在镜子中的形象。

我们都知道,《红楼梦》绝大多数时候是直接写京城发生的事情,写南京,多数是间接写,往往通过小说中人物之口,说出南京的事情。即便是写甄家,也多是用间接的手法来写。

除了以上几个称呼,小说中还出现"江南""南省""南边"几个概念模糊的名称。

第三回中,贾母笑说凤姐是"南省"人常说的"辣子"。第五十四回:"我想他老子娘都在南边。"第六十七回:"宝玉只得笑说道:'等我明年叫人往江南去,与你多多的带两船来。'"康熙帝南巡时作有《巡幸江宁》诗:"南省封疆惟此区,江流环绕壮规模。"当时官方文件常常将江南地区写为"南省",比如内务府给苏州织造和江宁织造中的公文中就经常使用"南省"一词。

小说中的"江南""南省""南边"有时候指南京,有时候也指苏州、扬州在内的江南地区。

二、写了哪些与南京相关的人物

有人统计,《红楼梦》一共写了四百多个人物,主要人物涉及贾、史、王、薛四大家族。《红楼梦》第四回通过门子口中的谚语写出了四大家族的地位："贾不假,白玉为堂金作马;阿房宫,三百里,住不下金陵一个史;东海缺少白玉床,龙王来请金陵王;丰年好大雪,珍珠如土金如铁。"贾、史、王、薛的老家都在金陵,虽后来迁居都城,但老屋还在。第三十三回,宝玉被贾政打了一顿,贾母生气道:"我和你太太宝玉立刻回南京去!"可见,贾母的老家史家也在南京城。

"金陵十二钗"绝大多数祖籍都是南京。第五回贾宝玉梦中走进太虚幻境,在警幻仙子的引导下,看到了"金陵十二钗"名册。哪十二钗?林黛玉、薛宝钗、贾元春、贾探春、史湘云、妙玉、贾迎春、贾惜春、王熙凤、贾巧姐、李纨、秦可卿。薛宝钗的老家在金陵。史湘云是贾母的内侄孙女,自然老家也在金陵。父母在她还在襁褓时就已经亡故,由叔叔婶婶养育。她是贾母的内侄孙女,贾府通称"史大姑娘"。李纨系金陵名宦之女,父名李守中,曾为国子监祭酒。她嫁给了贾政的长子贾珠为妻。贾珠夭亡,幸存一子,取名贾兰。李纨青春守寡,心如"槁木死灰",是淑女形象的代表。林黛玉、妙玉虽然是苏州人,但属于作者虚拟的金陵省范围,加上她们与贾府的特殊关系,也就被列入"金陵十二钗"范围。

《红楼梦》还特地写了一个在南京居住的甄府,与贾府相对应。贾府先前在南京居住,后来迁入京都,而甄府则始终在南京。这个甄府是"金陵城内钦差金陵省体仁院总裁甄家"。甄家与贾府既是老亲,又系世交,两家来往,极其亲热。甄家第一次出场是在小说第二回,作者借冷子兴口道出这金陵除了贾、史、王、薛四大家族外,还有一处江南甄府。这个甄家也有一个男子叫甄宝玉,与贾宝玉长得一模一样。

甄家第二次出场是在第十六回,赵嬷嬷说:"现在江南的甄家,嗳哟哟,好势派!独他家接驾四次,若不是我们亲眼所见,告诉谁谁也不信的,别讲银子成了土泥,凭是世上所有的,没有不是堆山塞海的,'罪过可惜'四个字竟顾不得了。"在第十六回,脂砚斋批曰:"甄家正是大关键、大节目,勿作泛泛口头语看。"脂砚斋没有明说,但意思很明确,甄家四次接驾可不是随便说的,与曹家的四次接驾完全契合。

第五十六回,江南甄府里家眷进宫朝贺,顺带到贾府来拜访,并给贾府送礼。第六十三回,贾敬死了,甄家两个女人来贾家送礼,送了五十两银子。第七十五回写到甄家被抄家。甄家的命运与贾家的命运几乎一样,就像是贾家在一面镜子里的映像。

在八十回之后,金陵(包括南京)就很少出现了。贾母、鸳鸯去世后,都葬回金陵老家。王熙凤老家在金陵,所以,前面第五回判词有:"一从二令三人木,哭向金陵事更哀。"预示着王熙凤后来的命运。高鹗在第一百一十四回写"王熙凤历幻返金陵",也是从判词中来。

金鸳鸯,是贾母房中的大丫头。父亲名叫金彩,兄长叫金文翔,是贾母房里的买办,嫂子是贾母房里管浆洗的头儿。世代在贾家为奴,甚受信任,因为这个缘故,她在贾府的丫头中有很高的地位,是一般人所不能及的。贾母平日倚之若左右手。贾母玩牌,她坐在旁边出主意;贾母摆宴,她入座充当令官。虽然是贾母的红人,但她自重自爱,从不以此自傲,仗势欺人,因此深得上下各色人等的好感和尊重。她长得蜂腰削肩,鸭蛋脸,乌油头发,高高的鼻子,两边腮上微微的几点雀斑。这个人物写得很有个性。

第五十四回还写了金陵人王忠,是一个故事中的人物。一个女说书人(女先儿)要给贾母等人说书,先报了名字叫《凤求鸾》,并向贾母介绍大致的情节。晚唐之时,有一位乡绅,是金陵人氏,名唤王忠,曾做过两朝的宰相,告老还乡,膝下有个儿子叫王熙凤,赴京赶考,与李家公子相恋。女说书人的介绍引得贾母对才子佳人老套的故事作一番评论。王忠可能是曹雪芹随便起的名字,但他儿子叫王熙凤,可是作者有意安排的,与贾府王熙凤同名,增加了小说的趣味性。

《红楼梦》除了主要人物外,还写了与南京有关的历史人物,如顾恺之、王谢家族、陈后主、寿昌公主等。

顾恺之,小字虎头,无锡人,东晋杰出画家。顾恺之与曹不兴、陆探微、张僧繇合称"六朝四大家"。顾恺之作画,意在传神,他曾在建康瓦官寺绘《维摩诘像》壁画,轰动一时。

王谢二族是六朝时期从北方南迁至金陵的两大家族:琅琊王氏、陈郡谢氏。两大家族人才辈出,王家有王敦、王导、王羲之、王献之、王徽之等,谢家有谢安、谢万、谢玄、谢道韫、谢琰、谢灵运、谢惠连、谢朓等,也被作者列入"逸士高人"。

陈后主即陈叔宝,南朝陈朝末代皇帝,江山在他手里丢了,但他富有文采。曹雪芹将他列为"正邪两赋"。

《红楼梦》第五回写到的寿昌公主也算是南京人。第五回写秦可卿房中的陈设时,这样写道:"上面设着寿昌公主于含章殿下卧的榻……"不少研究者认为,历史上没有寿昌公主,应该是寿阳公主,可能是作者笔误,或者是在传抄中产生错误。寿阳公主是南朝宋武帝刘裕的女儿,她曾在一个早春卧于含章殿的屋檐下,旁边正在盛开的梅花瓣飘落在她的额上,成五瓣,拂之不去,成梅花妆。自此之后,梅花妆在皇宫内外流行。

三、写了南京哪些地方

曹雪芹生在南京,在南京生活了十三四年,南京是他真正的故乡。他对南京有刻骨铭心的记忆。南京在全书中多次出现,就是明证。具体地说,《红楼梦》中写了南京哪些地方?

石头城、六朝遗迹。

《红楼梦》第二回写道:"去岁我到金陵地界,因欲游览六朝遗迹,那日进了石头城。"

先说石头城。早在公元前333年,楚威王灭越,在江边建金陵邑,后来孙权又在此建石头城。石头城因山为城,因江为池,成为孙吴江边的军事重镇。直到今天,石头城依然保存部分遗迹。

六朝遗迹是一个总的概念,包括的范围十分广泛。南京是六朝古都,隋文帝灭陈后,六朝的建筑悉数被毁,南京城几乎成了一片耕地,但历史的遗迹是抹不掉的,毕竟做了三百多年的都城。石头城、台城、凤凰台、上林苑、鸡鸣寺……这些六朝遗迹都是后人经常探寻、怀古的对象。

《红楼梦》还写了钟山、秦淮河这两处南京最具标志性的地点。南京四周都是山,虽山都不高,但名气都很大,如钟山、摄山、牛首山、覆舟山、幕府山等,作者只写了钟山。不过,不是直笔去书写,而是通过薛宝琴的《钟山怀古》诗写钟山。

秦淮河自古以来就是南京的文化渊薮,作者借薛宝琴的《桃叶渡怀古》来抒发感慨。桃叶渡是秦淮河上一处重要的古迹,关乎王谢风流,为历代文人墨客聚焦之地。作者写桃叶渡亦是家乡景物在心中的映射。所以,朋友敦敏说曹雪芹"秦淮风月忆繁华",秦淮河畔的繁华岁月,对曹雪芹来说,是忘不了的。

水月寺。

第十五回:"原来这馒头庵就是水月寺,因他庙里做的馒头好,就起了这个浑号,离铁槛寺不远。"据南京红学家考证,在南京江宁织造府附近,的确曾有一个水月庵,后来改名正觉寺。

青溪。

《红楼梦》第十七、十八回写道:"进入石洞来。只见佳木茏葱,奇花炯灼,一带清流,从花木深处曲折泻于石隙之中……俯而视之,则清溪泻雪……"继而又写道:"转过花障,则见青溪前阻,众人咤异:'这股水又是从何而来?'贾珍遥指道:'原从那闸起流至那洞口,从东北山坳里引到那村庄里,又开一道岔口引到西南上,共总流到这里,仍旧合在一处,从那墙下出去。'"脂砚斋批曰:"这水是人力引来做的。"这一段描写与南京的青溪非常一致。曹寅的朋友张云章在祭曹寅文中有"清溪之滨,聚白下之名流"之句。曹雪芹时代,青溪分两股,一股自竹桥向南流入秦淮河,一股经江宁织造署内过五老桥、寿星桥、常府桥向南流入秦淮,这股水道现在已经湮没。

《红楼梦》第五回写道:"因东边宁府中花园内梅花盛开,贾珍之妻尤氏乃治酒,请贾母、邢夫人、王夫人等赏花……贾母等于早饭过后过来,就在会芳园游玩。"严中认为,南京早在南宋时就有一处会芳园,曹雪芹借用了这个名称。此外,南京青溪之上,有一个叫竹桥的地方,离江宁织造署很近,也被曹雪芹借用在小说中了。

四、写了哪些南京风物

《红楼梦》中的人物活动场景主要在京都,其他地方都是侧笔书写。尽管如此,还是写了不少与南京相关的风物。比如服饰。江宁织造是为皇室进贡服饰的机构,自明代以来,南京的丝绸业十分发达,南京云锦代表着清代丝绸服饰制造的最高水平。曹雪芹显然是直接或间接了解过丝绸织造技艺的,否则,他是写不出《红楼梦》中的人物服饰的。第五十六回,写南京甄家进宫朝贺,顺便到贾府来送礼请安。林之孝家的将礼单递给了探春,上面写道:上用的妆缎蟒缎十二匹,上用杂色缎十二匹,上用各色纱十二匹,上用宫绸十二匹,官用各色缎纱绸绫二十四匹。

小说中,甄家一直住在南京,他们带来的丝绸布料,当然与南京有关。

此外,小说中写王熙凤"身上穿着缕金百蝶穿花大红洋缎窄裉袄",贾宝玉"穿一件二色金百蝶穿花大红箭袖",薛宝钗穿"玫瑰紫二色金银鼠比肩褂",史湘云穿"一件水红装缎狐肷子褶子",北静王穿"江牙海水五爪坐龙白蟒袍",晴雯补的"孔雀裘",以及书中多次写到的"卍字锦",等等,都是江宁织造局生产用以供"上用"的织品。

第十七回,贾政与众人游览大观园,见到一株"西府海棠",称之为"女儿棠"。"西府海棠"是明代南京的名花木,顾起元《客座赘语》说,西府海棠是由明代郑和下西洋时从海外带回来的品种,先是种植在南京静海寺内,后来才种植到他处。

小说写贾宝玉有一个与生俱来的护身符——通灵宝玉,有研究者认为通灵宝玉的原型就是南京的雨花石。

第四十一回,贾母带了刘姥姥等一干人前来栊翠庵品茶,引出了"白雪红梅"的美景。北京冬天不会有红梅出现。这里只能理解为作者记忆中的南方景致,南京、苏州、扬州三地都会有"白雪红梅"的景致。曹寅在南京、苏州、扬州写过多首赏梅诗，如《厅前红梅初开，折一枝寄子猷诗》《二十八日偕朴仙看梅清凉山，同赋长句》等，可对着看。

至于《红楼梦》中写到的赏桂、斗草、吃芦蒿、吃鸭子，都是包括南京在内的南方风俗。

《红楼梦》中写了不少南京方言，南京人读来很亲切。如第九回："茗烟在窗外道：'……那是什么硬正仗腰子的，也来唬我们。'"这里的"硬正"是南京话。第二十四回："贾芸听他韶刀得不堪，便起身告辞。""韶刀"是南京话。第五十四回："她如今也有些拿大了。""拿大"是南京话。第五十七回："黛玉道：'趁这会子不歇一歇，还嚼什么蛆？'"嚼蛆，是典型的南京话。南京红学研究者樊斌著有《〈红楼梦〉中的南京方言》，列举了上百条与南京有关的方言。

五、南京在《红楼梦》中的分量

在红楼三城中，南京举足轻重。如果没有南京，就不会有《红楼梦》。为什么这样说？

——贾、史、王、薛四大家族的籍贯都在南京，南京是四大家族的根。作者用一首歌谣写出了贾、史、王、薛四大家族的显赫地位："贾不假，白玉为堂金作马；阿房宫，三百里，住不下金陵一个史；东海缺少白玉床，龙王来请金陵王；丰年好大雪，珍珠如土金如铁。"南京是书中最主要人物贾宝玉、贾母（其实是史家）、王熙凤、薛宝钗的故乡。特别是贾家，南京的老宅还在，还有人看守。

——作者精心塑造了"金陵十二钗"的形象，而且一开始，作者起的名字就叫《金陵十二钗》。作者在第一回交代得很清楚："（空空道人）改《石头记》为《情僧录》，至吴玉峰题曰《红楼梦》，东鲁孔梅溪则题曰《风月宝鉴》，后因曹雪芹于悼红轩批阅十载，增删五次，纂成目录，分出章回，则题曰《金陵十二钗》。""金陵十二钗"无疑是全书的灵魂之所在。

——作者虽然正笔写京城的贾府，但又念念不忘南京，特意塑造了南京的甄家，这个甄家与京都的贾家完全对应，贾家有贾宝玉，甄家也有一个甄宝玉，甄家完全是贾家镜子中的形象。甄家四次接驾，与曹家四次接驾完全一样。甄家、贾家先后被抄家，与曹家的被抄又是一致。可见作者写甄家，用的是曲笔，隐隐约约地写出了曹家与李煦家的历史。

在《红楼梦》前八十回中，"金陵"出现了二十多次，而在前五回又最为集中，从这一点也可以看出金陵在全书中占有重要的分量。因为前五回是《红楼梦》的序幕，也是全书的总纲，从不同角度为全书的人物、情节作交代。第一回是开篇，先用"女娲补天""木石前盟"两个神话故事作楔子，为后面写贾宝玉和林黛玉的爱情故事做好铺垫。第二回是交代贾府人物。通过"冷子兴演说荣国府"，简要地介绍了贾府中的人物关系，实际上是开列了一个简明人物表。第三回通过林黛玉进京,交代贾府的环境。第四回通过"葫芦僧判断葫芦案"介绍贾、史、王、薛四大家族的关系。第五回通过贾宝玉梦游太虚幻境,利用画册、判词、歌曲的形式,交代众多人物的命运与结局。前五回情节中都有与南京相牵连的元素。特别是林黛玉进贾府时,看到的那副对联"座上珠玑昭日月,堂前黼黻焕烟霞",脂砚斋批曰:"实贴。"据文献记载,江宁织造局大堂上,就有"黼黻文明"匾额。在《红楼梦》中间主体部分,绝大部分篇幅都是在写京都贾府的事情,但不时照应南京。比如第三十三回,贾宝玉被贾政打了一顿,贾母十分生气,道:"我和你太太宝玉立刻回南京去。"在《红楼梦》结尾,贾母、王熙凤、鸳鸯最后都归葬金陵,也有了叶落归根的意思。

南京,是曹雪芹的出生地,是他度过童年、少年的地方。南京,承载着曹家辉煌与破落的双重家族记忆。曹雪芹是不可能忘记南京的,所以敦敏说:"秦淮风月忆繁华。"

曹雪芹不仅"忆繁华",而且把曹家大起大落的历史作为重要的素材,写进《红楼梦》中。一场梦幻,凝聚了作者多少人生感慨;一曲挽歌,里面充满悲悯与忏悔之意。

最后,引用红学家苗怀明在《话说红楼梦》中的一段话作结:

> 对南京这座古老的文化名城,曹雪芹怀有深厚的感情,并将这种感情写进了作品。在《红楼梦》中,金陵是一个内涵丰富的意象,是一个可以安放灵魂的家园;作品的核心人物

是金陵十二钗;贾母不满意贾政毒打贾宝玉,喊着要"立刻回南京";贾敬死后,天子下旨令其子孙"扶柩归籍";王熙凤最后的结局也是"哭向金陵"。……作为贾氏家乡的金陵在某种程度上代表着人生的一种归宿,颇具象征意味。

南京的"红楼"文化

题中的"红楼"文化,特指《红楼梦》文化。

南京的"红楼"缘分,实在是太深了。周汝昌说:"江苏南京,是曹雪芹家的实际上的'故乡'和'原籍'。"(《曹雪芹和江苏》)曹家四代人在南京生活了六十多年。曹寅曾经身兼两淮巡盐御史,在南京、扬州、仪征三地之间奔波,但他全家老小仍在南京居住,所以,南京是曹家的大本营。到了曹頫被抄家时,南京还有住房十三处,共四百八十三间。曹家虽然后来被抄北上,但曹家在江南的痕迹不是那么容易就能完全抹掉的。曹寅当年去世后,南京人还在雨花台建立了曹公祠纪念他。曹家走后,山水不改,秦淮依旧,曹家三代人供职的江宁织造署还在。南京,成了曹雪芹的记忆。南京是曹雪芹的故乡,是曹雪芹的根,他是不可能忘记的。敦敏在赠曹雪芹的诗中说"秦淮风月忆繁华",可以想象,后来曹雪芹经常会忆起金陵时光,会经常向好朋友敦敏、敦诚、张宜泉等说起曹家在秦淮河畔的繁华岁月。

就研究层面来说,南京高校、研究所众多,南京大学、南京师范大学的文学研究力量雄厚,红学研究成果格外受关注,早在上个世纪初,中央大学(南京大学的前身)教授王伯沆点评《红楼梦》,观点独到,影响很大。当代,南京大学吴新雷教授在曹家身世研究领域有不少新发现,堪称红学大家。其他红学研究者也是成果不断。

因为曹家、《红楼梦》与南京有着特殊的渊源关系,南京人对《红楼梦》有着非同一般的感情。早在1980年代,一些文化人士就呼吁在南京建立曹雪芹纪念馆,为曹雪芹立塑像,并最终促成了曹雪芹纪念馆、江宁织造博物馆、钟山红楼艺文苑的建成。在江宁织造署原址上建立的江宁织造博物馆是目前国内规模最大的《红楼梦》主题纪念馆。近年来,南京将南京地铁三号线打造成《红楼梦》专线,以雕塑的形式宣传《红楼梦》,格外引人注目。越剧、昆剧《红楼梦》是南京剧场常演的传统剧目,有时候还搬到江宁织造博物馆、瞻园等地实景演出。2021年,江苏省与南京市联手打造出舞剧《红楼梦》,让人耳目一新。南京人的爱"红"情结,连绵不断。2019年,南京被联合国教科文组织评为"世界文学之都",南京市社会科学界联合会等部门借机做了一个民调,在南京人最喜爱的十部文学作品中,排在第一位的就是《红楼梦》。

一、南京的《红楼梦》研究

南京高校多,科研院所多,在红学的研究领域一直走在前列。早在1980年代,改革开放伊始,学术界百废待兴,求知热席卷大江南北,"红学热"迅速在全国蔓延,南京在此时举办过几次重要的会议,对推动南京乃至江苏的《红楼梦》研究、"红楼"文化的弘扬,起到了重要作用。

江苏省红楼梦学会成立大会暨江苏省首届红学讨论会于1982年4月26日至30日在南京举行,来自全省高等院校、文学研究单位、出版、文物、图书等部门的红学研究工作者六十余人出席会议,著名学者匡亚明、陶白、吴白匋、程千帆、朱彤、吴调公等出席会议。中国艺术研究院副院长王朝闻、中国红楼梦学会副会长兼秘书长冯其庸到会祝贺。

会议认为,江苏是《红楼梦》作者曹雪芹的故乡,《红楼梦》里的很多人物都来自江苏,书中若干语言、风物、习俗都显示出江苏地方特色,南京、苏州、扬州各地至今还存有不少有关曹雪芹家世的遗迹。因此,江苏成立红楼梦学会意义非同一般。

会上,时任南京大学名誉校长、江苏省人大常委会副主任匡亚明作了《还〈红楼梦〉的本来面目》发言。4月26日召开了靖本专题座谈会,靖本发现者毛国瑶介绍了发现经过。4月27日、28日,会议分组讨论。4月29日,与会代表参观了南京博物院与曹家及《红楼梦》有关的文物(南图所藏戚序本、南京师范大学藏王伯沆批本),并参观了明孝陵"治隆唐宋"碑、香林寺、大行宫织造府遗迹、随园遗址、云锦研究所、石头城。

这次会议收到红学研究论文40篇。

1983年11月23日至28日,纪念曹雪芹逝世220周年学术研讨会在南京召开,会议由中国红楼梦学会、江苏省文化厅、中国作家协会江苏分会、《江海学刊》编辑部和江苏省红楼梦学会联合举办,著名红学家周汝昌、冯其庸以及全国各地的红学研究人员200多人参加研讨会,会议收到论文109篇,20多位代表在会上发言。这是改革开放以后南京举办的规模最大、规格最高、最有影响的红学研讨会。曹雪芹家世档案资料的新发现、用电子计算机研究《红楼梦》、电视连续剧《红楼梦》与电影《红楼梦》的改编,都引起了与会者的极大兴趣。会上,中国第一历史档案馆委托张书才向大会公布了一件新发现的曹雪芹家世档案资料,这件资料为满文,是内务府为曹顺等人捐纳监生事致户部的咨文。这件档案资料对研究曹家的身世具有重要意义。

江苏省红楼梦学会第三次年会1985年11月在扬州召开。名誉会长匡亚明向大会提出两项建议:一是江苏与曹雪芹和《红楼梦》关系特殊,要力争在全国红学研究中处于领先地位;二是呼吁在南京建立一个《红楼梦》研究中心,建造曹雪芹纪念馆,为曹雪芹立塑像。匡亚明的倡议得到了与会代表的积极响应。随后,会议向文化部、江苏省、南京市提出三项倡议:一是用一年左右时间,在南京大行宫原江宁织造府西花园遗址为曹雪芹塑像。二是用三年时间在南京建立曹雪芹纪念馆。三是广泛征集与曹家及《红楼梦》有关的文物、图书资料,为建立《红楼梦》研究中心创造条件。

此后不久,匡亚明、唐圭璋、程千帆、孙望、陈白尘、艾煊、吴奔星、吴调公、周汝昌、冯其庸、李希凡、端木蕻良、杨宪益、吴组缃、谢铁骊、启功等知名学者在《关于在南京为曹雪芹塑像并建立纪念馆的倡议》上签字,随后将倡议书呈送给国家、江苏省和南京市有关部门。

1988年4月11日至13日,江苏省红楼梦学会第四次年会在南京召开,中国红楼梦学会副会长、中国艺术研究院《红楼梦》研究所副所长胡文彬到会祝贺,并作了《1987年红学研究的回顾与评论》专题报告。当时的苏联列宁格勒大学华侨庞英副教授应邀参加会议,介绍他对《石头记》列宁格勒藏本的研究成果。会议决定,为在南京建立曹雪芹塑像成立基金会,这一决定后来直接促成了乌龙潭公园曹雪芹塑像的落成。

南京大学的文学研究力量十分雄厚,在红学研究领域出现过几位颇有影响力的红学专家。

王伯沆(1871—1944),南京溧水人,中央大学(南京大学前身)教授。他精读《红楼梦》长达24年,不下20遍,自第16遍起,分别用朱、绿、黄、墨、紫五种颜色的笔批注,写下12387条批语,近30万字。这些批语的内容,涉及人物评论、艺术鉴赏、词语考释、典故考释、原本校勘、文字摘误等,其中不乏真知灼见。

王伯沆对《红楼梦》评价极高。现在关于《红楼梦》的研究已是"显学",但是19世纪末20世纪初《红楼梦》只是在少数文人中间流传,可是王伯沆早就开始研究《红楼梦》,并认定这部作品是"幽奇圆妙之作,百读不厌之文"。他说:"曹雪芹这本书,经纬万端,情文并茂,若不是潜心静气,反复细读,绝不能欣赏其中的妙境。"他还对索隐派的评点进行评论,如对蔡元培的《红楼梦索隐》发表看法：

> 余以为作小说看，便有味。若作史料看，便索然矣。……此由心中先有诸人，故稍说则引以证之，稍异则云反笔，似此，何书不能索隐耶？且改屋换代，而独责二三妇人，亦太小矣。近年政府内幕，事事皆可告人乎？

从时间上看，王伯沆研读《红楼梦》在胡适和俞平伯之前，南京师范大学谈凤梁教授认为："辛亥革命以后，对《红楼梦》继续进行评点，用功最深、成就最大的要算王伯沆先生了。"

关于王伯沆批《红楼梦》，目前出版了两个版本：一是南京师范大学赵国璋教授、谈凤梁教授整理的《王伯沆红楼梦批语汇录》（江苏古籍出版社）；一是南京大学苗怀明教授校注的《王伯沆批校红楼梦》（南京大学出版社）。

王伯沆纪念馆位于中华门内东侧边营九十八号，馆内藏有他批阅《红楼梦》的原稿。

匡亚明，当代教育家，南京大学原党委书记兼校长。作为知名学人，匡亚明对推动红学研究，尤其是推动在南京建立曹雪芹纪念馆作出过重要贡献。早在1982年，江苏省红楼梦学会成立大会上，身为江苏省人大常委会副主任、南京大学名誉校长的匡亚明就作了题为《还〈红楼梦〉的本来面目》的讲话。他说："我们读《红楼梦》也好，研究《红楼梦》也好，第一要紧的事就是要还《红楼梦》以本来面目。"时值改革开放之初,能有这样的认识,难能可贵。

在谈到江苏与《红楼梦》的关系时,匡亚明说:"江苏是曹雪芹生活过的地方。《红楼梦》里有许多内容涉及江苏。当然,作者不一定就是在'写实'哪一处地方。他善于集中所见、所闻、所体验的各个方面的东西,予以精心加工、提炼、融合、剪裁,创造出书中的若干典型人物形象、故事、情节。如果说书中的贾宝玉一定就是作者曹雪芹,不能这样讲,说贾宝玉这个人物形象里面就一点也没有曹雪芹,也不见得。'大观园'也是这样,断定它是哪座名园,靠不住;但其中曹雪芹自己亲历、接触过的'实景',必然也不会少。"这个观点在当时来说颇为难得。

在江苏省红楼梦学会成立大会上,匡亚明被推举为江苏省红楼梦学会名誉会长。

在1983年11月23日纪念曹雪芹逝世220周年学术讨论会上,匡亚明作了《继承是为了创新》的发言。他说,第一要学习曹雪芹精通运用文化遗产的学风,第二要学习曹雪芹认真对待生活的精神,第三要学习曹雪芹严肃的创作态度。这些观点都很实在。

在1985年江苏省红楼梦学会第三次年会上,匡亚明呼吁在南京建立曹雪芹纪念馆,为曹雪芹塑像。后来,南京在乌龙潭公园为曹雪芹塑像、在江宁织造署遗址上建成江宁织造博物馆,与匡亚明等老一辈学者的呼吁有着直接的关系。

吴新雷,南京大学文学院教授,红学专家,他与扬州大学黄进德教授合著的《曹雪芹江南家世丛考》是一部很有分量的红学著作。该书由黑龙江教育出版社出版。冯其庸在序中对这部书给予很高的评价,认为该书"缜密考证,精微析论"。他说:"我认为这部书,是曹雪芹家世研究专著中度越前人之作,是一部值得认真细读的专著。"

吴新雷教授在该书中有11篇文章,包括《关于曹雪芹家世的新资料——〈康熙上元县志·曹玺传〉的发现及探究》《南京曹家史迹考察记》《随园与大观园的关系》等,他的文章重点在研究曹家身世、《红楼梦》与南京的关系上。吴新雷教授在复旦大学图书馆发现了《康熙上元县志·曹玺传》,对研究曹家的原籍、身世有重要的帮助。他参与了江宁织造署遗址的发掘,重点考察曹家在南京的活动历史,对江宁织造署的范围做了考证,印证了周汝昌的某些推测。

苗怀明,南京大学文学院教授,中国古代小说网创办人之一,目前担任江苏省红楼梦学会会长。他在南京大学开设《红楼梦》研究课程已经有20多年。为了提高《红楼梦》教学的效果,他积极探索,变一味的灌输为讲授与讨论并重,提高学生的参与度,将学术训练贯穿到教学活动中。他还布置一些开放型的题目,促发学生阅读、思考,被称为"花式作业"。比如林黛玉的家产问题、《红楼梦》人物的年龄问题、《红楼梦》是否具有反清复明思想、《红楼梦》中的女孩子是大脚还是小脚、贾府的经济收支问题、《红楼梦》里到底写了多少人物等等,要求学生按照学术研讨会的形式进行讨论。苗怀明教授的"花式作业"曾一度引起众多媒体的关注。他还将课堂教学成果集纳成册,由南京大学出版社出版,名为《南京大学的红学课》。

苗怀明还先后出版了《风起红楼》《曹雪芹》《话说红楼梦》《红楼梦二十讲》等书籍。《红楼梦研究史论集》是苗怀明的学术性论文集,由辽宁人民出版社2019年出版。苗怀明还整理出版了《王伯沆批校红楼梦》,由南京大学出版社2010年出版。

潘知常,南京大学新闻传播学院教授,美学家,著有《〈红楼梦〉为什么这样红》《潘知常导读〈红楼梦〉》。潘知常从美学的角度分析《红楼梦》。他说:"对于我来说,《红楼梦》已经不是一部文学作品,而是一部美学宝典与人生宝典。"《〈红楼梦〉为什么这样红》分五部分:第一讲,没有爱万万不能。他认为《红楼梦》是一部爱的圣经。第二讲,伟大的忏悔录。第三讲,彻头彻尾的悲剧。第四讲,悲悯情怀。第五讲,情榜证情。潘知常经常在高校、社会图书馆做《红楼梦》讲座,讲授的题目有《红楼梦与南京》《大观园里的青春故事》《红楼梦与中国传统文化》等。

何永康,南京师范大学文学院教授,曾任江苏省红楼梦学术研究会会长。《红楼美学》是他红学研究的代表作,由北岳文艺出版社1991年出版。书中认为,作为"小说"的《红楼梦》,是"诗",是"无声的音乐",是"抒情的哲学",因而,才能由"具体之学"升华为十分哲学的"美学"。于是,"红学"之中卓立起"红楼美学"。全书分五章:美学境界、美学景观、美学运思、美学感动、美学贡献。

《红楼梦研究》是他与南京师范大学沈新林教授主编的中文系汉语言文学自考本科选修课教材,由苏州大学出版社出版。

严中,原为南京日报社编辑,中国红楼梦学会会员,中国曹雪芹研究会会员,特别喜欢《红楼梦》,刻苦钻研,不时有心得,在海内外报刊上发表文章逾千篇。他的文章一般不长,往往侧重研究一个小问题,因此被人们誉为"红楼补白大王"。《人物》杂志1998年第3期曾以《都云考者痴,谁解其中味——"红楼补白大王"严中》为题对他做了介绍。他是大观园"主南说"的代表人物。他认为,南京的随园是大观园的原型之一。

1990年代,严中拜周汝昌为师,二人多次合作,先后出版了《江宁织造与曹家》(中华书局2006年)、《红楼梦里史侯家》(广陵书社2009年)。

严中的红学论文主要见于《红楼丛话》(南京大学出版社1991年)、《红楼续话》(中国文联出版公司1998年)、《红楼梦与南京》(河海大学出版社2013年)。《红楼梦与南京》是到目前为止对《红楼梦》与南京的关系论述最详细的著作。

严中在1995年10月21日的《新华日报》上发表《南京建个"红学大观园"如何》一文,认为南京最有资格建立曹雪芹纪念馆与《红楼梦》大观园,此后,他还与周汝昌一起在多个场合呼吁在南京建造曹雪芹纪念馆,复建江宁织造署。

樊斌,南京文史专家,曾担任专业杂志主编,不时有文史方面的文章见诸报端。2020年出版《红楼梦中的南京方言》(江苏凤凰美术出版社)。他认为,南京是《红楼梦》的源头,也是文学巨匠曹雪芹的故乡,因此,《红楼梦》中大量出现南京方言是情理之中的事情。他认为,《红楼梦》以南京方言为主体(母语),以北方方言为辅体,构成了整部《红楼梦》的语言体系。不过,通读全书,觉得樊斌选出来的有些话并不为南京所独有,所以很难说是南京方言。

俞润生,南京师范大学《文教资料》原专职副主编,《江苏教育学院学报》副主编,曾任江苏省红楼梦学会秘书长,发表红学论文多篇,出版过《红楼梦文化面面观》(南京大学出版社2009年),吴新雷为该书作序。书中探讨了《红楼梦》中的儒道思想、大观园中的舶来品、官吏制度、奴仆制度与奴仆情结、寿辰文化、丧仪文化等。

姜耕玉,东南大学教授,著有《红楼艺境探奇》(重庆出版社1986年)。该书收录了作者12篇红学论文,包括作家的审美倾向、《红楼梦》蕴含多重主题的悲剧形态特征、《红楼梦》情节的艺术特色、《红楼梦》细节描写的艺术功力、《红楼梦》对人物感情形态的刻画艺术、《红楼梦》的意境创造、《红楼梦》情节结构的节奏美、《红楼梦》中人物语言特色等。

朱永奎,曾任《中国食品质量报》江苏省记者站站长,热爱红学事业,自号"罢不能芹边白头翁",先后在《红楼梦学刊》《曹雪芹研究》等各类报纸杂志发表红学论文百篇。2006年至2013年,担任江苏省红楼梦学会副会长。他认为南京有《红楼梦》遗迹四十多处，应该好好开发利用。他还是一位《红楼梦》艺术品收藏家，收藏的内容包括瓷器、书画、书刊、印章、象牙微雕、火花、烟标、酒类、泥人、门票、扇面、宫梳名篦、纪念币、紫砂雕塑等三十多个品种两千多件藏品。

王永泉，南京知名文史专家，以创作历史类文学作品为主。喜欢《红楼梦》，先后出版三部关于《红楼梦》的历史小说：《曹雪芹》《曹雪芹南归》《乾隆与曹雪芹》。《曹雪芹南归》是一部章回小说，北京十月文艺出版社1991年出版。书中写了《红楼梦》手抄本在皇宫后妃中流传，乾隆皇帝发现后大怒，下令搜查此书，曹雪芹逃到他祖辈生活过的南京，在流浪中他遇见了歌女杜芷芳，两人产生爱情。长篇小说《乾隆与曹雪芹》，中国友谊出版公司2000年出版，写的是乾隆偶得《石头记》手稿，爱不释手，后宫嫔妃亦争相传阅。但乾隆对该书的悲剧性结尾不满，逼迫曹雪芹修改，曹雪芹不肯，携书稿逃往南京。王永泉的小说往往以红学研究成果为基础进行虚构。

沈科、严曙二人主编的《随园与大观园》2011年由广陵书社出版。沈科、严曙都是《红楼梦》的爱好者。《红楼梦》问世两百多年来，关于大观园在何处，一直有南北之争。"主北说"认为在北京，"主南说"认为在南京或苏州。该书偏向于"主南说"。该书选编了与随园有关的文献资料，特别是收录了袁枚的《随园六记》，以及袁枚的传记，同时还选录了胡适、吴世昌、俞平伯、卞孝萱、吴新雷、严中等人关于随园的文章。有人认为随园是大观园的原型之一,胡适、吴世昌认为随园就是大观园。也有人提出不同意见,如卞孝萱就不同意这个观点。该书关于随园的资料比较全面、翔实,有助于读者了解随园。

在红学的研究领域,哪怕一个小小的发现,也会立即激起千层浪。如果有人突然说,曾经有一个外国人给曹雪芹讲过莎士比亚的故事,那听起来无异于春雷震耳。

在南京就曾经发生过这样一件事。

南京师范学院(南京师范大学前身)图书馆、中文系资料室编印的《文教资料简报》1982年6月号上刊登了该校外语系黄龙副教授的文章《曹雪芹与莎士比亚》。据文章作者黄龙介绍,1947年,他是金陵大学的研究生,学的是英语专业,他的研究课题是莎士比亚,因此常去国立中央图书馆。一天,他看到了一本英文书,书名为 *Dragons Imperial Kingdom*,翻译成汉语就是"龙之帝国"的意思,他被书中的一段话所吸引,这段话是说英国人在江宁织造府里向曹𬦀讲述莎士比亚的故事。他立即将原文抄录在卡片上。他再看了看作者,威廉·温斯顿。三十多年后,时任南京师范学院副教授的黄龙,偶尔翻到这张卡片,因内容涉及曹𬦀和莎士比亚,便写了《曹雪芹与莎士比亚》一文。文章中引用了一段据说是英国威廉·温斯顿所著的《龙之帝国》中的话:

龙之帝国以五爪金龙为其象征,此种传奇式之爬虫,自创世以来,并无其物。在该国各种特产中,柞蚕丝最负盛誉,不愧为东方丝绸之乡。余家所藏"江宁织造厂"之手工织品,即饰有龙凤呈祥之图纹。此品素所珍爱,视为传家之宝,几历兵燹而仍幸无恙。余祖腓立普在华经营纺织品交易期间,有缘结识曹頫君,当时彼任"江宁织造";并应曹君之请为该厂传授纺织工艺。曹君极其好客殷勤,常即兴赋诗以抒情道谊。余祖亦常宣教《圣经》,纵谈莎剧,以资酬和,但听众之中却无妇孺,曹君之娇子竟因窃听而受笞责。

他在文中阐述了三个观点:一、认为曹雪芹在《红楼梦》中所写的宝玉弃功名如敝屣,视富贵如浮云,是因为受到《圣经·传道书》的影响,从而推论出《红楼梦》在僧道之外还有"基督之道"。二、认为贾宝玉和林黛玉的爱情悲剧受到莎士比亚的《罗密欧与朱丽叶》影响。三、认为王熙凤的"毒设相思局"受莎士比亚《温莎之风流妇》的影响。

1982年7月31日《周末》报上刊载了这篇文章,随后引起了红学界的关注,有人马上从文字中惊讶地发现,这"娇子"不就是曹雪芹?曹雪芹听莎士比亚的戏剧故事,这简直是引爆眼球的新闻。

江苏省红学会和《江海学刊》编辑部便联合召开了一次座谈会,对黄龙提供的这项新史料进行了讨论。与会人员因没有见到《龙之帝国》的原书,提出了疑问,黄龙也作了解答,大家都希望黄龙能提供最原始的资料。

南京大学红学家吴新雷很重视这篇文章,专门去走访了黄龙,详细询问了有关情况。他按图索骥,去南京图书馆和南大图书馆寻找《龙之帝国》一书,没有任何结果,他又请教外语方面的专家,查阅了大量的英国工具书,都未见著录。

由于黄龙副教授对卡片的英文内容是用文言文翻译登载在《周末》报上的,为便于理解,吴新雷教授请了南大外文系的专家,用现代汉语进行了重译:

> 有一幅"江宁制造局"制作的手工织锦,其中饰有龙凤纹样,是我家祖传的宝物,极其珍贵,虽经战乱仍保存完好。盖当我祖父菲利普在中国经营纺织品贸易的时候,有缘结识了"江宁织造局"的主事曹𫖯先生,并应邀担任织造局的技术指导,传授纺织工艺。这位主人款待宾客十分殷勤,常即席赋诗以叙亲切之情。作为酬答,我祖父便宣传《圣经》的教义,或绘声绘色地讲述莎士比亚戏剧中的故事。但在听众之中少年和妇女是除外的(意译:曹𫖯不让少年和妇女听讲),曹氏之娇子竟因窃听而受到训斥和责打。

黄龙一直没有将他的卡片公布于世,人们开始怀疑到底有没有《龙之帝国》一书。后来,人民出版社的金敏之说,他在20世纪50年代曾亲手给本单位资料室买进了这本书,买书的地点是北京的旧书铺,可惜经过"十年动乱",如今遍查无着。

周汝昌在1986年哈尔滨国际红楼梦研讨会上的发言还引用了《龙之帝国》上的资料。

美籍学者马幼垣曾在国外极力搜寻有关《龙之帝国》的资料,可是一无所获,他认为这个情节是杜撰的。

由于这本书找不到,后来人们也就不再谈论这本书的真伪问题,宁愿相信没有这本书。靖本《石头记》也曾经是一个人看见,后来也是无影无踪。但靖本不同,靖本的批注还能从其他抄本中找到蛛丝马迹的佐证。

红学研究中,已经出现了好几起类似虎头蛇尾或者没有下文的事件。比如曹雪芹像、墓碑、佚诗的被发现,都曾轰动一时,后来也都不了了之,有的还被考证出来是今人故意作假的。我总觉得,为了博眼球,为了一点名与利,做出此等事,是问心有愧的。

二、与南京有关的《红楼梦》版本

《红楼梦》的版本甚多,但与南京有关的两个版本都有重要的研究价值,一是戚宁本,一是靖本。

戚宁本。

南京图书馆所藏的戚蓼生序本,是《石头记》早期一个抄本,由乾隆年间进士戚蓼生所藏并作序。戚蓼生,浙江湖州德清县人,于乾隆三十五年(1770年)至乾隆四十五年(1780年)在京做官。其间,他整理、抄录有脂批的《石头记》,并为之作序。这个本子先是传到立松轩手里,被立松轩等人添加了侧批、回前总评、回后总评,后来又被传抄,形成很多大同小异的过录本,蒙府本、戚沪本、戚宁本都是其中之一。

戚沪本于清末光绪年间为桐城人张开模获得(故又称戚张本)。后经俞明震赠给上海有正书局老板狄葆贤。1911年至1912年,狄葆贤对其进行照相石印,并予以出版,题《国初抄本原本红楼梦》,一般将其称为"有正大字本"。这是第一种正式印刷出版的脂评本系统的《红楼梦》。1920年用大字本剪贴缩印了一种小字本。

戚沪本原传已毁于兵火,但1975年上海古籍书店发现了上半部1至40回,现存于上海,故称为"戚沪本"。后南京又发现一种带有戚蓼生作序的古抄本,八十回全,称为"戚宁本"。现藏于南京图书馆,又称为"南图本"。2010年南图本影印出版。

上个世纪初,研究《红楼梦》的人对戚序本并不重视,只有鲁迅在撰写《中国小说史略》的时候,引文全用戚本的文字。

戚蓼生序本《石头记》上有大量异于甲戌本、己卯本、庚辰本的独有的回前回后评,目前学界对这些评语的作者是谁,这些评语是否属于脂评范围,都没有定论。

靖本。

靖本,又称靖藏本、脂靖本、靖应鹍本,据说是《红楼梦》早期的一个抄本。题为《石头记》,原藏于扬州靖氏家。1959年,毛国瑶在南京友人靖应鹍家中借阅了一部《红楼梦》，回家阅读后发现此版本的批语内容与其他版本存在差异，遂以笔记形式，记录下150余条，并将书归还给靖家。1964年，毛国瑶将批语寄给红学家俞平伯，俞平伯发现此本有价值，想借原书阅读，靖家遍寻不获。

靖本《红楼梦》的发现，是红学研究史上一个重要事件。批语中的内容，披露出一些关于《红楼梦》创作和编辑过程中的重要信息，甚至澄清了一些历史谜团。此本中独有一些极重要的批语，如第十三回命作者删去"秦可卿淫丧天香楼"遗簪、更衣等情节的人是畸笏叟；如第二十二回畸笏叟所加的批语"前批知者寥寥，不数年，芹溪、脂砚、杏斋诸子皆相继别去。今丁亥，只余朽物一枚，宁不痛杀"，廓清了曹雪芹、脂砚斋、畸笏叟当是三个人的问题。此外，批语中还提供了许多先前不知道的八十回后的佚稿情节，如关于妙玉的下落等。此本第十三回有一署名"常村"的批注。此批于甲戌本中为眉批，无署名。周汝昌认为即"棠村"之误。

有专家认为靖本是难得的早期版本，也有专家认为，靖本有作伪的嫌疑。

三、"红楼"文化的继承与弘扬

南京是一座历史文化名城，文化资源十分丰富。清代两部重要的小说《红楼梦》《儒林外史》都与南京有着密切的关系。南京的《红楼梦》文化是南京文化极其重要的组成部分。曹雪芹在南京生活了十三四年,南京是他的根,曹家在南京的经历为他创作《红楼梦》提供了重要的生活经验与素材。南京与曹家、《红楼梦》有关的遗迹不少,挖掘、弘扬"红楼"文化,传承经典,无疑是提升文学之都影响力的重要抓手。

(一)三处纪念场馆

1. 乌龙潭曹雪芹纪念馆

早在1958年,周汝昌就在《雨花》杂志上发表《曹雪芹与江苏》一文,提出了在南京江宁织造署遗址建设曹雪芹纪念馆的构想。1983年,纪念曹雪芹逝世220周年学术研讨会期间,周汝昌再次建议建立曹雪芹纪念馆。1985年,江苏省红楼梦学会第三次年会上,匡亚明、周汝昌、冯其庸、李希凡等著名学者联名给江苏省、南京市有关方面写信,希望南京重视《红楼梦》文化资源,建设曹雪芹纪念馆。由于种种原因,迟迟没有得到落实。

1980年代,北京、上海先后建了大观园,河北正定建了荣国府。在这种情况下,江苏省红学界人士十分着急,鉴于曹雪芹家在南京的房产有多处的事实,专家建议在乌龙潭建立曹雪芹纪念馆。乌龙潭公园的负责人周久发是一位热心文化事业的管理者,他表示自筹资金,建造纪念馆。经过一番努力,征得有关部门同意,乌龙潭公园管理处开始筹划建设曹雪芹纪念馆。先是为曹雪芹塑像。经过一年的筹备,曹雪芹塑像于1992年10月20日在乌龙潭公园落成。塑像高2.5米,为红色花岗岩,由南京艺术学院谌硕人、阮雍崇夫妇设计,采用坐姿。两年后,曹雪芹纪念馆在乌龙潭公园落成。至此,南京终于有了一处与曹雪芹、《红楼梦》有关的纪念场所。

2. 红楼艺文苑

钟山风景区位于南京东郊,素有"城市花园"之美誉。为了纪念《红楼梦》与南京特殊的渊源关系,中山陵园管理局自筹1000万元,建造了一座与《红楼梦》有关的花园小品——红楼艺文苑。红楼艺文苑位于明孝陵景区梅花山的东北角,占地面积7.5万平方米,1995年完成设计,1997年2月建成。艺文苑其实是一座颇具江南风格的园林,选取了《红楼梦》前八十回中精彩的十二个情节为意境单元,包括太虚幻境、芙蓉仙境、芦雪联吟、海棠吟社、药园沉醉、沁芳钓台、桄翠分花、潇湘竹韵、香丘、梨园雏莺、红楼艺文馆和香草园。主要以植物、太湖石、黄石等原料造景,配以少量建筑小品和雕塑。

3. 江宁织造博物馆

在周汝昌等专家的呼吁下,南京市政府2006年决定在江宁织造署遗址上建造曹雪芹纪念馆,但由于这块地皮位于市中心,牵涉单位较多,政府一下子又拿不出很多钱来,便决定由一家民营房地产公司负责投资建设,2009年完工,政府又从民营房地产公司手中购回。2013年5月,江宁织造博物馆才对外开放。

江宁织造博物馆由著名建筑学家、两院院士吴良镛担当设计者,占地面积1.87万平方米,建筑面积3.7万平方米。博物馆展示的内容除了与《红楼梦》有关,还涉及江宁织造的历史、南京云锦的历史等。博物馆还运用现代声光电技术再现《红楼梦》中的某些情节、氛围,具有一定的视觉感染力。江宁织造博物馆是目前我国纪念曹雪芹与《红楼梦》规模最大的场所。

(二)舞台上的《红楼梦》

作为省会,南京有昆剧院、越剧院,文艺力量很强,《红楼梦》一直是省市演艺剧团保留的传统剧目。

为纪念曹雪芹逝世220周年,1983年,南京市越剧团排演了越剧传奇古装剧——《秦淮梦》,主角是曹雪芹。这是第一次将曹雪芹的形象搬上戏剧舞台。剧情是这样的:曹雪芹在北京完成了《红楼梦》前八十回,抄本传开后,上自王公显宦,下至市井歌女,争相传诵,同时引起封建卫道士的种种非议。贫困潦倒的曹雪芹面对厄运,只得赴两江总督尹公之约,重返金陵。在金陵,他意外重逢幼小失散的挚友黎芳青,又得知她饱经忧患的悲惨遭遇。后来,在黎芳青等人的支持下,曹雪芹回到北京,继续完成《红楼梦》的后半部分。

1985年,江苏电视台将这部舞台剧拍成越剧电视连续剧,获第六届全国优秀电视剧飞天奖。

最近几年,南京艺术剧团注重实景演出。南京市越剧院把《红楼梦》搬到瞻园演出。主题为"金陵寻梦夜瞻园",将传统戏曲、器乐表演巧妙融入亭台楼阁的园林空间之中,把江南园林的亭台楼阁变成了移步换景的梦幻舞台,实景还原《红楼梦》中的经典场景,营造出了一种如梦如幻的历史穿越感。瞻园建于明代,有"金陵第一园"之称,1987年版《红楼梦》的刘姥姥进大观园,就是在瞻园拍摄的。

2020年7月,南京市越剧团又把越剧《红楼梦》带进了江宁织造博物馆。江宁织造博物馆庭院虽然面积不大,但小巧精致,还建有舞台,主创人员充分利用园林的景别,并用现代光电技术营造出了精美的舞台艺术效果。

2021年7月,江苏省文投、江苏大戏院与南京民族乐团联合打造了大型原创民族音乐舞剧《红楼梦》,用舞蹈的形式对《红楼梦》进行新的艺术诠释。舞剧上映后,观众反响较好。

(三)打造"红楼"专线

南京地铁三号线是贯穿南京市南北的要道,2015年建成通车。由于三号线要经过大行宫,南京地铁的设计者在构思时想到了《红楼梦》,他们在沿线9座站的墙壁上通过壁画形式来体现《红楼梦》的情节元素,具体主题包括:五塘广场站是"太虚幻境",南京站是"元春省亲",常府街站是"宝玉见宝钗",大行宫站是"金陵十二钗",夫子庙站是"除夕夜宴",武定门站是"湘云眠芍",雨花门站是"黛玉葬花",卡子门站是"大观园",九龙湖站是"菊花诗社"。以大行宫站为例,走进通往三号线站台的通道,一股复古气息扑面而来,镶嵌在展厅墙壁上的"金陵十二钗"静静伫立在一旁。驻足观看,壁画中十二位女子,有的似乎在低头沉思,有的静静伏在案前,虽然面容、姿态各有不同,但都透出娴雅温婉之气。

五塘广场站的"太虚幻境",出自一位法国画家之手,采用彩雕艺术玻璃制作,表现了"天仙福地太虚境"扑朔迷离的空间。南京站的主题是"元春省亲",主创者把这个主题放在南京站,含有"欢迎回家"的寓意。

有网友赞道:"坐一趟南京三号线,读了半本《红楼梦》。"

(四)推出"金陵十二钗"烟标

吸烟有害健康,这是常识,但香烟仍然有一定的市场,也是事实。南京卷烟厂鉴于南京与《红楼梦》的渊源关系,于1988年推出"金陵十二钗"烟标包装。烟盒正面的图案上印有"金陵十二钗"的人物图,这些人物图形象传神,由著名书画家刘旦宅创作。烟盒背面印有红学家周汝昌的"金陵十二钗"七言诗句,由江苏著名书画家陈大羽手书。

(五)保护"红楼"遗迹

有人说,南京处处皆"红楼",这话未免有些夸张,但作为曹家生活了六十多年的地方,南京的确留存大量与《红楼梦》、与曹家相关的历史遗迹,有人统计说有四十多处。2015年,为纪念曹雪芹诞生300周年,南京市社会科学界联合会联合金陵图书馆、吴山越水红友读书会共同推出《红楼梦》文化遗迹图录展,展出了南京三十多处与《红楼梦》相关的遗迹,包括石头城、清凉山、鼓楼、明孝陵、鸡鸣寺、灵谷寺、燕子矶、桃叶渡、三山矶、方山、汉府街、雨花台、玄武湖、莫愁湖、栖霞山、香林寺、水月庵、万寿禅寺、二郎庙、随园、祈泽寺、祈泽泉、淳化镇、秣陵关、龙潭、丹凤街、乌龙潭、紫金山、秦淮河、清溪等。

我认为,以上所列的地名有的建筑早已不存,有的仅仅是个名字而已,地貌早已不存,有的似乎与曹家或者《红楼梦》关系不大,但比较密切的有七八处。

2020年9月,已届88岁高龄的著名红学家、南京大学教授吴新雷带领数位大学教授、红学爱好者,对南京市内部分红楼遗迹进行了为期一天的文化考察,考察的遗迹有随园故址、乌龙潭公园、江宁织造博物馆、明孝陵"治隆唐宋"碑、秦淮河等。

南京大学教授潘知常在2015年江宁织造博物馆举行的《红楼梦》与城市文化遗产论坛上,作了《〈红楼梦〉文化与南京城市形象提升》的主旨发言。他认为,作为曹雪芹生活过的城市,南京应打造成"红学之城",开通一条《红楼梦》主题线路,开展"红楼"一日游活动,以江宁织造博物馆为中心,寻访、游览随园、石头城、香林寺等红楼遗迹,晚上可以到江宁织造博物馆品尝"红楼"夜宴,观赏以《红楼梦》为主题的演出,可以唱昆曲,让观众感受"红楼"文化。他还建议把《红楼梦》中的史湘云确定为南京城市的形象代言人。

我认为,潘知常教授的建议有价值。

苏州篇

◎ 中国台湾学者皮述民说,苏州李府半红楼。意思是说,《红楼梦》中的素材多半出自曹雪芹舅爷爷李煦家。一家之言,意在强调苏州的分量。

◎ 脂砚斋在甲戌本第二回中批道:"十二钗正出之地,故用真。"不知道脂砚斋为何这样说。难道在他看来十二钗的原型都来自苏州?

◎ 苏州李家与金陵曹家的确有很多相似之处:李煦母亲、曹寅母亲都曾做过康熙皇帝的保姆;李煦任苏州织造,曹寅任江宁织造,后来两人轮流兼任两淮巡盐御史;两人都曾接驾四次;康熙皇帝一死,李家与曹家先后遭殃。雍正元年,李家被抄;雍正五年,曹家被抄。

◎《红楼梦》开篇第一回就从苏州写起——"最是红尘中一二等富贵风流之地。"

◎ 苏州是林黛玉的出生地。她在京城见到来自家乡苏州的特产,立刻泪眼汪汪,思乡之情,油然而生。在一百二十回本中,林黛玉死后归葬于苏州。一片美丽的叶子落了,回归生她的土地。

◎ 除了林黛玉,《红楼梦》写了不少苏州女子,如妙玉、英莲、邢岫烟、娇杏、十二官、驾娘、慧娘等，作者难忘姑苏情。

◎ 我读"红楼"，每次读到大观园，总联想到苏州园林，因为它们神韵契合。我以为，曹雪芹肯定观赏过苏州园林。

◎ 走在今天的苏州大街小巷，不时看到五彩缤纷的丝绸，令人想起《红楼梦》中人物的穿着。苏州丝绸甲天下，此言不虚。

◎《红楼梦》中出现了三十本戏曲的名字，其中有二十种为昆曲。贾蔷从苏州采买的十二个唱戏的女孩子，唱的自然也是昆曲。

◎ 世事如云烟。江南三织造中，只有苏州织造署还在原址上保存部分建筑。承载着故事的土地、漫漶斑驳的构件、玲珑多姿的瑞云峰，共同见证了苏州织造的兴衰，自然也勾起了人们对"红楼"往事的追念……

最是红尘中一二等富贵风流之地

一

到了苏州的第一站,自然是去探访阊门。因为《红楼梦》开篇就写到阊门:"最是红尘中一二等富贵风流之地。"

秋日的阳光很明净,照在西中市路大街两边的建筑上,温暖而宁静。走在大街上,我有一种恍若隔世的感觉。因为现代城市很少有这么矮的房子,高不过三层,不时可见老字号商店,吴侬软语,熙熙攘攘,烟火气十足,苏州的城市规划的确可圈可点。

沿着西中市往西走,很快就会看见一座高高的城楼,阊门到了。打量城楼,颇有气势。城楼为双层,重檐歇山,飞檐翘角,仿古像古。城门为三券门,中间大门行驶汽车,两侧小门走非机动车和行人。大门洞上方镶嵌"阊门"二字石刻竖匾。券门全部用麻石砌成,很精致。从资料上得知,现在的阊门重修于2004年,老阊门第一次毁于太平天国战火,第二次彻底毁于1958年。出了阊门,右边就是北码头,现在也是修葺一新,而且成了文化街区。运河水依旧波光粼粼,偶尔有游船来往,载的都是外地的游客。而在古代,这里可是万舟云集、商贾林立啊!

我在阊门外流连。桥畔聚集着很多"老苏州",有遛鸟、遛狗的,有下棋的,有聊天的,有看呆的。我问几位上了年岁的老人,新的阊门与老阊门有何区别,答曰:比以前好看多了。我不知道以前是指什么时候,估计是1958年以前残存的城墙,其实那时候的阊门已经很破旧了。

如今,知道观前街的人比知道阊门的人多多了,可是两三百年前不一样,那时的阊门可是"天下第一门"。曹雪芹在《红楼梦》中极少写真实的地名,但苏州阊门是例外。他在第一回就写道:

> 当日地陷东南,这东南一隅有处曰姑苏,有城曰阊门者,最是红尘中一二等富贵风流之地。这阊门外有个十里街,街内有个仁清巷,巷内有个古庙,因地方窄狭,人皆呼作葫芦庙。庙旁住着一家乡宦,姓甄,名费,字士隐。

"最是红尘中一二等富贵风流之地",如此高的评价在《红楼梦》中是绝无仅有的。作者何以对阊门如此看重?

阊门是苏州城八门之一,位于城西北,始建于春秋时期。《吴越春秋》记载:"立阊门者,以象天门,通阊阖风也。""阊阖",传说中的天门。伍子胥象天法地始筑吴都,阊门便是这座城池"气通阊阖"的首门,意思是吴国将得到天神保佑,日臻强盛。又因吴欲灭楚,该门朝对楚国,故亦名破楚门。

早在西晋时期,陆机《吴趋行》云:"吴趋自有始,请从阊门起。阊门何峨峨,飞阁跨通波。"可见,六朝之前,阊门就非常有名。自隋朝京杭大运河修通后,有南北护城河、内城河、上塘河(京杭大运河古河道)、山塘河(通往虎丘)分别从五个方向汇聚于此,所以有"五河汇阊"之说。阊门成了水陆交通的要道,附近的商业自然十分繁荣。历代写阊门的诗词多如牛毛,白居易有诗:"阊门四望郁苍苍,始觉州雄土俗强。"宋人范成大有诗:"日夜飞帆与跨鞍,阊门川陆路漫漫。"

元末张士诚据苏,曾添筑月城。清初又增辟水门,修建门楼,题以"气通阊阖"匾额。尤其是明清以来,阊门成为江南地区的水陆要冲和物资集散地。"凡南北舟车,外洋商贩,莫不毕集于此。"商贾云集,店肆林立。城外呈放射状的南濠街(今南浩街)、上塘街和山塘街,以及城内的阊门大街(今西中市)成了苏州最繁华的商业街区。唐寅的《阊门即事》极写阊门的繁华:

> 世间乐土是吴中,中有阊门更擅雄。
> 翠袖三千楼上下,黄金百万水西东。
> 五更市卖何曾绝,四远方言总不同。
> 若使画师描作画,画师应道画难工。

这首诗通俗易懂。在唐寅的心目中,阊门算是天下第一了。尽管他说画家都难以描绘出阊门的繁华程度,但还是有画家去画了。清代乾隆年间徐扬的《盛世滋生图》还是画了热闹的阊门。从画中可以看到,阊门筑有瓮城(即月城),陆门西临吊桥,东接阊门内大街(今西中市);水门西临聚龙桥,东接水关桥。阊门内城门临阊门大街(今西中市),上有城楼,类似盘门城楼。外城门靠吊桥,瓮城为长方形,瓮城内另有套城,并有南、北两个童梓门。南童梓门通今南新路,北童梓门通北码头。据文献记载,乾隆时代,阊门内外的各种店铺有数万家,丝绸、染织、烟草、米行、杂货、药材、珠宝、古玩、茶寮、酒肆、菜馆、戏院、青楼等等,各类商行,应有尽有。这样看来,曹雪芹从阊门写起,就不奇怪了。

阊门后来命运凄惨。1860年5月,太平天国忠王李秀成攻打苏州。江苏巡抚徐有壬和总兵马德昭接连颁布三道命令,烧毁城外商业区,以巩固城防。于是曾经繁华盖世的阊门商业区,转眼之间化为灰烬。时人曾作《姑苏哀》:"清军十万仓皇来,三日城门闭不开。抚军下令烧民屋,城外万户成寒灰。健儿应募尽反颜,弃甲堆积如丘山。"阊门城楼损坏严重。1958年,阊门的水陆城门被拆尽。苏州后来的商业中心逐渐转移到观前街一带。阊门渐渐沉寂下去了。

2004年,苏州拟借鉴清代《盛世滋生图》等文献资料,参照盘门城楼,复建阊门,但此时也有不同声音,认为没有必要建假古董。后来,复建的声音还是占主导。建好之后,新阊门让人眼前一亮。阊门城楼面阔五开间,深四进,远远望去,很有气势。阊门内外整饬一新,北码头建起了文化休闲一条街。

我认为复建是成功的,滕王阁在一千三百年里不是复建了二十多次?更何况阊门城墙的基础还在,与阊门有关的传说还在。新阊门建好之后,阊门地区就有了灵魂。如今行走在阊门内外,远远看见飞檐高耸的城楼,立马就有了方向感。在附近走走,不时可以看到雷允上、鼎福记、沐泰山、玉露香、杜三珍、赵天禄、近水台等苏州老字号,阊门生发出蓬勃蒸腾的烟火气。

回顾阊门的历史,我们知道,在康熙、乾隆年间,阊门就是苏州,苏州就是阊门,阊门成了苏州的代名词。曹家尽管住在南京,但曹雪芹的祖父曹寅曾任苏州织造两年多,对阊门印象深刻,他的《楝亭集》中有一首题为《阊门开帆口号》的诗,诗中写道:"斟酌桥边雨乍晴,阊闾城外片帆轻。"当年,他往来苏州与南京之间,阊门是必须经过的。

曹雪芹的舅爷爷李煦任苏州织造达三十年之久,后来,他又到扬州兼任两淮巡盐御史,阊门也是必经之地。

曹雪芹写苏州,自然要写阊门。

二

《红楼梦》中说:"这阊门外有个十里街,街内有个仁清巷,巷内有个古庙,因地方窄狭,人皆呼作葫芦庙。"

阊门外的十里街在哪里?

苏州老人们都说,阊门外没有十里街,只有山塘街。

山塘街因山塘河而命名。唐宝历元年(825年),诗人白居易任苏州刺史,对苏州城外西北河道进行疏浚,利用自然河浜挖出了一条由阊门外的护城河直达虎丘山麓的河流,时称山塘河。白居易又把挖出来的泥土填堆成长堤,直通虎丘,后人又称这条长堤为"白公堤"。由于堤长七里,又称"七里山塘",因此有"七里山塘到虎丘"的说法。

明清时期,山塘街商贾聚集,招牌林立,南北货齐全,十分繁华,有"苏州第一街"的美誉。清乾隆年间,徐扬的《盛世滋生图》长卷,画了当时苏州的一村、一镇、一城、一街,其中一街画的就是山塘街,描绘出了"居货山积,行云流水,列肆招牌,灿若云锦"的市井景象。曹寅也曾在诗中写到七里街:"一声清笛如寻伴,七里游人未满船。"曹雪芹对七里山塘应该是熟悉的,在小说中作了艺术化的处理,将"七里山塘"写成了"十里山塘",我以为他是故意为之,正如他把玄墓山的圣恩寺写成蟠香寺一样。"假作真时真亦假",写得不能太实在了,否则,就不是小说了。七里街上并没有仁清巷,也没有葫芦庙。这两个名称可能是曹雪芹的杜撰。仁清巷,有研究者认为,是"人情巷"的谐音,脂砚斋在此处批曰:"又言人情,总为士隐火后伏笔。"葫芦庙的名称,脂砚斋认为暗含糊涂之意。

尽管仁清巷、葫芦庙为作者虚构,但七里街无疑是十里街的原型,因此,到七里街走走,也会有一种与《红楼梦》所描绘的十里街意境相连通的感觉。

渡僧桥是山塘街的起点。渡僧桥在阊门外古运河上。相传三国东吴时这里无桥,人们靠摆渡来往,一位有善心的和尚靠募捐修建了此桥,故称渡僧桥。往前走,就是白居易祠,苏州人民为了纪念他开凿山塘的伟绩，建了这座纪念祠。今天，门外乐天广场上还立有白居易塑像。旁边就是"五龙汇闾"码头。船早已失去了往日的交通功能，变成了水上游览美景的工具。

再往前走，就是山塘街，现在为步行街，街中心的道路由清一色的花岗岩石板铺成，两边粉墙黛瓦，各色商店鳞次栉比。据了解，这条老街是2004年打造的，修旧如旧，尽量体现苏州水乡特色。街两旁还有吴一鹏故居、泉州会馆、绍兴会馆、古戏台、山塘阁美术馆、安泰救火会、通贵桥等古迹。古街旁边就是山塘河，河上有桥七座，其中最古老的桥便是通贵桥，它成了山塘街的标志。通贵桥的意思就是通向富贵人家的桥。修建这座桥的是明代礼部尚书吴一鹏。当时吴一鹏住在桥南的东杨安浜，他与住在山塘街上菩提庵前的方先生是好朋友，经常来往，就造了这座桥。掐指算来，这座桥已经有500多年历史了。站在桥上，向西看，虎丘塔在望；向东看，苏州城高楼幢幢。夜晚站在这里可以饱览山塘夜色美景。

特别值得一提的是，苏州人在重修山塘街时，没有忘记利用《红楼梦》说故事。《红楼梦》中写到阊门外十里街有个葫芦庙，便在山塘街816号重修了普福禅寺，把普福禅寺当作葫芦庙，还打出了"曹雪芹《红楼梦》小说开篇的地方"宣传口号，着实让人眼前一亮。普福禅寺入口处还立了一块牌子，上面写有这样的介绍："曹雪芹写《红楼梦》开篇第一回提到的葫芦庙，据红学专家秦兆基、朱子南考证，隐指的就是山塘街上的普福禅寺……"

据文献记载,普福禅寺的确是有的,始建于宋咸淳年间。历史上,普福禅寺内因供奉相传为崇祯皇帝化身的朱天菩萨,所以在民间还有"朱天庙"之称。后来,庙毁坏殆尽,只留下地名。苏州在打造山塘街时复建了这座小型庙宇。大雄宝殿后的两侧回廊内,还立有十二幅《红楼梦》碑刻图,内容包括十二个场景:"梦幻寻宝""繁华阊门""十里长街""虎丘工艺""姑苏佳人""元妃省亲""慧娘苏绣""宝钗扑蝶""海棠春睡""红楼戏班""元宵书会""贡品花露"。

将普福禅寺视为葫芦庙,未免捕风捉影,但客观上起到了宣传《红楼梦》的作用。只是读者别真的以为这里就是《红楼梦》里写的那个葫芦庙。

三

在山塘街富贵桥旁的一家临水咖啡馆里,我一边看着熙熙攘攘的人流,一边在想一个问题:曹雪芹为什么要写甄士隐这个苏州人?

甄士隐,名费,住在阊门外葫芦庙旁,是乡宦,禀性恬淡,与世无争,妻子也是情性贤淑,深明大义,家中虽然不是那种大富大贵人家,倒也有些钱,算是望族。甄士隐每天观花修竹,酌酒吟诗,作者说他是"神仙一流人品"。此外,他还乐善好施,曾资助穷书生贾雨村赴考。就是这样一个人,命运似乎对他很不公平:唯一的女儿在元宵节看花灯时丢失,接着,葫芦庙大火烧毁了他居住的整条街,他和妻子只好投靠岳丈家,岳丈看到他落难的样子,也是白眼相待。历经沧桑之后,甄士隐看破红尘,为跛足道人度脱出家。作者对甄士隐是持褒赞、同情态度的,尽管他不是书中的主要人物。作者写这个人物,有几个作用:

其一,通过甄士隐牵出了书中另一个人物——贾雨村。两个人其实都是象征性的人物。一正一邪,互为对比、映照。甄士隐交往最多、待之最亲最厚的人物是贾雨村。穷儒贾雨村到阊门的甄家来,甄士隐与他"携手来自书房中"。中秋团圆佳节,甄士隐家宴过后,还另备一席酒肴于书房,专邀贾雨村与之团圆。当知道贾雨村无钱上京赶考,他马上拿出五十两白银、两套冬衣送给贾雨村,可见甄士隐待人之诚。

其二,作者通过甄士隐的梦牵出"木石前盟"的缘由。《红楼梦》中那块神奇的石头在下凡之前,与苏州阊门的甄士隐有过一面之缘。甄士隐在炎炎夏日做了个梦,梦见一僧一道携了那"无才补天,幻形入世"的石头一路走来,随后,甄士隐就成了见到刻有字的那块"通灵宝玉"的第一人,所谓"甄士隐梦幻识通灵"。这个石头变成的赤霞宫神瑛侍者投胎到了南京的贾府,成了贾政的儿子贾宝玉。被神瑛侍者浇灌的绛珠仙草,幻化成女体后,为报答神瑛侍者的"灌溉之德",下凡投胎到了苏州的林如海家,成了林黛玉。金陵十二钗正册里第一个在书中出现的就是苏州女子林黛玉。甄士隐的梦十分关键,可以说在书中起到了纽带的作用。

其三，甄士隐与世无争，但横祸飞来，劫数难逃，女儿英莲被拐走，大火烧了住处，只能寄人篱下。甄士隐的小命运，是贾、史、王、薛四大家族大命运的折射。甄士隐家的"小荣枯"，无疑是贾府"大荣枯"的引子。

其四，甄士隐的人物形象其实写得并不饱满，但甄士隐是"真事隐去"，贾雨村是"假语村言"，作者通过两个人的名字表明了态度，假作真时真亦假，真真假假，正是作者所要追求的。这样的创作态度，对作者本人也起到了保护作用。

其五，甄士隐用自己的人生经历与感悟，解释了《好了歌》。他的解释都是兴衰对举，表达了世事无常、盛衰难定的感悟。跛足道人说"解得切！解得切！"这也可以看作作者的人生参悟。

总之，苏州甄士隐这个在《红楼梦》中不算重要的人物在全书中却起到了重要的穿针引线的作用。

苏州李府寻"红楼"

一

感谢苏州朋友安子相助,我得以顺利进入苏州第十中学校园参观苏州织造署遗址。

曹雪芹舅爷爷李煦的家就在苏州织造署。

大凡研究《红楼梦》的学者,总希望亲临苏州织造署遗址看看,因为在江南三织造中,只有苏州织造署遗址还保留部分清朝的遗物,实属难得。苏州织造署遗址与瑞云峰目前同为国家文物保护单位,但由于遗址位于苏州第十中学校园内,校园实行封闭式管理,一般人进不去,要想参观,可不是容易的事。这对保护文物有利,但对"红迷"们来说则是一件麻烦事。

从十全街带城桥边的下塘小巷往东走两三百米就是带城桥下塘18号,苏州织造署的大门赫然现于面前。大门朝南,面向葑溪。门两边是青砖山墙,中间为三开间的大门,门楣上挂有苏州第十中学的牌匾。大门平时不开,门前有高高的木栅栏阻隔,外人只能站在木栅栏外看看门楼。由于朋友事先打过招呼,我得以从织造署的大门进去参观。我知道,在清代,织造署的大门平时也是紧闭的,一般都走边门,只有皇帝到来才能打开。织造署大门左右立有一对青石狮子,都有些残缺,但是清朝的原物。这对石狮子历经了两三百年的风霜雪雨,见证了苏州织造署的兴衰。我想起了林黛玉第一次走进荣国府时的情景:"又行了半日,忽见街北蹲着两个大石狮子,三间兽头大门,正门却不开,只东西两角门有人出入。"

大门的石狮旁栽有竹子、木樨等植物。时值深秋,满树的桂花飘香。摸摸门框,感觉很新。我知道,苏州织造署早已毁于咸丰十年(1860年),现在的大门是同治十年(1871年)复建的,估计近年来也维修过。越过高高的门槛,就是仪门。仪门面阔五开间,硬山顶。仪门下有一堵照壁,照壁上镶嵌着西花园砖雕全景图,古朴典雅。砖雕上方,高悬着"苏州织造署"横匾。据说,这五个字是从何绍基《重建苏州织造署记》碑上集字而成,朴实大气。照壁背面,镶嵌着一块乾隆十五年苏州织造署行宫图砖刻。

进了大门向左走,就是织造署旧址多祉轩。只见小青瓦歇山屋面,正、背立面坐槛,山墙面上立有三块碑刻:一块是顺治四年工部侍郎陈有明撰写的《重修织染局记》,一块是工部右侍郎周天成撰写的《重修织造公署碑记》,一块是督理苏州织造德寿撰写、著名书法家何绍基书写的《重建苏州织造署记》。据记载,多祉轩重建于同治年间。石碑上清楚地记述了苏州织造署以及行宫的重建情况。多祉轩旁有一口古井,称为"龙井"。古井发现于2005年,当时还从井中捞出雕有龙的青石井栏残件。据考证,这口井为专供康熙帝、乾隆帝南巡苏州时所用的御井。乾隆时期的织造署图上清楚地标明"龙井"字样。

从大门再往校园里面走,就是大名鼎鼎的瑞云峰了。这座太湖石石形若半月,石中多孔,玲珑多姿,峰高5.12米,宽3.25米,厚1.3米,涡洞相套,褶皱相叠,具有太湖石透、瘦、漏、皱的特点,以柔美见长。正面嶙峋,背面圆润,被誉为"妍巧甲于江南",为宋徽宗花石纲遗物。据文献记载,最初为南宋时朱勔所采,石上还有"臣朱勔所进"五字。朱勔是花石纲的主要人物,当年为了讨好宋徽宗,搜刮太湖石,无所不用其极。《宋史》把他列入佞幸之流。明嘉靖年间,这座太湖石归徐泰时,放置在东园(今留园),更名为瑞云峰,乾隆四十四年(1779年)从留园迁至当年织造署西花园——乾隆南巡行宫内。瑞云峰与上海豫园玉玲珑、杭州绉云峰并称"江南三大奇石",又与冠云峰、玉玲珑、绉云峰并称"江南四大名石"。

从乾隆时期的行宫图得知,瑞云峰位于大殿后垂花门与正寝宫之间。不过,李煦时代,瑞云峰还在留园,乾隆四十四年被移到行宫内。如今它成了苏州织造署遗址的坐标,根据它的位置,结合行宫图,可以推断当年织造署内部分建筑的大概位置。

时光过去两百多年了,苏州织造署内的辉煌早已消失于历史的尘埃里。曾经在这块土地上留下足迹的康熙、李煦、曹寅、曹雪芹都已经成为古人,可是,他们演绎的悲欢离合的故事至今仍活在今人的记忆中。

今天,当我坐在瑞云峰前,历史的幻象,在眼前纷至沓来……

二

关于苏州织造署的由来,何绍基书写的《重建苏州织造署记》有一段话说得很清楚:

> 织造一官,盖周官大府内宰之属。我朝鉴前明任用中官之失,于顺治三年,以工部侍郎一员总理织务。旋于江宁、苏州、杭州各简内务府郎官,管理织造。康熙十三年,改葑门内明嘉定伯周奎故宅为苏州织造衙门。二十三年圣祖南巡,乃于织造署之西,创立行宫。

这段话的意思是说,织造官在明代用的是太监,到了清代后,顺治三年(1646年),陈有明到任织造官,一面修理天心桥的旧织染局,一面又在带城桥东明末贵戚周奎(崇祯帝周皇后之父)故宅建新织造局,这里后来又称总织局。到了康熙二十三年,在苏州织造署西边建立行宫。

苏州丝绸业具有悠久的历史,早在三国东吴时,就有"丝帛之饶,衣复天下"之说。南北朝时,日本就派使者来学习吴织。从元代起,朝廷在苏州设立织造局,供应宫廷服饰。明代设织染局,设在天心桥东堍。顺治十年,周天成到任,将带城桥这边的总局称南局,将天心桥那边的旧局称北局。康熙十三年(1674年),设苏州织造署，改由内务府派郎官掌管，并将总织局迁至衙门以北孔副使巷。苏州织造署除在苏州、松江、常州三府自设机房雇工织造以供皇室衣料外，兼管三府机户和征收机税等事务，当时与江宁织造署、杭州织造署并称"江南三织造"。

康熙二十三年（1684年），织造署在署西辟建"南巡驻跸之所"。起初，只是利用织造署原有的花园稍作改造，到了康熙四十二年，苏州织造李煦大兴土木，正式建了行宫。当时所建的部分假山至今尚在。原织造署规模宏敞，厅堂、园池、机房、吏舍齐备，占地约五十亩，有殿堂、庙宇、吏舍、机房，共四百多间，还建有一处花园。康熙皇帝六次南巡至苏州，都是驻跸在苏州织造署内，乾隆皇帝六次南巡有五次驻跸于此。

那么，苏州织造署与曹家有什么关系呢？

曹雪芹的祖父曹寅曾于清康熙二十九年四月出任苏州织造，康熙三十二年专任江宁织造，他在苏州任职两年零八个月。此时曹寅三十三四岁，正值人生壮年，在人间天堂苏州任职，可谓春风得意。不要小看了织造这个位置，官衔不高，只是五品，年俸一百零五两银子，月支白米四斗，但位置极为重要，皇帝的亲信才能有机会担任。清初，江南还不十分稳定，康熙皇帝想让三个织造官做一些安抚士绅、收揽民心的工作，用美国耶鲁大学历史学家史景迁的话说，织造其实是充当了皇帝在江南的"耳目"。所以，曹寅在公务之余，一个重要的任务就是与苏州名士交往。在苏州短暂的两年多时光里，曹寅与尤侗、叶藩、程正路、彭定求等诸多江南名士结下了深厚的友谊。曹寅有写诗的习惯,他的诗中有不少酬和之作。此外,他在苏州还写了不少诗,表达愉快的心情。当然,这期间他也会按照康熙皇帝的要求,"呈递密折",将包括降水、收成、粮食价格、盗匪等情况一一报告给皇帝。曹寅即将离任,苏州文人舍不得他走,在虎丘为曹寅建了一座生祠,德高望重的尤侗还写了一篇《司农曹公虎丘生祠记》,其中写道:"公之来也,人皆喜而迎之;其具也,人皆悦而安之;及其去,莫不泣而留之;留之不得,莫不讴而思之;思之不已,则相与庙而貌之,尸而祝之。"

曹寅在苏州期间,十分喜爱昆曲,编写了《北红拂记》,尤侗为之题记,曹寅家的昆曲班子还在拙政园内演出尤侗创作的《李白登科记》。

继任苏州织造的是曹寅的内兄李煦,曹寅的继配李氏,是李煦的堂妹。李煦比曹寅年长三岁。此后李煦在苏州织造这个位置上一待就是三十年之久。李煦也是出身官宦之家。父亲李士桢本姓姜,明崇祯十五年被清军俘虏,过继给正白旗佐领李西泉为子,改姓李。清朝定鼎后,历任江西、广东巡抚,是清初著名的封疆大臣。康熙玄烨是李煦的舅表妹夫,李士桢之妾文氏,曾当过康熙皇帝小时候的保姆。李煦为文氏所生。李煦曾就读于国子监,康熙二十一年任宁波知府,康熙二十七年担任畅春园总管,深得康熙皇帝的赏识。康熙三十二年,李煦接任苏州织造,一直到康熙六十一年才卸职。李煦与曹寅先后四次接驾,两人轮流担任两淮巡盐御史,李煦任职达八年之久。与曹寅一样,李煦其实也充当了皇帝"耳目"的角色,李煦的幕僚张云章曾有诗句说曹、李"呼吸会能通帝座"。举一例,康熙四十二年四月,康熙在李煦奏《苏州地方菜麦收成都好折》后朱批:"巡抚宋荦,朕南巡二次,谨慎小心,特赐御笔书扇二柄。赐李煦扇一柄。尔即传于宋荦,不用写本谢恩。以后有奏之事,密折交于尔奏。"一位封疆大吏向皇帝上奏,还要通过织造转奏,可见李煦的地位是何等显赫!

李煦应该有多处房子,除了平时住在苏州织造署内,还有一处别墅,离织造署不远。清人赵执信在苏州时曾有诗赠李煦,题云:"小舟沿葑溪,至莱蒿李煦使君别业,对饮话旧,知王南村亦客此二首。"可知李煦别墅就在葑溪边上。李煦的幕僚张云章曾有文谈到李煦家的别墅:"初,公于郊外种竹成林,结屋数楹,杂树墟间,时一往游,遂自号'竹村'。至是以其地远,别购南城废畦一区,流水萦其前,编篱缭其外,中为堂三间,……四围多植竹,以隔市尘。"葑溪别墅具体位置,今天已经不得而知。

关于李煦的家庭情况,根据现有的资料看,他有两个儿子,名李鼎、李鼐。苏州人顾公燮《顾丹五笔记》:

> 织造李煦在苏三十余年,管理浒墅关税务,兼司扬州鹾政。恭逢圣祖南巡四次,克己办公,工匠经纪,均沾其惠,称为李佛。公子性奢华,好串戏,延名师以教习梨园,演《长生殿》传奇,衣装费至数万,以致亏空若干万。吴民深感公之

德,惜其子不类也。

这段话是说,李煦在苏州三十年,口碑极好,可是儿子李鼎是一个浪荡公子,好奢侈,尤其是沉湎串戏,演戏的服装费就花去数万两银子。所以,中国台湾学者皮述民认为,李鼎就是贾宝玉的原型,聊备一说。

李煦与曹寅是亲戚关系,曹寅在世的时候,尽管两人行事风格有别,但大的方面还是好的。曹寅死得早,曹雪芹的父辈曹颙、曹頫继任江宁织造,都得到了李煦的照应。李煦的母亲文氏与曹寅的母亲孙氏应该会经常走动。

康熙一死,雍正继位,他很看不惯李煦,以苏州织造亏空三十八万两为理由将李煦革职抄家。雍正五年,又因为李煦帮雍正政敌购买苏州女子,把他定为奸党,发配打牲乌拉(今吉林省吉林市北)。雍正七年,李煦冻饿而死,身边无一亲人在侧。三年后,李煦的挚友赵执信有诗《梦在吴门,李莱嵩侍郎握别云:肯思我者,唯有君耳,寐而怆然,遂成绝句》:"啼乌唤泪落江云,断梦分明太息闻。三十年中万宾客,那无一个解思君。"意思是说,当年出入苏州织造署与蓊溪别墅的那些人,现在又到哪里去了,他们还能想到你李煦吗?沉痛之情,无以言表。

雍正元年,李煦被抄家时,查得李煦住房二百三十六间,在京城、畅春园、房山县等处住房三百五十七间半,送到京人数二百二十七口,包括李煦之妇孺十口。

仅仅过了五年,曹家也被抄,包括曹雪芹在内的一百一十四口,都被官府送到京城,真是应了那句"一荣俱荣、一损俱损",至此,曹家、李家在江南的荣华富贵烟消云散,落得个"白茫茫一片大地真干净"。

三

走在苏州织造署遗址上,一个问题在脑中盘旋:曹雪芹到过苏州织造署吗?我的判断是,曹雪芹小时候一定到过苏州,到过苏州织造署,到过李家的葑溪别墅,理由是:

第一,曹寅母亲孙氏、李煦母亲文氏同为康熙皇帝的保姆,应该彼此都很熟悉。两人都长寿,孙氏活到七十五岁,文氏活到九十二岁,李煦的堂妹后来嫁给了曹寅,两家关系很亲近。曹寅死后,李煦担起了照应曹家的重任,从他给康熙皇帝的奏折看,他是按照康熙的旨意,精心照顾曹家的,还帮曹寅还清了亏空。曹家与李家的关系非同一般,两家应该是会经常走动的。曹雪芹自然会跟随祖母李氏到苏州走亲戚。

第二,从文本看,曹雪芹在写《红楼梦》时,对苏州是饱含感情的。他开篇从苏州写起,说苏州"最是红尘中一二等富贵风流之地"。他把林黛玉的家乡放在苏州,也说明苏州在他心目中具有重要位置。林黛玉的潇湘馆有竹子,而苏州李煦家葑溪别墅周围都是竹子,还别号"竹村"。曹雪芹写薛蟠从苏州带回的酒令、自行人、沙子灯等,非常细致,说明他对苏州非常熟悉。

第三,从曹雪芹运用的语言看,使用了吴语中独特的词,比如"侬今葬花人笑痴,他年葬侬知是谁"中的"侬",只有苏州一带人才会说。曹雪芹如果没有苏州生活经历,或者身边没有亲密的苏州人,是不会想到这个词的。

第四,曹家与李家有很多相似之处,康熙皇帝曾经说过,江南三织造,视同一体。曹寅与李煦先后四次接驾,二人轮流兼任两淮巡盐御史。有研究者说,曹雪芹写四大家族,就是以曹家与李家作为原型,把两家写成了四家。我赞同这个观点。

第五,我总的感觉是,曹雪芹关于昆曲、园林、丝绸的知识,多数来源于苏州。昆曲发源于苏州一带。尽管南京、扬州等也有园林,但苏州的园林最多,且水平高。大观园的整体风格与苏州园林很接近。江南三织造虽然都负责丝织品生产,但苏州独特的缂丝工艺在《红楼梦》中多处体现,凤姐就很喜欢穿缂丝的衣服。

其实,研究界早就有人注意到曹雪芹与苏州的密切关系。周汝昌在《曹雪芹小传》中就曾引用过一种观点:曹雪芹出生于苏州带城桥的苏州织造署内。周汝昌认为有这种可能性。还有研究者认为,曹寅死后,李氏归宁回娘家时,常常带着孙儿曹雪芹来到苏州,所以,曹雪芹在苏州织造署、葑溪别墅生活了好几年,因此对苏州留下了深刻的印象。台湾学者皮述民根据苏州人顾公燮的《顾丹五笔记》上提到的李煦儿子李鼎"性奢华,好串戏",推想李鼎就是贾宝玉的原型,宁国府就是以李煦家为原型。

在《红楼梦》中,林黛玉的主要特征是:绛珠仙草、姑苏人氏、林氏后裔、贾宝玉表妹、喜爱竹子,其父林如海是前科探花、巡盐御史、在扬州履职。这些瓜葛让我们很容易联想到李煦家。我推想,当年,曹雪芹随祖母到李家走亲戚,其中一位表妹给他留下了极为深刻的印象。这位表妹知书达礼,体弱多病,十分敏感,曹雪芹对她很有好感,可是,在那个时代,婚姻都由父母做主,私下里的爱情只能是稍纵即逝的电光。这给他带来了无以言表的痛苦。后来,他以其为原型创作了林黛玉这个形象。在李家,曹雪芹还结识了好几位表妹、丫鬟,他在《红楼梦》中将这些女子作为"金陵十二钗"以及丫鬟来处理。至于每个人物的原型,恐怕只能永远是一个谜了。

四

李煦所生活的时代,离现在也就两百多年,照理说,当时的建筑是能够保存下来的。遗憾的是,江南三织造中,江宁织造署、杭州织造署没有留下一点建筑,只有苏州织造署还保存部分清代建筑,实属难得。苏州织造署大部分建筑毁于咸丰十年(1860年)的战火。今天所能看见的门楼、仪门、多祉亭都是同治十年(1871年)重建的。

光绪三十二年(1906年),一位晚清官员的遗孀在苏州办学,这位令人尊敬的女士姓谢,字铭才(1848—1934),后改名王谢长达，祖籍安徽，早年随夫内阁侍读学士王颂卿在京居住多年，丈夫去世后，移居苏州，倾其所有办了一所学校，称"振华女学"，取名"振华"，意思为振兴中华。后来学校移至苏州织造署遗址。学校创办伊始，得到了章炳麟、蔡元培、李根源、叶楚伦、竺可桢等文化名流的支持。陶行知曾评价说："振华是数一数二的学校，是振兴女子教育最早的先锋。"1917年，王谢长达三女儿王季玉硕士从美国学成回国，担任校长。振华女学，就是今天苏州第十中学的前身。如今校园里还有王季玉的塑像。

出苏州织造署遗址大门，右侧葑溪上有一座桥，在乾隆行宫图上标明"红板桥"。原来，在清代，苏州织造署南边不远处，就是网师园，那时的网师园也属于苏州织造署范围。据说，这座当年为康熙出行方便而建造的跨越葑溪的木板桥，刷上红漆，称作"红板桥"。木桥早已不存，现在重修的石头拱桥叫织造桥。站在桥上望去，葑溪静流无波，两岸粉墙黛瓦，十全街人来人往，织造署遗址上草木繁茂，年轻学子的琅琅读书声，悠然飘来……两百多年前，曹雪芹是否也会站在红桥上眺望，那时的葑溪是否也会像现在一样安静？我忽然想到《红楼梦》中的沁芳闸桥，贾宝玉曾在桥边桃树下读《西厢记》，被林黛玉撞上了，引出了共读西厢的佳话……

虎丘的土特产

过去曾多次到虎丘游览,这一次是带着"曹雪芹为何写虎丘"的问题探访虎丘的。

记得以前每次游虎丘,总是人头攒动,而这一次虎丘很安静,秋日的午后,游人很少,可能是受到新冠疫情的影响。

"七里山塘到虎丘。"从阊门码头坐船,只需半个小时,便到了虎丘。

在虎丘门前,先回味了一下《红楼梦》第六十七回的情节——

薛蟠从苏州回京,带了"外还有虎丘带来的自行人、酒令儿,水银灌的打筋斗小小子,沙子灯,一出一出的泥人儿的戏,用青纱罩的匣子装着;又有在虎丘山上泥捏的薛蟠小像,与薛蟠毫无相差"。宝钗将带来的礼品,"一件一件的过了目,除了自己留用之外,一分一分配合妥当",送给周围的人,还给林黛玉加厚了一倍。林黛玉看了家乡的这些物品,触景生情,想起父母双亡,又无兄弟,寄居在亲戚家,不免伤心起来。宝钗道:"原不是什么好东西,不过是远路带来的土物儿,大家看着新鲜些就是了。"

土物儿,也叫土仪,即土特产。黛玉见到来自家乡苏州的这些物品,心情难以平静,她深有感慨地说:"这些东西我们小时候倒不理会,如今看见,真是新鲜物儿了。"这淡淡的两句话,表达出了林黛玉埋在心底的浓浓思乡情。我想,这何尝不也是曹雪芹自己的心声!曹雪芹在江南长到十三四岁,他对江南印象深刻,对江南的风物十分熟悉,所以才会在小说中自然流露出来。

进了虎丘的山门,自然是要去看虎丘塔、剑池、千人石。

虎丘山位于苏州西北角,海拔只有三十多米。山不在高,有仙则灵。这仙气便是来自有关的历史与传说。虎丘素有"吴中第一山"的美誉,苏东坡曾说过:到姑苏不游虎丘,那是憾事。据《史记》记载,春秋时期,这里就是吴王阖闾的离宫所在。公元前496年,阖闾在吴越之战中负伤死去,其子夫差把他的遗体葬在这里。当时征调十万军民施工,并使用大象运输,穿土凿池,积壤为丘,灵柩外套铜椁三重,池中灌注水银,以金凫玉雁随葬,并将阖闾生前喜爱的"扁诸""鱼肠"等三千柄宝剑一同秘藏于幽宫深处。葬后三日,有"白虎蹲其上",故名虎丘。这样的传说,的确颇具几分"仙气"。

千人石相传是生公说法的地方,古代这里是唱曲的好地方,巨大而平整的石头上,可以同时坐千人。从千人石上朝北看,"别有洞天"圆洞门旁刻有"虎丘剑池"四个大字,浑厚遒劲,原为唐代大书法家颜真卿儿子所书。圆洞内石壁上另刻有"风壑云泉"四字,传说为米芾所书。崖左壁有篆文"剑池"二字,民间传说为王羲之所书,但也有人考证是清代书法家王成瑞所书。

唐朝时期,虎丘离城虽近,但无大路和河流可通,游人需从田间阡陌穿行,如遇雨天还需涉水方能抵达,交通极为不便。宝历元年（825年），五十四岁的白居易出任苏州刺史，便领导苏州百姓开挖自阊门至虎丘的河道，并与运河贯通，沿河修筑塘路直达山前，又在堤上栽种桃李数千株，并绕山开渠引水，形成环山溪。诗人一边组织挖河，一边写道："自开山寺路，水陆往来频，银勒牵骄马，花船载丽人。芰荷生欲遍，桃李种仍新，好住河堤上，长留一道春。"（《武丘寺路》）这里从此水陆称便，游人络绎不绝。山塘河长七里，号称"七里山塘"，所以有"七里山塘到虎丘"的说法。山塘此后便成为联结阊门与虎丘的纽带。

明清时期，虎丘知名度极高。康熙皇帝与乾隆皇帝都曾六次南巡，每次都会到虎丘，有时候还驻跸山上。祖孙二人先后在虎丘题写匾额楹联数十处，吟诗二十余首。现今头山门所悬"虎阜禅寺"竖匾，就是康熙的手笔。就民间来说，虎丘的"三市三节"，远近闻名。"三市"指春之牡丹市、夏之乘凉市、秋之木樨市，"三节"指清明、七月半、十月朝。十月朝为十月初一，也是祭祀的鬼节。逢"三市三节"，虎丘山下都会举行庙会，远近百姓鱼贯而入，或赏国色天香之牡丹，或享清幽旷远之凉风，或闻沁人心脾之木樨。每年"三节"，也借祭祀名义，聚会虎丘。此外，还有中秋节赏月、元宵灯会，这里也是热闹非凡。明代袁宏道做过吴县县令，曾六次游览虎丘。他的《虎丘记》记述了中秋夜苏州人游虎丘的情景。他写道："虎丘去城可七八里，其山无高岩邃壑，独以近城故，箫鼓楼船，无日无之。凡月之夜，花之晨，雪之夕，游人往来，纷错如织，而中秋为尤胜。每至是日，倾城阖户，连臂而至。"清顾禄

《清嘉录》载,元宵灯会时,张灯结彩的灯船来来往往,游弋于虎丘山塘河,十分热闹。

丰富的民俗活动,促进了民间工艺的发展。每当庙会举办时,各种小商品齐聚庙会集市,因此有了"虎丘耍货"的说法。耍货,就是小玩意的意思。虎丘那些小玩意给曹雪芹留下了深刻的印象,他在小说中进行了非常细致的描写。清代顾禄《桐桥倚棹录》云:"虎丘耍货,虽俱为孩童玩物,然纸泥竹木治之皆成形质,盖手艺之巧有迁地不能为良者。外省外县多贩鬻于是。又游人之来虎丘者,亦必买之归悦儿曹,谓之'土宜',真名称其实矣。"顾禄,清嘉庆、道光年间苏州吴县人,他的关于虎丘的记录基本上是可信的。

薛蟠从苏州带回的"虎丘耍货"有哪些?自行人、酒令儿、水银灌的打筋斗小小子、沙子灯、泥人儿的戏、泥捏的像等等。

自行人,据《桐桥倚棹录》记载:"自走洋人,机轴如自鸣钟,不过一发条为关键。其店俱在山塘。腹中铜轴,皆附近乡人为之。转售于店者,有寿星骑鹿、三换面、老跎少、僧尼会、昭君出塞、刘海洒金钱、长亭分别、麒麟送子、骑马鞑子之属。其眼舌盘旋时,皆能自动。……又有童子拜观音、嫦娥游月宫、絮阁、闹海诸戏名,外饰方匣,中施沙斗,能使龙女击钵,善才折腰,玉兔捣药,工巧绝伦。"这些自动的小玩意,都是在玩具中间设了机关,有各种各样的造型,十分精巧。这些玩意儿都是苏州乡下匠人制作的。

酒令儿,行酒令用的牙筹。《桐桥倚棹录》记载:"牙筹,即酒筹也。亦有以骨为之者，可以乱真。摘《西厢记》词句镌于上，有张生访莺莺戏，又有三藏取经、许宣寻妇等名色。筹置筒中，团坐分掣，照筹上所刻仪注而行，乃饮中济胜之具，有以天地人和为筹，长短不齐，俗呼'筹码'。此为博局纪胜之物。竹牌，出于北寺骆驼桥，虎丘人加琢磨之功，而后售于人，其值遂昂，谓之'水磨牌'。"《红楼梦》第六十三回"寿怡红群芳开夜宴"所写的"象牙花名签子"就是酒令儿。

打筋斗小小子，是一种小男孩翻跟头的玩具。

沙子灯，即琉璃灯，《桐桥倚棹录》云："始则来自粤东，有绿白两色。今郡（苏州）人能以碎玻璃捣如米屑，淘洗极尽，入炉重熔，一气呵成。其市亦集于山塘。所鬻则有各种挂灯、台灯，大小不齐。灯盘、灯架以铜锡为之。反面以五彩釉描凤穿牡丹之类，其素者则有供佛之长明灯与金鱼缸，可安置几上，游鳞跳跃，视小为大。"这段话的意思是说，这种玻璃制作的灯，最先来自广东，后来苏州人也学会了制作。这类琉璃灯集中在苏州山塘街集市上售卖。

泥人儿的戏，旧时虎丘手艺人所做的"泥人儿的戏"种类较多。《桐桥倚棹录》记载："头等泥货在山门以内，其法始于宋时袁遇昌，专做泥美人、泥婴孩及人物故事，以十六出为一堂，高只三五寸，彩画鲜妍，备居人供神攒盆之用，……他如泥神、泥佛、泥仙、泥鬼、泥花、泥树、泥果、泥禽、泥兽、泥虫、泥鳞、泥介、皮老虎、堆罗汉、荡秋千、游水童，精粗不等。"根据顾禄的记载，泥捏的品类繁多,集中在虎丘山门内售卖。

泥捏的像,是艺人根据真人形象用手工捏塑的泥像。《桐桥倚棹录》中也有记载:"塑真,俗呼'捏相',其法创于唐时杨惠之。前明王氏竹林亦工于塑作。今虎丘习此艺者不止一家,而山门内项春江称能手。"

小说有关虎丘土特产的描写与文献记载完全一致。如果曹雪芹不到虎丘,或者他没有接触过这些土特产,他是不可能写得如此准确的。

一代有一代的玩货。如今到虎丘,自然看不到那些土特产了,在虎丘大门附近,我看到不少旅游纪念品商店,卖的都是文房四宝、苏州丝绸、折扇、木梳、纸伞等传统手工艺品。据说,近年来,苏州市文化旅游部门在虎丘恢复了曲会,每当曲会举办时,虎丘也是人头攒动,各种小商品也是琳琅满目,不过都是当代的玩意儿。

值得一提的是,曹雪芹祖父曹寅到苏州任织造时,曾多次到虎丘。我在《楝亭集》中发现有好几首写虎丘的诗,如《泛舟虎丘观获得菊字》《九日荔轩招泛虎丘观获》《虎丘雪霁追和芷园看菊韵寄松斋大兄筠石(即曹宣)二弟》《十六夜登虎丘作》等五六首诗,都是游览虎丘时写的。他称虎丘山"兹丘不厌登",他在虎丘旁,"坐持一杯酒,移赏竞云木"。他到虎丘赏菊:"胜游但如此,何减东篱菊。"他在虎丘游览时买菱角充饥:"买菱充野膳,结荷将水宿。"有一个雪夜,他来到虎丘,一口气写下四首诗,其中有一首写道:"黯黯微霄玉塔光,僧庐稠叠蜡梅香。"还有一次雨中登虎丘,他写道:"感兹风雨交,得畅鱼鸟性。"有一次夜游,他感慨:"虎丘深夜上,寒月似晴花。""人散星千点,天高雁一声。"由此可见,虎丘在曹寅心目中留下了美好的印象。虽然他在苏州任上只有两年零八个月,但他与苏州这座城市结下了深厚的感情。在临走之际,以尤侗为代表的苏州文人还在虎丘为他建了一座生祠。

我相信,曹雪芹一定读过《楝亭集》中关于虎丘的诗。

玄墓何处蟠香寺?

一

南京梅花山的梅花开了,想必太湖畔的香雪海梅花也差不多开了,于是我驾车直奔玄墓山。

下了高速,就是古镇光福镇,玄墓山路上都是汽车,只能蜗牛般爬行。路两旁都是摩肩接踵的赏梅人。

玄墓山位于苏州光福镇西南部三十公里处。它与邓尉山其实是一个山脉,北峰为邓尉,南峰为玄墓,南北走向,长两公里,玄墓山、邓尉山都不高,海拔都在两百米左右。我到玄墓山,是为了探访玄墓山的蟠香寺以及梅花,因为《红楼梦》特别写到了玄墓山。

第四十一回写妙玉邀请宝钗、黛玉去小房间喝"梯己茶",黛玉问这泡茶的水也是"旧年蠲的雨水?"妙玉道:"你这么个人,竟是大俗人,连水也尝不出来。这是五年前我在玄墓蟠香寺住着,收的梅花上的雪,共得了那一鬼脸青的花瓮一瓮,总舍不得吃,埋在地下,今年夏天才开了。我只吃过一回,这是第二回了,你怎么尝不出来? 隔年蠲的雨水那有这样轻浮,如何吃得。"

第六十三回,邢岫烟对贾宝玉介绍妙玉时说,她曾与妙玉做过十年的邻居,那时妙玉在玄墓山蟠香寺修炼。

第一百一十二回,妙玉独自一人在蒲团上打坐,唉声叹气地自言自语:"我自元墓到京,原想传个名的,为这里请来,不能又栖他处。"这里的元墓即玄墓,为了避玄烨之讳,才写作元墓。

曹雪芹为什么写到玄墓山?他还要把妙玉放在玄墓山?蟠香寺又在哪里?

玄墓山脚下的光福镇历史悠久,我在光福镇问了好几位老人,都说附近有三座庙,一座在镇上,铜观音寺建于梁朝,已经有一千五百年的历史。玄墓山上附近有两座寺庙,一座是圣恩寺,一座是司徒庙。

《红楼梦》中说得很清楚:玄墓山蟠香寺。而实际上,玄墓山并没有这个寺。我决定先去探访玄墓山半山腰的圣恩寺。

关于玄墓山名称的来历是这样的,东晋时期,青州刺史郁泰玄晚年隐居于此,死后葬于山中。郁泰玄性仁恕,墓葬之日,有数千只燕子衔土来堆其墓。燕子又称玄鸟,此山因此得名。与玄墓山相连的邓尉山,北峰名妙高峰。其实邓尉山的名气比玄墓山要大得多,邓尉探梅,由来已久。

从光福古镇到圣恩禅寺,驾车只要十几分钟就到了。圣恩寺又称天寿圣恩禅寺,坐落在玄墓山的山腰,全寺依山势而筑,面对太湖。文献记载,梁僧惠济始居于此。唐天宝年间建天寿禅寺,宋宝祐间又建圣恩禅院,为上下道场。元时,高僧时蔚(万峰禅师)到此说法开山,从此圣恩禅寺日益显名。到了清代,康熙三次到玄墓山,每次都会来到圣恩寺,曾在庙里御书"松风水月"四字。乾隆皇帝六次游览邓尉山,每次都会到圣恩寺。相传全盛时有庙宇殿堂五千多间，僧人千余名，为江南名刹。

今天的圣恩寺只有石坊、天王殿、大雄宝殿、伽蓝殿、祖师殿等几座建筑，且是新修的。天王殿墙壁嵌有明崇祯七年（1634年）立的《天寿圣恩禅寺长住田免役碑》以及清顺治、康熙年间的石碑。透过石碑上的文字，我们大致可以了解到圣恩禅寺的历史。大雄宝殿殿前3株古柏，相传栽于晋代，树干最粗处周长5.2米，迄今已有1800多年。圣恩寺后还有一块奇石，像假山一般，煞是好看。

今天，圣恩寺依然梵音袅袅，但香火显得冷清。站在山门台阶上，举目四望，前面是烟波浩渺的太湖，背后是郁郁葱葱的玄墓山，寺院的环境优美、宁静，我想，这环境倒十分适合妙玉在此修行。

这圣恩寺难道就是曹雪芹写的蟠香寺？难道曹雪芹曾到过圣恩寺？当然，小说家所写的地方，不一定非要自己到过。但曹雪芹在构思时能想到玄墓山，一定自有他的道理。

沿着邓尉山路，又回到镇上，我要看另外一个古寺——铜观音寺。

铜观音寺原名光福寺，是吴地最古老的寺庙之一，始建于梁朝天监二年（503年）。据说，在宋代的时候，曾经有位村民在光福寺旁边取土，没想到却挖得铜观音一尊，随后立即将它送给了光福寺。所以，改名为铜观音寺。寺院前跨河而建的宋代石梁桥十分古朴，保存完好，是难得的文物。寺内有大雄宝殿和铜观音殿。大殿前的古香樟，有600年历史，枝繁叶茂，气势十足。殿内的铜观音像是唐代的遗物,像高约1米,体态丰腴,双足裸露,立于莲花宝座,神情自然。大雄宝殿、西方殿都是清道光十二年修建。寺后还有一座光福寺塔。光福寺塔踞山临湖,造型秀美。登塔四望,但见峰峦攒簇,层林叠翠,湖光山色,尽收眼底,给人以"不在画中,似在画中"之感。

这座庙太热闹,我想妙玉不会在这里修行。

告别了铜观音寺,环邓尉山路驱车半小时,便到了涧廊村边的司徒庙。

相传这里原为东汉大司徒邓禹祠,后人礼祀奉为神明,日久成庙。清末,有高僧在此住持。现在的庙宇建筑都是清末民初重建。司徒庙最稀奇的是院里有四株古柏,苍劲、古朴,相传为邓禹手植,树龄已有两千岁了。乾隆皇帝来此观看后,连连称奇,给四棵古柏树分别命名为:清、奇、古、怪。清柏,碧郁苍翠,挺拔清秀;奇柏,主干断裂,其腹中空;古柏,纹理纤绕,古朴苍劲;怪柏,卧地三曲,状如蛟龙,被雷劈开后的两个枝干完全离开了主干,但是都活着,并发出了新枝。四棵古柏宛如一幅充满生机的天然图画,站在它们面前,人的生命显得十分渺小。

如果曹雪芹到过玄墓山,那他一定会到司徒庙里看看这四棵奇特的古柏。

三个庙走下来,感觉告诉我,圣恩寺最像曹雪芹描写的蟠香寺。

二

从司徒庙出来,往西走两百米,就是香雪海景区。此时正值梅花盛开,远远望去,邓尉山腰云蒸霞蔚,幽香阵阵,赏梅的人密密麻麻,好不热闹。

邓尉山梅花由来已久,据说,早在东汉时期,这一带人家就广植梅花。宋元时期,这里已经"隙地遍种梅,蔚然如雪海"。明人姚希孟曾在《梅花杂咏》序中写道:"梅花之盛不得不推吴中,而必以光福诸山为最,若言其衍亘五六十里,窈无穷际。"到了清代,"邓尉梅花甲天下"便叫开了。

邓尉探梅,是苏州一带游春的盛事。《吴县志》:"梅花以惊蛰为候,最盛者以元墓、铜坑为极……邓尉山前,香花桥上,坐而玩之,日暖风来,梅花万树,真香国也!"张灵写邓尉山的梅花:"隔窗湖水坐不起,塞路梅花行转迟。"(《玄墓山记游》)梅花把路都塞住了,可见梅花之盛。

康熙皇帝先后三次到邓尉探梅,乾隆皇帝先后六次到邓尉探梅。康熙、乾隆在光福镇写了十九首诗,其中十三首写的是梅花。

康熙三十五年(1696年),江苏巡抚宋荦在吾家山半山腰崖壁上题写"香雪海"三字,从此,"香雪海"便成了邓尉山梅花的标识。

站在摩崖石刻边,放眼望去,数十里梅花,银海荡漾,凝若积雪。距摩崖石刻不远处,就是闻梅馆,飞檐翘角,古色古香,馆内抱柱上的对联"疏影横斜水清浅,暗香浮动月黄昏",为乾隆书写。闻梅馆旁边还竖立一块乾隆所书的梅花碑。碑旁的梅花亭,五只翘起的亭角象征着梅花的五瓣,藻井由五朵小梅花环绕一朵大梅花组成,亭柱、柱脚、栏杆也都呈梅花状。此亭为太湖"香山帮"名匠姚承祖所建。坐在亭内,欣赏着眼前的"香雪海"美景,恍若进了仙境……

三

玄墓山没有寻到蟠香寺。我相信,蟠香寺的名字如十里街一样,是曹雪芹有意为之。坐在香雪海梅花亭内,我忽然想到,蟠香寺、妙玉这两个名字绝对不是曹雪芹随意为之。蟠者,屈曲、环绕之意,古梅树龄越高,扭曲程度越大,蟠虬如龙。古人早就有用"蜕骨蛟龙曲曲蟠"来写梅花的诗句。玄墓山有很多蟠龙古梅,毫不奇怪。香,指的是香雪海。这里的"蟠香"指代的是梅花。玄墓山的北高峰,叫妙高峰。所以,作者又联想到了"妙玉"这个佛号。再看《红楼梦》,妙玉在大观园居住在栊翠庵,栊翠庵多梅树。《红楼梦》第四十九回写道:"于是走至山坡之下,顺着山脚刚转过去,已闻得一股寒香拂鼻。回头一看,恰是妙玉门前,栊翠庵中有十数株红梅如胭脂一般,映着雪色,分外显得精神,好不有趣!宝玉便立住,细细的赏玩一回方走。"第五十回写道:"原来这枝梅花只二尺来高,旁有一横枝纵横而出,约有五六尺长,其间小枝分歧,或如蟠螭,或如僵蚓,或孤削如笔,或密聚如林,花吐胭脂,香欺兰蕙,各各称赏。""蟠螭"这个词让作者自觉或者不自觉地透露出信息,他起的"蟠香寺"这个名字与梅花是有关的。

如果曹雪芹对邓尉山、玄墓山以及邓尉探梅不了解的话,他是不会想到这个名字的。再看看他的家人、亲戚与邓尉、玄墓的关联,就知道曹雪芹不是随便写的。

曹雪芹的祖父曹寅曾担任苏州织造两年多,对苏州很有感情。康熙三十九年(1700年)春,曹寅曾与弟弟曹宣一起到邓尉探梅。曹寅的友人姚后陶曾以《吴门同曹荔轩通政昆仲游千尺雪限深字》为题写过诗。曹寅去世后,友人王焕在《挽曹荔轩使君十二首》中追忆当日邓尉探梅的情景:"支硎载酒观新瀑,邓尉联吟惜落红。十二年来成昨梦,等闲残醉醒东风。"诗中回忆了当年他们一起在邓尉山探梅吟诗的情景。

曹雪芹的舅爷爷李煦对玄墓、邓尉一带自然很熟悉。他与玄墓山圣恩寺的住持释济志交往很深。《虚白斋尺牍》中保留一封李煦写给释济志和尚的信。李煦再次被皇帝钦点为两淮巡盐御史,释济志写信祝贺,李煦回了一封信,信是这样写的:

"曲径通幽处,禅房花木深。"令人驰慕无已。正未知何时得至虎溪,与远公作竟日谈耳。圣恩深重,报称愈难。此番再荷视鹾之命,每凛蚊负之惧,何敢当贺?

这封信的意思是说,你所住持的圣恩寺环境幽静,真让我羡慕不已。我不知道何时再到玄墓山去探访,与你作整日长谈。现在皇上的圣恩深重,又钦点我为巡盐御史,我如何才能报答圣恩呢?每每想到身上的担子很重,就有一种如履薄冰的心情。这封信从一个侧面证明了李煦对玄墓山很熟悉,他肯定多次到过玄墓山,他与玄墓山圣恩寺的大和尚保持着密切的联系。

曹雪芹如果到过苏州,也许在某年的春天,与李家人一起到了玄墓、邓尉探梅,并留下了深刻的印象。

至于李府中有没有一位像妙玉一样的女子出家为尼,则不好说。李府被抄家以后,也极有可能发生这样的事情。

《红楼梦》中写了好几种茶,宝玉喝枫露茶,黛玉饭后过一会才喝茶,贾母不喜欢六安茶,喜欢老君眉茶,此外,还写到杏仁茶、普洱茶、女儿茶、龙井茶等。在小说的诸多人物中,妙玉的品茶功夫最深,也最讲究。曹雪芹写到妙玉在蟠香寺将梅花上的雪水装在瓮中,埋入地下,过几年才取出来泡茶,我在玄墓山向当地老人打听,都好像没有听说过现在还有这种做法。其实,用雪水泡茶,古已有之。白居易有诗"融雪煎香茗",说的是用雪水泡茶。妙玉用的是寺前收来的枝头上的梅雪,清冷、馥郁,与槛外人不落俗尘的做派很切合,我怀疑这是曹雪芹的文学想象。

苏州园林觅大观

读《红楼梦》，会对大观园留下深刻印象。贾元春省亲，荣国府与宁国府便开始为省亲做准备，其中一个大动作就是重新整理出一个园子，供元春游赏。这个园子不是全新的，而是由宁国府的会芳园与荣国府的东花园共同组成，拆去中间围墙，重新布置，这项工程由造园高手山子野负责筹划、实施。

《红楼梦》第十六回写道："从东边一带，借着东府花园起，转至北边，一共丈量准了，三里半大。"有人认为，这三里半是周长，折算下来，有二百三十多亩，比现在的拙政园还大三倍。这个新园子建了多长时间，小说中没有交代，到了第十七回至十八回，园子已经建好。作者巧妙地通过贾政带领幕僚宾客一班人游览新园，并让宝玉给园中一处处景点命名，对大观园做了一个比较详细的描绘。此外，还通过元春游览大观园、刘姥姥逛大观园以及平时的贾府生活，渐渐展示出了一个完整的大观园形象来。

作者把大观园描绘得美轮美奂，真实可感，令人向往，从古到今惹得很多人去猜测这大观园到底在哪里。关于大观园原型、蓝本的说法，有数十种，如南京的随园说，织造署的西花园说，苏州的拙政园说，扬州的瘦西湖、东园说，北京的恭王府说、圆明园说、西园说，天津的水西庄说，等等。当今一些著名学者也都对大观园的来源发表看法,比如周汝昌就认为来源于恭王府,赵冈认为来自江宁织造署西花园,吴世昌认为来自随园。

周汝昌曾经写过《恭王府考》,坚称北京恭王府是大观园的原型。1962年4月29日,上海《文汇报》发表了一篇署名吴柳(即《文汇报》驻京记者刘群)的文章《京华何处大观园》,认为"红楼梦的大观园在北京,大观园找到了"。文章发表以后在全国范围内引起反响。

俞平伯认为,关于大观园的构思,有三大因素不可忽视:一回忆,二理想,三现实。

我认为俞平伯先生的说法有道理,大观园不可能是哪一处园林的摹写,因此不可能是随园或者恭王府、江宁织造署西花园,而是曹雪芹的艺术加工。加工,当然也要有基础。俞平伯说一回忆。我是赞成的。曹雪芹出身大户人家,他肯定见过非常豪华的花园。他生活的江宁织造署内,就有西花园。康熙皇帝到南京,曾在西花园住过,曹寅一定请来造园高手,将园子修得很漂亮。再说,曹家到抄家时还有房屋十三处,房屋八百四十间,其中在随园一带的曹家花园,也会修建得非常漂亮。根据传说,曹雪芹小时候到过苏州舅爷爷李煦家,苏州织造署内也有西花园,李煦家还有荇溪别墅。苏州城里有拙政园、沧浪亭、留园等著名的园林,以李家的地位与声望,曹雪芹完全有可能和大人一起走进这些园子观赏。

曹家被抄家以后,曹雪芹到了北京,回到京城后,还有两位亲姑姑照应。这两位亲姑姑都嫁入王府,家境殷实。曹雪芹完全有可能走进大户人家的花园。

以上这些经历,都会构成曹雪芹的园林素养。

再者,曹雪芹是一位文化素养极高的文人,他的爷爷有万册藏书,他完全有可能博览群书,加上他的天分极高,知识积累十分丰富。从他的知识结构看,天文地理,吃的、穿的、用的,无所不通。就园林知识来说,曹雪芹钻研很深,甚至可以说是一位造园高手。

当代园林大家陈从周在《说园》中有好几处提到《红楼梦》,其中有一段是这样说的:

> 《红楼梦》"大观园试才题对额"一回,曹雪芹借宝玉之口,评稻香村之作伪云:"此处置一田庄,分明是人力造作而成。远无邻村,近不负郭,背山无脉,临水无源,高无隐寺之塔,下无通市之桥,峭然孤出,似非大观,那及先处(指潇湘馆)有自然之理,得自然之趣呢?虽种竹引泉,亦不伤穿凿。古人云:'天然图画'四字,正恐非其地而强为其地,非其山而强为其山,即百般精巧,终非相宜。"所谓"人力造作",所谓"穿凿"者,伪也。所谓"有自然之理,得自然之趣"者,真也。借小说以说园,可抵一篇造园论也。

陈从周对曹雪芹的造园理论给予充分肯定。在曹雪芹之前的明代,就有研究园林的专著,比如计成的《园冶》,就是一部集大成的园林著作。曹雪芹完全有可能去深入钻研过这部著作,并吸收其中的理论。

曹雪芹在写作时,结合自己的经验,运用他所掌握的园林知识,精心虚构了一个大观园,所以陈从周说:"假假真真,真真假假。《红楼梦》大观园假中有真,真中有假,是虚构,亦有作者曾见之实物。是实物,又有参与作者之虚构。其所以迷惑读者正在此。故假山如真方妙,真山似假便奇,真人如造象,造象似真人,其捉弄人者又在此。"(《说园》)这样的说法很到位。

我从一个小说写作者的角度看,尽管大观园是曹雪芹虚构的,但与苏州园林肯定有着某种特殊的关系。为什么这样说?是因为在江南园林中,苏州园林最像大观园。

在曹雪芹的诸多经历中,我以为最重要的经历,是某年他的苏州之行,也许少年时去过,晚年也去过。徐恭时在《那无一个解思君》一文中写道:"道光十年甲午,清代画家费旦旭当时去苏州,住在拙政园里,听到当地老辈传说,曹雪芹写大观园景物,某些特景即取材于此园,并听到过曹雪芹曾留驻过此园。"徐恭时还说:"曹寅任苏州织造时,购入此园一部分,去宁后转归李煦,当时园中除李家少数主人外,尚有仆夫丫鬟甚众。雪芹一度住过此园内。"

曹聚仁也曾写道:"十六年前,我在苏州社会教育学院教书,院址正是有名的拙政园,相传正是当年的大观园。这话当然不能说是影子,曹家祖先在苏州任织造,织造府正在拙政园,而《红楼梦》一开头有一件故事,就是从苏州说起的。"(《布局三议·大观园轮廓》)

徐恭时与曹聚仁都认为,大观园与苏州的拙政园有着非常密切的关系。我不认为大观园就是苏州的拙政园,或者就是苏州的某一个园子。但如果说大观园与苏州园林在神韵上相似,我是赞成的。我读《红楼梦》大观园时,脑子中不自觉就想到苏州园林。这从一个角度说明,大观园与苏州园林有某种相通性。所以,我有一种观点,读《红楼梦》时,要想对大观园有一个感性的认知,建议一定要到苏州去看看园林。

苏州素有"园林之城"的美誉。苏州园林溯源于春秋,发展于晋唐,繁荣于两宋,明清两代,苏州兴建第宅园林达到一个高峰。从明中叶至清乾隆年间,苏州吴县、长洲、元和三县境内就有水平较高的园林、庭院300余处。清末时,城内外有园林170多处,现存的苏州园林大部分是明清时期的建筑,约有50处。最有代表性的是拙政园、留园、网师园、环秀山庄、沧浪亭、狮子林、耦园、艺圃,这八个园林目前都被列入世界文化遗产名录。

当然也有专家认为,曹雪芹也有可能受到过扬州园林的影响,因为清代扬州园林也很有名。周汝昌就举出大观园里的怡红院与扬州水竹居具有某些相同的元素。江慰庐在《扬州旧梦》一文中也认为,曹雪芹可能到过扬州徐氏别墅的水竹居,受其启发写了怡红院。

比较一下,扬州园林多为商人所造,苏州园林多为文人所造。扬州园林大气而疏朗,苏州园林委婉而精致。陈从周认为,苏州园林风格在于柔和,而扬州园林风格多为雅健。我认为,从曹雪芹所描写的内容看,大观园是柔和的、优美的、婉约的、内敛的、精致的,我偏向于大观园更接近苏州园林的风格。

苏州园林最大的特色是"文人写意山水园",往往在有限的空间里,通过叠山理水,栽植花木,配置园林建筑,并用大量的匾额、楹联、书画、雕刻、碑石、家具陈设和各式摆件等来反映古代文人的审美情趣,表达出诗情画意,使人"不出城廓而获山水之怡,身居闹市而得林泉之趣",达到"虽由人作,宛若天开"的艺术境地。身处城市中的园林面积都不会很大,造园高手将亭、台、楼、阁、泉、石、花、树巧妙地组合在一起,创造出一种美的空间,能达到小中见大、以少胜多、一步一景的效果。我认为,曹雪芹的大观园所追求的正是这样一种效果。

游览苏州园林,我个人的经验是,不能在一天之内逛完七八个园子,如果那样的话,到了晚上,闭上眼睛,想想都是白墙、黛瓦、假山、亭子、池子、砖雕、石头……一片模糊。因此,如果逛苏州园林,一次逛一两个园林为佳,慢慢逛,慢慢品味,才能咀嚼出苏州园林的美来。

水是园林的灵魂。大观园里,"会芳园本是从北拐角墙下引来一股活水"。等到园子造好之后,贾政领着众人"进入石洞来,只见佳木葱茏,奇花炯灼,一带清流,从花木深处曲折泻于石隙之中"。这水便是沁芳溪。周汝昌认为,大观园全部的主脉与"灵魂"就是沁芳溪。这话是对的。大观园的一切池、台、馆、泉、石、林、塘,皆以沁芳溪为大脉络而盘旋布置。就苏州园林来说,没有哪一座园林没有水,只是有的面积大一些,有的面积小一些。拿拙政园来说,整个布局以水为中心展开,池水面积约占总面积的五分之一,各种亭台轩榭多临水而筑。远香堂是园中的主体建筑,其他景点均围绕远香堂而建。堂南筑有黄石假山,山上配植林木。堂北临水,水池中以土石垒成东西两山,两山之间,连以溪桥。西山上有雪香云蔚亭,东山上有待霜亭,形成对景。由雪香云蔚亭下山,可到园西南部的荷风四面亭,由此亭经柳荫路西去,可北登见山楼,往南可至倚玉轩,向西入则别有洞天。沧浪亭园门外一泓绿水绕于园外,经桥入园。园内以山石为主景,山顶上为沧浪石亭。山下凿有水池,山水之间以一条曲折的复廊相连,廊中砌有花窗漏阁。一溪贯穿,碧水萦回,古亭翼然,轩榭复廊,古树名木,十分幽静。

山石是园林中不可少的关键元素。《红楼梦》中描写,进得大观园后,"只见迎面一带翠嶂挡在面前",山上"白石崚嶒,或如鬼怪,或如猛兽,纵横拱立",很显然这是太湖石叠起来的效果。如怡红院,"点衬几块山石,一边种着数本芭蕉"。苏州园林像这样的景致很多。如果到狮子林、环秀山庄,都可以看到这样的山石景致。走进蘅芜苑,"忽迎面突出插天大玲珑山石来"。如果走进留园,在冠云峰面前就有一种直插云霄的感觉。

此外,江南园林讲究迂回曲折,通过廊、轩、亭、榭的搭配,营造出曲径通幽、一步一景的效果。这一点在大观园中得到很好的体现。在大观园大门入口处,贾宝玉就曾用唐诗"曲径通幽处"来题名。而在拙政园的大门入口墙上,也有"通幽"二字。拿植物来说,苏州园林离不开竹、梅、芭蕉等,这些在大观园里都有充分的体现。

就名称来说,古代园林很讲究题名。比如拙政园有绿漪堂、梧竹幽居、绣绮亭、枇杷园、海棠春坞、玲珑馆、雪香云蔚亭、待霜亭、荷风四面亭、山楼、倚玉轩、别有洞天等名称,这些名称都极富诗情画意,都可以与大观园里的题名对着看。大观园里的题名,有的与苏州园林里的景点甚至是一致的。如大观园里有一处题名为"藕香榭",书中这样描写道:"这藕香榭盖在池中,四面有窗,左右有曲廊可通,亦是跨水接岸,后面又有曲折竹桥暗接。"而在拙政园中就有一处叫"见山楼",见山楼是一栋二层小楼,一层的门牌便叫"藕香榭",三面临水,曲廊可通。拙政园东边有一处名为"秫香馆"的地方,地近北园,为归田园居之北界,墙外为北园,乃园主的家田,建此楼是为了观赏农桑田园之景。大观园中也有一处稻香村。大观园里的潇湘馆周围栽了很多竹子,"凤尾森森,龙吟细细",而拙政园里也有梧竹幽居。

当然,有人会说,我们今天所见到的苏州园林,是经过后来人特别是当代人不断修复,已经掺入了现代人的审美观。但是再怎么整修,苏州园林的灵魂还在那里,美的元素还在那里,江南园林的神韵、意趣还在那里。走进苏州园林,仍然可以欣赏到与曹雪芹所描绘的大观园相一致的美。

值得一说的是,上个世纪80年代,上海淀山湖建了一处大观园,后来为了拍摄电视剧《红楼梦》,北京也建了一个大观园。当然,这些大观园都只是一个现代花园而已,与小说中描绘的大观园不可同日而语。

很有意思的是,清代画家孙温十分喜爱曹雪芹的大观园,他决心要画出曹雪芹的大观园来,因此熬尽一生的心血画《红楼梦》。他绘制的《大观园鸟瞰图》,从天空视角由近及远铺陈了一个树木葱茏、亭台楼阁整饬有序、曲径通幽的大观园盛景图,图画得很美,我们现在经常在一些书的插图中能看到。当我们仔细端详画家的大观园时,总觉得这只是画家心目中一个美好的园林形象,也许大观园只能存在于我们的想象中,压根儿是画不出来的。

大美无形,大音希声。

苏丝甲天下

《红楼梦》在写王熙凤与贾宝玉出场时,采取了精雕细刻的写法。

王熙凤出场——

> 头上戴着金丝八宝攒珠髻,绾着朝阳五凤挂珠钗;项上戴着赤金盘螭璎珞圈;裙边系着豆绿宫绦双衡比目玫瑰佩;身上穿着缕金百蝶穿花大红洋缎窄褃袄,外罩五彩刻丝石青银鼠褂;下着翡翠撒花洋绉裙。

贾宝玉出场——

> 头上戴着束发嵌宝紫金冠,齐眉勒着二龙抢珠金抹额;穿一件二色金百蝶穿花大红箭袖,束着五彩丝攒花结长穗宫绦,外罩石青起花八团倭缎排穗褂;登着青缎粉底小朝靴。

今天的读者读这两段文字,犹如读天书一般,有一种眼花缭乱的感觉。他们身上穿的这些衣服,我们已经十分陌生,似乎只有在古装剧里才能看到一点大致的模样。

其实凤姐、宝玉身上穿的都是绫罗绸缎之类的丝织品,现代人已经很难分辨这些衣料了,更别说还有锦、纱、罗、绢、纨、绉等几十种叫法。有人统计,《红楼梦》中的人物服饰,作者总共写了四五十种面料。作者在写人物服饰时,很注意场合、氛围,往往从色彩、质地、款式等方面作细致描绘。如果曹雪芹不是出身于与丝绸生产有关的名门望族,这些种类繁多的丝绸衣料他见都不会见到,更别说去描写了。这从一个侧面证明作者就是江宁织造的后代曹雪芹。

《红楼梦》中涉及的丝绸衣料,作者没有交代产自哪里,但从曹雪芹所生活的时代看,来自江南则是无疑的。清朝政府在江南的苏州、南京、杭州三地设立织造署,是因为这三地是当时丝绸业最发达的地区,其中以苏州为最盛。苏州自古以来就是丝绸之乡。就是今天,你走在苏州的大街上,仍然到处可以看到各类丝绸商店。在苏州,还有一座丝绸博物馆。早年还有一所丝绸工学院,后来并入苏州大学,里面的纺织科学与工程是国家重点学科。那年去邓尉山探梅,在回苏州的路上,路过苏绣小镇,镇上几乎所有的店铺都是刺绣店,那气势也是绝无仅有的。

如今,杭州的丝绸业虽然也比较发达,但就规模与工艺水平来说,无法与苏州相抗衡。

南京历史上也曾有"秣陵之民善织"的说法,南京的云锦工艺水平也曾独领风骚,可是晚清以降,南京郊区民间丝绸业消失殆尽。如今要谈丝绸,是离不开苏州的。说"苏州丝绸甲天下",是没有疑问的。

早就听说苏州有家丝绸博物馆,我决定走进去看看,详细了解一下苏州丝绸业的前世今生。

苏州丝绸博物馆位于人民路2001号,北寺塔对面,从外观看,墙体为白色,取丝帛的本色。众多装饰线条,象征着蚕丝。走进馆内,从内容分布看,有历史馆、现代馆、少儿科普馆、桑梓苑和丝织机械陈列室。历史馆通过图片与考古出土的丝绸文物展示苏州丝绸悠久的历史,旁边的桑蚕居真实地再造了一个微型的桑园环境,让参观者通过实物了解养蚕知识。丝织机械陈列室陈列各种纺织设备,并有手艺人现场进行纺织表演。

博物馆的临时展厅正在举办《从织造署到紫禁城》展览,说的也是苏州丝绸往事。展览分"织机声声织造署""三横四直姑苏城""水上丝路大运河"三个篇章,以丝绸和运河的故事为切入点,挖掘苏州运河丝绸文化内涵,讲述清代苏州丝绸从织造署沿运河北上紫禁城的水上丝绸之路的故事。苏州与大运河相伴相生,是大运河沿线唯一以古城概念申遗的城市。清代苏州织造是江南丝绸发展的巅峰,其生产、运输、传播与大运河息息相关。

博物馆转了一圈下来,对苏州丝绸业的历史有了一个大致的了解。

我国是世界上最早发明植桑、养蚕、缫丝、织绸的国家。在神话中,养蚕术和纺织术的发明者是西陵氏之女,即黄帝的元妃嫘祖,她"教民育蚕,治丝以供衣服"。早在五六千年前,我国先民就已经开始栽桑养蚕、缫丝织绸。太湖流域的苏州地区是我国蚕桑文明的重要发祥地之一。《史记·吴太伯世家》记载了春秋时期发生过的一场"争桑之战"。吴王僚九年（公元前518年），楚国边邑与吴国边邑为争采桑叶发生了纠纷，引发了大规模的械斗。

唐宋以后，苏州丝织产量大，工艺精湛，逐渐成为我国丝绸织造的中心。《吴邑志》记载了明代的丝绸业概况："绫锦纻丝纱罗绢绸，皆出郡城机房，产兼两邑，而东城为盛，比户皆工织作，转贸四方，吴之大资也。"1960年代在张士诚母亲曹氏墓葬中出土了大量的元代丝织品，有锦、缎、绫、绢等衣物被褥，纹饰图案极为精致，有凤戏牡丹、喜鹊栖枝、梅兰竹菊等。

明代冯梦龙小说《警世恒言·施润泽滩阙遇友》中有这样一段叙述："这苏州府吴江县离城七十里，有个乡镇，地名盛泽。镇上居民稠广，土俗淳朴，俱以蚕桑为业。男女勤谨，络纬机杼之声，通宵彻夜……这盛泽镇上有一人，姓施，名复，浑家喻氏，夫妻两口，别无男女。家中开张绸机，每年养几筐蚕儿，妻络夫织，甚好过活。"这段叙述中说的苏州盛泽镇上百姓"以蚕桑为业"的状况，虽然是小说，但作者关于时代背景的交代大体上是符合历史实际的。明代以来，吴江的盛泽、震泽都是著名的丝织大镇。"水乡成一市，罗绮走中原"，这是明代诗人周灿描写盛泽古镇的诗句。

到了清代，苏州丝绸业更是呈现一片繁荣的景象。据乾隆《长洲县志》记载：苏州"织作在东城，比户习织，专其业者不啻万家"。乾隆三十五年至四十五年间,苏州民办织机已发展到一万数千张。如石恒茂英记、李启泰、杭恒富禄记、李宏兴祥记等纱缎铺,都是在乾隆前后开设的。清代徐扬画的长卷《盛世滋生图》上,苏州城内的绸庄、绸行等店铺就有十四家之多。

清代苏州丝织产品,主要有宋锦、缂丝、漳缎、织金、闪缎、妆花缎、摹本缎、贡缎、天鹅绒、高丽纱、百子被面等品种。苏州最拿手的工艺是缂丝技术。

那么,苏州的丝绸业与《红楼梦》又有什么关系呢?

《红楼梦》中四大家族属于"钟鸣鼎食之家,翰墨诗书之族",主要人物过的是"锦衣纨绔""饫甘餍肥"的生活,穿的都是绫罗绸缎,花团锦簇。为了表现贾府的大富大贵,作者不吝笔墨去描写那些人物的服饰,哪怕是一位丫鬟的穿着,作者也不放过。

我们在佩服曹雪芹的同时,也在疑问:他的丝绸知识哪里来的?曹家三代四人担任江宁织造近六十年,他舅爷爷李煦担任苏州织造达三十年之久,杭州织造也与曹家有亲戚关系。曹雪芹长到十三四岁才离开南京,在曹家被抄家之前,江宁织造署一直在为皇室的丝绸衣料忙碌着。他小时候是在织造的环境中长大的,因此,他具有丰富的丝绸知识。

清朝时期,包括皇帝、内眷、大臣的衣服及丝绸织品都来源于江南三织造。三织造各有所长,江宁织造的独门绝技叫天衣无缝,给皇帝做龙袍,所以称为"天衣"。当然也生产蟒缎等衣料。杭州织造以生产蝉翼纱工艺见长,苏州织造的长处是缂丝和刺绣。缂丝被称为丝绸上的雕刻艺术。从分工上看,江宁织造是专门为皇帝、后妃、皇子、公主制造面料和衣服的机构。苏州织造则是织造皇家用作赏赐大臣及有功人士的丝绸面料。《红楼梦》中元妃省亲时赏赐给贾母"富贵长春"宫缎四匹,"福寿绵长"宫绸四匹,此类丝织品多数出自苏州织造。杭州织造出产的丝织品,具有薄、软、透的特点,比如《红楼梦》中写到的软烟罗。

三织造虽然有所分工,但从当时的奏折看,也不是那么严格。比如,雍正四年十一月二十九日《内务府奏三处织造送来赔补绸缎已收讫折》是这样写的:

> 自雍正元年以来,由杭州织造送进之绸秤重量,看得分量轻薄丝生之绸二百九十六匹,再自三处织造送进之新缎内,挑出由苏州所织之上用缎一百十三匹,官缎五十六匹,江宁所织之上用缎二十八匹,官缎三十匹,皆甚粗糙轻薄,而比早年织进者大不如。现在除将挑出之绸缎,着该管织造官员照数赔补外,仍将伊等交该管严加议处。

透过这个奏折,我们知道了几个信息:一、苏州织造、江宁织造都生产上用缎料。二、杭州呈送的有绸料、缎料。三、此时已经进入雍正时代,内务府对三处织造的丝织品质量很不满,由此可见三处织造已经失势,后来垮台也就是必然的了。

《红楼梦》在写人物服饰时,不厌其烦地作细致描绘,如"缕金百蝶穿花大红云缎窄裉袄""二色金百蝶穿花大红箭袖""石青起花八团倭缎排穗褂""玫瑰紫二色金银鼠比肩褂"……这些描写服饰的说法,今天读来十分拗口,但据丝绸专家研究,绝对不是曹雪芹凭空想象,每一种衣服的描写都是有依据的。当然也有研究者认为,清代大户人家也不是这么穿的,《红楼梦》人物的衣饰受戏服影响较大。这一点,我是赞成的。曹雪芹的戏曲知识本来就非同一般。他在描摹人物的服饰时,肯定在生活的基础上进行了艺术加工。

我通过书本知识的学习,以及对苏州丝绸实物的考察,对《红楼梦》中写到的主要丝织品衣料作一个粗浅的罗列。

缎料在《红楼梦》中出现频率很高,有青缎、蟒缎、妆缎、洋缎等。缎的质地较厚,由于丝线交织的特殊结构,其中一面具有平滑光泽的效果,所以有"闪缎"之说。贾宝玉穿的"秋香色立蟒白狐箭袖",北静王穿的"江牙海水五爪龙白蟒袍",贾母屋子里的金银蟒缎靠垫、引枕与大条褥,都是缎料。宝玉脚蹬的靴子是"青缎粉底小朝靴"。蟒缎应属高档富贵的服饰用料。史湘云的装扮"水红装缎狐肷褶子","装缎"亦即"妆缎"。再如第五十二回,宝玉的装束为"大红猩猩毡盘金彩绣石青妆缎沿边的排穗褂子",这里的妆缎是用来作沿边装饰的。

康熙五十年,内务府总管赫奕的奏折中说:"苏州织造送来上用满地风云龙缎等三百三十四匹,官用大立蟒缎等二千四百五十一匹。"由此可见,苏州织造上贡的缎料比较多。清孙珮《苏州织造局志》也有记载,该局生产"上用缎匹品制繁多,其中妆缎有五爪大龙满缎、葫芦团龙妆、团龙火焰圈有云妆、纯圆金团金火焰圈无云妆"。

洋缎在书中也屡有出现,"大红云缎窄裉袄"是凤姐初见黛玉时的上衣打扮,洋缎面料体现了她在贾府中的显赫地位。第三回,宝玉穿着"石青起花八团倭缎排穗褂"。江宁甄府呈送的绸缎中就有倭缎二十匹。这里的倭缎,其实就是洋缎,由于借鉴了日本的工艺,因此称洋缎。

比缎更普遍的就是绫与纱罗了。第三回,"只见一个穿红绫袄青绸掐牙背心的丫鬟走过来"。第八回,宝玉探望病中的薛宝钗,宝钗穿的就是"蜜白色棉袄,玫瑰紫二色金银的比肩褂,葱黄绫棉裙,一色半新半旧,看去不觉奢华"。第二十一回,"林黛玉严严密密裹着一幅杏子红绫被,安稳合目而睡"。第二十四回,"鸳鸯穿着水红绫袄儿"。第二十五回,宝玉雨夜访黛玉,黛玉穿着"半旧红绫短袄"。第二十六回,袭人穿着"白绫细折裙"。第四十回,贾母见宝钗房内太素净,吩咐拿几件摆设来,其中有一顶"白绫帐子"。第四十六回,鸳鸯的家常穿戴"半新的藕合色的绫子袄儿"。绫是斜纹底上起纹花的丝织物,因为表面如同冰凌,所以叫绫。

纱罗出现在第四十回,贾母由凤姐所说的蝉翼纱窗纱引发一番议论:"那个软烟罗只有四样颜色:一样雨过天晴,一样秋香色,一样松绿的,一样就是银红的,若是作了帐子,糊了窗屉,远远的看着,就似烟雾一样,所以叫作'软烟罗'。那银红的又叫作'霞影纱'。"罗与纱,都是质地轻薄、表面有孔眼,常常合称"纱罗"。纱罗是杭州织造的特色产品。

缂丝,又名刻丝,这项工艺为苏州地区特长,主要体现为"通经断纬",以小梭子将五彩丝线逐色缂织,"承空观之,如雕镂之象"。《红楼梦》第三回写王熙凤,"外罩五彩刻丝石青银狐褂"。第六回,凤姐穿着"石青刻丝灰鼠披风"。第十七回,贾蔷从苏州采购回来"妆蟒绣堆、刻丝弹墨"。第五十一回,袭人的"身上穿着桃红百子刻丝银鼠袄子"。刻丝工艺十分费时,《吴县志》中说:"妇人一衣,终岁方就。"一件衣服,要织上一年。凤姐喜欢刻丝的衣服,这与她在贾府的身份地位有关。在贾府,她是一位呼风唤雨的人物。穿上价格昂贵的刻丝服饰,对她来说不算什么。

绸,是丝绸品中最重要的一类,面料较厚,是应用平纹或变化组织,经纬交错紧密的丝织品。面料平挺细腻,用途广泛,分为宫绸、茧绸、绉绸和洋绉。

宫绸,是一种平纹的绸子,工料极考究。清代《苏州织造局志》上载有八庵花宫绸、八庵素宫绸等名目,"花宫绸一匹需工十二日"。绉绸,似罗而疏,似纱而密。第二十四回,"鸳鸯穿着水红绫子袄,青缎子背心,束着白绉绸汗巾儿"。第四十二回,"贾母穿着青绉绸一斗珠的羊皮褂子"。茧绸,一般大众性的低档绸子。第四十二回贾母送给刘姥姥的就是茧绸。

宋锦,是形成于宋代的织锦工艺,在苏州得到了很好的传承。

在《红楼梦》第三回中,炕上有锦褥、锁子锦靠背。第五十三回,贾母正房有"锦茵绣屏",锦茵就是宋锦工艺。第九十回有"宝蓝盘锦镶花绵裙"描写。今天,苏州宋锦已经入选国家非物质文化遗产。

曹雪芹在《红楼梦》中写了各色丝绸之料,觉得还不过瘾,还特别写了苏绣这门独特的工艺。第五十三回,荣国府贾母在元宵节大摆筵席,接着写花厅中的摆设。其中特别写到,厅中家具,"一色皆是紫檀透雕,嵌着大红纱透花卉草字诗词的璎珞"。璎珞是一种有穗子的刺绣陈设品。接着,叙述了绣这璎珞的姑苏女子慧娘的故事。慧娘出身书香宦门之家,精于书画,开始时不过偶然绣一两件针线玩玩,并非市卖之物。她所绣的花卉,仿的都是唐、宋、元、明各名家的折枝花卉,十分雅致。人们称之为慧绣。当时,市面上有不少追逐利益者纷纷仿效慧绣,从中获利。遗憾的是慧娘"命夭,十八岁便死了"。一些大户人家都以拥有一件慧绣为骄傲。贾府也只有两三件,上一年将那两件已进贡给了皇上,只剩这一副璎珞,一共十六扇。

按照小说的情节发展,慧绣这个情节完全可以忽略不写,曹雪芹为什么突然插进这个故事?这个叫慧娘的女子,也是苏州人。因为曹雪芹对苏州太熟悉,尤其对苏州的丝绸织造、刺绣艺术十分了解,写着写着,就想起了听说来的绣娘的故事,便在此处再添上一笔。一则是苏州情结的折射,再则可以突出贾府至尊的身份。

写慧绣，其实是写苏绣。明清时，苏州地区"家家养蚕，户户刺绣"。苏绣技艺主要体现在用各色丝线在丝织面料上的运针如笔，用多种针法刺绣出各种图案，形成了图案秀丽、构思巧妙、绣工细致、针法活泼、色彩清雅的独特风格。早在清代，苏绣与湘绣、粤绣、蜀绣并称我国四大名绣。2006年，苏州刺绣被列入国家非物质文化遗产。

如今，临近太湖的镇湖小镇被打造成"刺绣小镇"，一个小镇有千家刺绣作坊，一条街成了绣品街，这里还建有中国刺绣艺术馆。要想欣赏苏绣作品，不妨到镇湖去看一看。

原来姹紫嫣红开遍……

台湾著名作家白先勇在回忆他与昆曲的缘分时,这样说道:"一九四六年梅兰芳回上海首次公演,我随家人在美琪大戏院看了他的《游园惊梦》,虽不太懂,但其中的《皂罗袍》一曲婉丽妩媚的音乐,一唱三叹,使我难忘,体验到昆曲的美,从此无法割舍与它的情缘。"

《皂罗袍》是汤显祖《牡丹亭》中经典的唱段——

原来姹紫嫣红开遍,似这般都付与断壁残垣……

《红楼梦》第二十三回写道,林黛玉在梨香院墙角边,"只听墙内笛声悠扬,歌声婉转",一句"原来姹紫嫣红开遍,似这般都付与断壁残垣"飘入耳中,黛玉"素习不大喜欢看戏文",但听到这缠绵婉转的曲子,也"止步侧身细听"。在听到"良辰美景奈何天,赏心乐事谁家院"时,自思"原来戏上也有好文章",又为所听"如花美眷,似水流年"心动神摇。联想到《西厢记》中的"花落水流红,闲愁万种",细细忖度后,"不觉心痛神痴,眼中落泪"。这一段写林黛玉听曲后的感受,写得极为细致。

他们都被《皂罗袍》迷倒了。可见昆曲有如此大的魅力!

我对昆曲的了解太少,只能听懂几句唱词。《皂罗袍》当然也听过,觉得很美。

为了了解昆曲,我决定到中国昆曲博物馆看看。

沿着平江河,拐过石板小桥,走进幽静的张家巷,便来到中国昆曲博物馆。

苏州的博物馆就是多,园林、丝绸、刺绣等都有博物馆,昆曲博物馆还冠以"中国",从这一点也可以看出苏州的古老以及城市管理者的用心。

昆曲博物馆是利用一座清代古建筑而建的。古建筑叫全晋会馆,山西商人建于清末,现在是全国重点文物保护单位。昆曲博物馆建在这里,还有一个重要原因:馆里保存一座完好的老戏台。过去,这个老戏台上唱的绝大多数是昆曲。

走进博物馆,迎面就是魏良辅的塑像。魏良辅很了不起,他是江西南昌人,生活在嘉靖年间,考上进士,后来在工部、户部、刑部都做过官,官至广西按察司副使、山东左布政使。他通晓音律,有着极高的文学词曲修养,酷爱唱曲艺术,他把发源于元末的昆山腔加以改良,使之登上了大雅之堂,因此被后人推崇为曲圣。

古戏台是整个古建筑群的精华所在,戏台两层,坐南朝北,约两米高,台两边宽六米,围上弓形吴王靠,构成了三十六平方米的三面向正方形戏台。戏台飞檐翘角,华美精致,台前饰有一组浮雕:"普天同庆"下面是二龙戏珠,旁边是"凤穿牡丹",台柱的顶端是金狮抱柱,蝙蝠起舞。头顶上方的穹窿井结构精致,独具匠心,由三百二十四只黑色蝙蝠浅雕与三百零六朵云头圆雕相依相绕,组成十八条祥龙盘旋而上,凝聚在穹窿井顶端的铜镜片上,不仅显示了艺术之美,而且还起到了扩音的作用。戏台正面的大殿,原为关公殿,两旁相连的东西向庑廊,也称耳楼,是观众看戏的地方。大殿、庑廊所形成的三面观众席,构成戏台三面开放的建筑结构。建筑大师贝聿铭在参观这座古戏台后感慨:这无疑是世界建筑史上的杰作!

昆曲史料厅通过图片、脸谱、戏曲人物画、古代演出脚本,展示了昆曲六百年的发展历史。

昆曲诞生于元代后期的苏州昆山,由于它最初用于清唱,音调如南方的糯米粉,纡徐往复,因此又叫水磨调。到了明代嘉靖年间,魏良辅在传承昆山腔的同时,将北曲的一些音乐特色融入昆山腔中,并对唱腔进行了改良,所以称昆曲或昆腔。昆曲唱腔柔美,吸引了众多文人,争相为昆曲作词,有的还加入了编剧的行列。到了康熙、乾隆年间,昆曲更是风靡一时,上至宫廷,下至市井,都喜欢听昆曲。

博物馆下午场的昆曲演出开始了。古老的舞台上迎来了水袖翩翩、身姿婀娜的杜丽娘,今天演出的正是传统昆曲剧目《牡丹亭》:"原来姹紫嫣红开遍,似这般都付与断壁残垣……"

又听到了《皂罗袍》!

这一唱三叹、回环往复的曲调,正是《红楼梦》中林黛玉听过的、白先勇听过的。曹雪芹所生活的年代距今已经有两百多年了,"原来姹紫嫣红开遍"这支曲子至今仍在传唱,我不知道今天听的昆曲曲调与《红楼梦》中那十二个苏州女孩子唱的曲调是否一样。请教昆曲研究者,说由于代代相传,昆曲的演唱曲调有很强的继承性,变化不大。也就是说,我们今天听到的曲调与林黛玉听到的差不多。同样的曲子,绵延了两百多年的时光,再一次在古老的戏台上唱起,一唱三叹,纡徐往复,不禁让人心神摇荡,有"不知今夕何夕"的感觉。

《红楼梦》写戏曲的地方很多,尤其是对《西厢记》和《牡丹亭》两部经典的昆曲戏着墨甚多。前八十回中,有九次提到《牡丹亭》,四次提到《游园惊梦》。宝黛共读西厢成了最经典的文学场景。宝玉说:"我就是个'多愁多病身',你就是那'倾国倾城貌'。"林黛玉说:"……原来'苗而不秀,是个银样蜡枪头'。"两人都借《西厢记》的曲文互相打趣,表露心迹。第二十六回,黛玉自言自语:"每日家情思睡昏昏。"刚好被宝玉听见,宝玉便问她:"为甚么'每日家情思睡昏昏'?"见到紫鹃,宝玉又忍不住笑道:"好丫头,'若共你多情小姐同鸳帐,怎舍得叠被铺床?'"这些都是《西厢记》中的曲词,曹雪芹随手拈来,恰到好处地表达出宝黛二人的微妙情思。

从曹雪芹所写涉及戏曲内容来看,他的戏曲修养极高。周汝昌曾引用一个《红楼梦》旧本批语:"曹雪芹为楝亭寅之子,世家,通文墨,不得志,遂放浪形骸,杂优伶中,时演剧以为乐,如杨升庵所为者。"这则批语将曹雪芹写成了曹寅之子,显然是错的,说曹雪芹放浪形骸,与戏曲演员们混在一起,并且还像明代大文学家杨慎那样,为演戏填曲,不知是否有出处。曹寅喜欢戏曲是有案可查的,此种说法如果可靠的话,那他真是有些曹寅之风。

第十六回,贾府为了准备迎接元妃省亲,专程派遣贾蔷前往苏州采办,"下姑苏合聘教习,采买女孩子,置办乐器行头等事",准备组建训练为典仪奏乐的音乐班子。第十七、十八回交代说"贾蔷已从姑苏采买了十二个女孩子,并聘了教习,以及行头等事来了"。为什么要到苏州去采买唱戏的女孩子?因为吴人善歌,吴音轻柔,唱起来婉转动听,当然唱的是昆曲。

第二十二回,贾母在内院搭了一个家常小巧的戏台,定了一班新出的小戏,昆、弋两腔都有。第五十四回,还通过贾母的口,说起过去的家世来,她指着史湘云说:"他爷爷有一班小戏,偏有一个弹琴的凑了来,即如《西厢记》的《听琴》,《玉簪记》的《琴挑》,《续琵琶》的《胡笳十八拍》,竟成了真的了。"其中的《续琵琶》曲本,就是曹雪芹祖父曹寅的作品。

曹雪芹写戏曲,是经过深思熟虑的,有时借用戏曲的情节或曲文来推动情节发展,或暗示某种结局,或比拟现实,或丰富人物形象。

第十八回写元妃省亲,亲点了四出戏,分别是《豪宴》《乞巧》《仙缘》《离魂》。脂砚斋在评点时,指出了这些剧目背后隐含的意义:第一出《豪宴》,"《一捧雪》中,伏贾家之败"。第二出《乞巧》,"《长生殿》中,伏元妃之死"。《长生殿》讲述唐明皇和杨贵妃的故事,《长生殿》故事中的乞巧一出,说的是贵妃娘娘在七月七日这一天上天台祈愿。第三出《仙缘》,"《邯郸梦》中,伏甄宝玉送玉"。第四出《离魂》,"《牡丹亭》中,伏黛玉死。所点之戏剧伏四事,乃通部书之大过节大关键"。脂砚斋所批,当然只是一家之言。

第二十二回,宝钗生日,照例要演戏。贾母让宝钗点戏,宝钗便点了一出《鲁智深醉闹五台山》,宝玉开始时不以为然,宝钗道:"你白听了这几年的戏,那里知道这出戏的好处,排场又好,词藻更妙。"宝钗说,这戏中有一套北《点绛唇》,铿锵顿挫,韵律不用说是好的了,只那词藻中有一支《寄生草》,填得极妙。宝玉忙请她念出来。宝钗念道:"漫揾英雄泪,相离处士家。谢慈悲剃度在莲台下。没缘法转眼分离乍,赤条条来去无牵挂。那里讨烟蓑雨笠卷单行?一任俺芒鞋破钵随缘化!"宝玉听了,称赏不已。曹雪芹选这支曲子也是有用意的,"没缘法转眼分离乍,赤条条来去无牵挂",也为宝黛爱情的结果以及宝玉最后的结局埋下了伏笔。

在曹雪芹生活的时代,昆曲十分流行。上至朝廷,下至民间,唱的就是昆曲。康熙南巡,后四次都是由曹寅、李煦负责迎驾。所到之处,曹寅、李煦都是倾其所有,投其所好。康熙非常喜欢看戏,所以几乎每晚都"进宴摆戏"。当然,昆腔占大多数。

当时,一些达官贵人家里都有蓄养家班的风俗。民间有歌谣曰:"芝麻官,养戏班。"据吴新雷考证,苏州织造府所属的戏曲行会,又叫老郎庙,其实是梨园公所,是戏曲人聚会的地方,唱的基本上都是昆曲。曹寅在苏州任职两年八个月,对昆曲甚为喜欢,不仅自备家庭戏班,还从事戏曲的编剧工作,在这期间,他还创作了《北红拂记》,尤侗还为他题记。曹家的戏班子还在拙政园内演出尤侗编的《李白登科记》。曹寅到了南京后,也养了唱戏的家班,他自己还创作了《表忠记》《续琵琶》《太平乐事》等剧本。

李煦在苏州任职三十年,苏州的老郎庙属于苏州织造署管辖,他家要演一场戏,是很容易做到的。但养戏班子,肯定要花银子。这也会增加负担。顾公燮的《顾丹五笔记》有一段话:"公子性奢华,好串戏,延名师以教习梨园,演《长生殿》传奇,衣装费至数万,以致亏空若干万。吴民深感公之德,惜其子不类也。"这段文字说,李煦的儿子李鼎很不争气,沾上了奢侈之气,整天沉湎于串戏之中。因此,台湾红学家皮述民认为,这李鼎就是贾宝玉的原型。

曹雪芹出身于大户人家,也曾经历过锦衣纨绔的生活,小时候一定看过很多戏。第十八回,龄官拒演《游园惊梦》,脂砚斋批曰:"余历梨园子弟广矣,各各皆然,亦曾与惯养梨园诸世家兄弟议谈及此。"第二十二回,脂砚斋批曰:"凤姐点戏,脂砚执笔事,今知者寥寥矣。"从这些批语中看出,脂砚斋与曹雪芹非常熟悉,二人似乎有一起看戏的经历,《红楼梦》中有的看戏情节很有可能来源于曾经的真实生活。

曹雪芹生活的时代,在戏曲界曾出现"花雅之争"。"雅"指昆腔,"花"则是指乱弹,是除了昆曲以外的所有声腔。在乾隆时代,昆曲占有主导地位。这从曹雪芹所写的戏曲中也可以看出。《红楼梦》中出现的剧目有三十本,其中昆曲就有二十多本,《西厢记》《牡丹亭》《占花魁》《玉簪记》《长生殿》等都是热门的昆曲戏。曹雪芹还通过林黛玉的口,说出了自己对于昆曲戏文的认知——"原来戏上也有好文章!"

从元末昆曲兴起算来,昆曲已经流传了六百多年。它之所以至今还活跃在舞台上,与它本身所具有的特质有关。可以说,昆曲是集诗、歌、舞、戏于一体的结晶。它的美体现在：一是唱词美。昆曲由文人填词,很多唱词就是一首意境优美的诗篇。二是曲调美。昆曲唱起来,流丽悠远,清柔婉折,一唱三叹,是明清时期飘荡在江南水面上的"中国好声音"。三是舞姿美。昆曲的表演是载歌载舞的,每一句唱词都会配以一个不同的身段造型,轻歌曼舞,春风袅娜。四是服饰美。昆曲演员的服饰很讲究角色、款式、色彩,总体上缤纷、淡雅,配以轻歌曼舞,特别能传达出一种水韵江南的柔美。正是因为昆曲有着如此美的特质,它的元素为很多传统剧种所借鉴,所以被尊称为"百戏之祖"。2001年5月18日,昆剧被联合国教科文组织列为人类口述及非物质遗产。

如今,昆曲依然是受欢迎的传统剧种。到苏州,去看一场昆曲的演出,是一件很容易的事情。昆曲博物馆每天都有昆曲折子戏演出。

你还可以走进苏州昆剧院,那里常年有演出。苏州昆剧院保留的传统昆剧大戏有《牡丹亭》《长生殿》《白兔记》《钗钏记》《荆钗记》,说不定能碰上你喜欢的剧目。

你还可以走进沧浪亭,去欣赏一部2018年才打造出炉的沉浸式昆剧演出《浮生六记》。演员以沧浪亭的园林实景为舞台演出,观众沿着沧浪亭的石板路,一路走,一路欣赏演员婉转的曲调,曼妙的舞姿,也许那天是皓月当空,星光闪烁,让你古今穿越,恍兮惚兮。这是"昆曲+园林"的一次全新尝试,园林的加入,既为昆曲的演绎营造了一番轻风细雨为伴奏、鱼池假山为幕布、亭台楼榭为戏台的古典意境,也重现了千年前沈复夫妇身在沧浪亭畔,"布衣饭菜,可乐终身,不必远游"的典雅生活。

最后值得一提的是,《红楼梦》在传播中也离不开昆曲。清代的戏曲作家仲振奎先是谱写了《葬花》一出戏,后来又写了剧本《红楼梦》传奇。从此,《红楼梦》登上了昆曲的舞台。仲振奎因此被誉为"红楼戏曲第一人"。

《红楼梦》文本中的苏州

苏州,在作者曹雪芹的心目中占有极为重要的地位,在第一回故事一开始,苏州就出现了,小说写道:"当日地陷东南,这东南一隅有处曰姑苏,有城曰阊门者,最是红尘中一二等富贵风流之地。"作者对苏州的评价极高。一部"红楼"故事,作者为何要从苏州写起,又写了哪些苏州人和事,只有深入文本中,才能看到苏州在《红楼梦》中的分量。

一、几多写苏州

《红楼梦》中写苏州,有时候以姑苏的名称出现,据人民文学出版社2022年第4版《红楼梦》前八十回统计,"苏州""姑苏"出现16次,其中"姑苏"出现8次,"苏州"出现7次,"苏杭"并举1次,后四十回出现3次。小说中的"南方""南省""江南"出现37次,自然也包括苏州。

《红楼梦》以顽石入世历劫的故事说起,开头即提到了姑苏城的阊门。姑苏,是苏州的古称。阊门始建于春秋时期,是苏州古城西门。小说开头写的神话故事,只是一个引子,真正开头是从苏州写起。所以,苏州是小说的缘起。

第二回，写林如海，"本贯姑苏人氏"。林如海的先人曾经世袭过列侯，而且世袭四代，到了第五代林如海，则是科第出身。林家是钟鼎之家、书香之族。小说开头写的神话故事中三生石畔的绛珠仙草，投胎到了苏州林家，成了凡胎女体，就是林黛玉。

第十四回，凤姐与宝玉正在嬉闹，人回："苏州去的人昭儿来了。"凤姐急命唤进来。昭儿打千儿请安。凤姐便问："回来做什么的？"昭儿道："……二爷带了林姑娘同送林姑老爷灵到苏州去。"林如海辞世后，贾琏领着林黛玉回到扬州治丧，将林如海的灵柩送到故乡苏州安葬。

第十六回，赵嬷嬷道："那时候我才记事儿，咱们贾府正在姑苏、扬州一带监造海舫，修理海塘，只预备接驾一次，把银子都花的淌海水似的！"贾府的籍贯在金陵，贾府的先人曾在苏州、扬州一带做官，监造海船，修理海塘，还曾接驾过，可以想见贾府的地位非同一般。

第十六回，凤姐与贾琏闲聊，凤姐道："嗳！往苏杭走了一趟回来，也该见些世面了……"这一句话信息量很大，清初，苏杭一带，十分富庶，且领时代风尚，所以凤姐才说到苏杭走走，属于见世面。

第十六回，元春要省亲，贾府上下都为省亲作准备，贾蔷奉命"下姑苏聘请教习，采买女孩子"。苏州是昆曲的发源地，那里唱戏的女孩子很多，贾蔷买了十二个唱戏的女子，十二官的故事由此展开。

第四十回，写贾母要乘船，几个姑苏驾娘很快就把棠木舫撑来,众人上船。苏州是水乡,会撑船的女子也多,贾府特意从苏州弄来船娘,可见大户人家的讲究。如果对苏州的水乡特点不了解,作者怎么想到写船娘呢?

第四十一回,写妙玉招待林黛玉、薛宝钗、贾宝玉等人喝茶,黛玉问泡茶用的是什么水,妙玉冷笑道:"你这么个人,竟是大俗人,连水也尝不出来。这是五年前我在玄墓蟠香寺住着,收的梅花上的雪,共得了那一鬼脸青的花瓮一瓮,总舍不得吃,埋在地下,今年夏天才开了。我只吃过一回,这是第二回了。你怎么尝不出来?来年蠲的雨水那有这样轻浮,如何吃得。"玄墓山位于苏州城西南三十公里处,与邓蔚其实是一座山,邓蔚探梅,历史悠久。至于蟠香寺,则可能是作者虚构的。

第五十三回,写了一位绣璎珞的姑苏女子慧娘。这位慧娘精于书画,手绣技艺高超,时人称为慧绣。

第五十七回,通过紫鹃的口,再次说出黛玉家乡苏州。宝玉来找黛玉,紫鹃骗他道:"你妹妹回苏州家去。"宝玉笑道:"你又说白话,苏州虽是原籍,因没了姑父姑母,无人照看,才就了来的。"后来紫鹃笑道:"偏生他又和我极好,比他苏州带来的还好十倍。"紫鹃原是贾母房中的丫鬟,黛玉来了之后,贾母让紫鹃做了黛玉的贴身丫鬟,黛玉与紫鹃关系极好,所以紫鹃才如此说。

第六十七回,薛蟠从苏州回京,带回了文房四宝、自行人、酒令儿、沙子灯、泥捏小像等土特产,薛宝钗将这些物品分给了众姐妹,黛玉看见了从家乡来的物品,思乡之情油然而生。

后四十回，苏州出现共 3 次。第九十二回，贾政在追溯贾雨村的经历时说："他原籍是浙江湖州府人，流寓到苏州……"

第九十八回，黛玉死了之后，宝玉悲伤至极，做了一个梦，梦见自己到了阴司，寻找黛玉，阴司里的人问，找谁，宝玉道："姑苏林黛玉。"这里把黛玉的籍贯连在一起说，起到了强调黛玉出生地的作用。

第一百〇一回，贾琏拿起官府的抄报看，其中有参劾苏州刺史李孝，因纵放家奴，倚势凌辱军民一案。此处出现苏州的案子，为贾府被抄作铺垫。

二、写了哪些与苏州相关的人物

《红楼梦》中写了哪些与苏州有关联的人物？

林如海、林黛玉。

林如海，黛玉的父亲。书中第二回交代了林如海的家世。林如海"乃是前科的探花，今已升至兰台寺大人，本贯姑苏人氏，今钦点出为巡盐御史，到任方一月有余。原来这林如海之祖，曾袭过列侯，今到如海，业经五世。起初时，只封袭三世，因当今隆恩盛德，远迈前代，额外加恩，至如海之父，又袭了一代；至如海，便从科第出身。虽系钟鼎之家，却亦是书香之族"。林如海娶的是贾政的妹妹贾敏。儿子三岁病故，膝下只有一个五岁的女儿林黛玉。林如海原先在哪里做官，小说中没有说，只是说现在到了扬州担任巡盐御史。全家跟着他住到了扬州。不承想,林如海刚来扬州任巡盐御史一年有余,黛玉母亲贾敏病故,黛玉只好进京投靠外祖母。

林黛玉是小说最重要的人物之一。她与贾宝玉是姑表兄妹。宝玉送她别号"颦颦",诗社别号"潇湘妃子",她与薛宝钗并列"金陵十二钗"之首。她本是西方灵河岸三生石畔的绛珠仙草,因受到赤霞宫神瑛侍者天天以甘露灌溉,始得久延岁月,脱了草木之胎,幻化人形,修成女体,投胎到了苏州林家。

妙玉。

妙玉是苏州人,"金陵十二钗"之一。贾府为了迎接元妃回家省亲,派贾蔷到苏州物色尼姑道姑,妙玉就是其中之一。妙玉祖上是读书仕宦之家,父母双亡,自幼多病,带发修行,长相漂亮,气质秀美,心性孤僻,清高自赏。妙玉与宝玉的关系非常微妙,只有宝玉才能讨得梅花。宝玉过生日,妙玉发去笺帖。中秋夜,湘云、黛玉联诗,妙玉续完。在小说中,妙玉品茶的功夫最深。贾母、宝钗、黛玉等人到栊翠庵喝茶,妙玉十分讲究,用收藏的陈年梅花雪水泡茶招待黛玉等人,用的茶具都是古董。当刘姥姥喝了她的成窑茶盏,她竟然要砸碎它,后来宝玉求情,给了刘姥姥。这一点,作者虽然是直写,但也是曲笔,表达出了批评的态度。妙玉最后被强盗劫走,宝玉听说后,甚不放心,每日长吁短叹,照应"王孙公子叹无缘"。过了些时日,贾府传闻贼寇抢了妙玉下海,妙玉不依,被贼寇杀害了。八十回本,根据靖本脂批,妙玉后来流落到了

苏州篇

瓜洲，命运很悲惨。

邢岫烟。

邢夫人的内侄女，出身寒素，为人雅重。妙玉在蟠香寺修行的时候，邢岫烟曾在妙玉的庙里住了十年，可见家境之困难。她随父母投靠邢夫人。在王熙凤眼中，她是一位"温厚可疼的人"。第五十七回，贾母做主，将邢岫烟许配给薛蝌。在后四十回，邢岫烟没有多少出场，通过王夫人的口中带出，她嫁给薛蝌后，过上和和顺顺的日子。在大观园女孩子中，命运算是好的了。

甄士隐、封氏。

甄士隐，谐音"真事隐"，苏州阊门外的乡宦，禀性恬淡，家住葫芦庙旁，曾资助贾雨村赴京赶考。小说借甄士隐的梦境，讲述"木石前缘"缘由。甄士隐因为爱女失踪、房屋被烧，境况潦倒，为跛足道人度脱出家，作"好了歌"注解。有人认为，甄士隐家的小荣枯就是贾府的大荣枯。

封氏，甄士隐妻子，英莲的母亲。封氏"情性贤淑，深明大义"，甲戌本批语："八字正是日后之香菱，见其根源不凡。"意思是说，作为香菱的母亲，封氏是不简单的人。

香菱。

甄士隐的独生女，被拐骗时叫英莲，谐音"应怜"。第一回中写到元宵之夜，甄士隐的佣人霍启抱了英莲去看社火花灯，将英莲丢失。英莲后来被拐卖了两次。到第三回，贾雨村"补授了应天府"，新官上任就碰到一件人命官司："两家争买一婢，各不相让,以致殴伤人命。"就在贾雨村审这桩案子时,当差的门子告诉他,这被卖的丫头,就是甄士隐的女儿英莲。到了第七回,英莲已经改名香菱,后做了薛蟠的小妾。再后来,香菱喜欢上写诗。后四十回,香菱受到薛蟠正室金桂的虐待,金桂死后,她被扶正室,最后死于难产,留下一子。

娇杏。

谐音"侥幸"。甄士隐的丫鬟。无意中回头顾盼雨村,被贾雨村认作风尘知己。贾雨村做官后,娶了娇杏作二房,后来大房夫人去世后,娇杏被扶正。

作者把英莲与娇杏放在一起写,一个应怜,一个侥幸,人的命运如此无常、吊诡,令人感慨。

苏州十二官。第十六回,贾蔷到苏州采买了十二个唱戏的女孩子。这十二个女孩子都以"官"来命名,分别是文官、芳官、宝官、玉官、龄官、茼官、藕官、蕊官、茄官、葵官、豆官、艾官。小说重点刻画了芳官、文官、龄官、蕊官、藕官等形象。十二个女孩唱的都是昆曲。由于地位低下,结局令人同情。茼官早死,死时最多十来岁。之后贾府开恩放她们出去。她们的干娘只是看上她们带来的金钱,并不关心她们的死活。放出大观园后或者被发嫁,或者被转卖他人,也可能堕入烟花场。因此第一次放出园子的时候只有龄官、宝官和玉官三人离开,其余人都宁愿留在贾府做丫鬟。然而贾府每况愈下,晴雯病死、司棋被逐,八人最后还是被逐出大观园。芳官、藕官、蕊官三人遁入空门,剩余的多被干娘领走自行发卖,命运未卜。

小说中还写了一个绣花技艺高超的慧娘,还有在大观园划船的驾娘。

此外,《红楼梦》中还写了一些历史人物。

张僧繇,苏州人,六朝时的著名画家,擅长人物及佛教画。出现在小说的第七十六回。据传,张僧繇曾为金陵安乐寺画四条龙不点睛,人们不解其故,张僧繇说,如果点了眼睛,龙就会飞走,人们不信,非要他点睛,结果点了两条之后,龙腾云驾雾而去。

唐伯虎,明代画家,与沈周、文徵明、仇英称为"明四家"。唐伯虎在小说中出现了三次,可见作者对唐伯虎的偏爱之情。第二回,作者借贾雨村之口,把唐伯虎、祝枝山列入"逸士高人"。在第五回中,写到秦可卿的卧房里悬挂着唐伯虎的《海棠春睡图》。据研究者考证,唐伯虎没有留下"海棠春睡"画,是否作者虚拟,不得而知。

第二十六回,薛蟠得了好大的莲藕和暹罗国进贡的香猪,舍不得自用,于是扯谎骗出贾宝玉,与冯紫英等人一起吃酒享用,中间薛蟠说看到过一张春宫图,甚是好看,作者是"庚黄"。宝玉不解,思索一番,在手心里写了"唐寅"二字,问薛蟠是不是这两个字,薛蟠觉得好没意思,说道:管他"糖银""果银"呢?

有人据此认为作者不是曹雪芹,如果曹雪芹是曹寅之孙,断不会开"寅"字玩笑。不过,我不这么看,曹雪芹具有强烈的批判精神,很多思想很超前,他不会因为这个框框而不写"寅"字。

那么,作者为何三次提到唐寅?有研究者认为,曹雪芹欣赏唐寅为人,也喜欢唐寅的作品。俞平伯认为曹雪芹代林黛玉所作的《葬花吟》脱胎于唐寅的《花下酌酒歌》《一年歌》,《桃花行》脱胎于唐寅的《桃花庵歌》,也许曹雪芹受过唐寅诗歌的启发。

仇十洲,出现在第五十回,贾母喜得忙笑道:"你们瞧,这山坡上配上他的这个人品,又是这件衣裳,后头又是这梅花,像个什么?"众人都笑道:"就像老太太屋里挂的仇十洲画的《双艳图》。"仇英字实父,号十洲,苏州太仓人,擅画人物,尤长仕女,既工设色,又善水墨、白描。此处的"双艳"是指梅花和宝琴。

三、写了苏州哪些地方

阊门、十里街、葫芦庙。

《红楼梦》开篇第一回,交代故事来历:"当日地陷东南,这东南一隅有处曰姑苏,有城曰阊门者,最是红尘中一二等富贵风流之地。这阊门外有个十里街,街内有个仁清巷,巷内有个古庙,因地方窄狭,人皆呼作葫芦庙。庙旁住着一家乡宦,姓甄,名费,字士隐。"姑苏,阊门外,葫芦庙——曹雪芹把《红楼梦》故事缘起的地点设置在这里,让甄士隐、贾雨村先后登场,全书情节由此拉开序幕。

自明清以来,苏州就是江南地区数一数二的繁华之地。这里土地肥沃,物产丰富,交通方便,贸易繁荣,特别是阊门一带,是一个水陆交通交汇之处,其热闹和繁华更是由来已久。唐寅有诗:"世间乐土是吴中,中有阊门更擅雄。"(《阊门即事》)乾隆年间,徐扬在《盛世滋生图》中画了阊门的繁华景象。

虎丘。

第六十七回,薛宝钗的哥哥薛蟠从江南贩货,带回两大箱小礼物,其中"有虎丘带来的自行人、酒令儿、水银灌的打筋斗小小子、沙子灯、一出一出的泥人儿的戏,用青纱罩的匣子装着,又有在虎丘山上泥捏的薛蟠小像,与薛蟠毫无相差"。宝钗把这些玩意儿一份一份配合妥当,分送给诸姐妹。黛玉看见自己家乡之物,触物伤情,想起双亡父母,自然十分伤感。小说有关虎丘土特产的描写符合当时的文献记载。

玄墓山、蟠香寺。

《红楼梦》第四十一回,妙玉请黛玉、宝钗品茶,说起泡茶的水,妙玉说:"这是五年前我在玄墓蟠香寺住着,收的梅花上的雪,共得了那一鬼脸青的花瓮一瓮,总舍不得吃,埋在地下,今年夏天才开了。"

玄墓山,实有其山,与邓尉相连,邓尉上种植梅花,由来已久,至于蟠香寺,可能是作者虚构的。

四、写了哪些苏州风物习俗

《红楼梦》第一回,写了苏州的八月十五中秋节:"当时街坊上家家箫管，户户歌弦，当头一轮明月，飞彩凝辉"。寥寥数语，描绘出苏州中秋团圆日热闹的景象。接着，作者又借贾雨村的诗，补写中秋节的气氛："时逢三五便团圆，满把晴光护玉栏。天上一轮才捧出，人间万姓仰头看。"

接着又写了苏州元宵节。苏州正月十五有放花灯的习俗，甄士隐家的佣人霍启带着英莲去看社火花灯，导致英莲丢失。

古代苏州三月十五，寺庙有"炸供"的习俗，即油炸食品，用来供奉佛祖。和尚在炸供时烧着了窗纸，导致葫芦庙失火，烧毁了整条街。作者写道："于是，接二连三，牵五挂四，将一条街烧得如火焰山一般。"有学者指出，葫芦庙的这把火，是有所指，有"城门失火，殃及池鱼"寓意。苏州李家被抄之后，曹家接着被抄，也是接二连三的事。

苏州是丝绸之乡，曹雪芹的舅爷爷李煦任苏州织造三十年，曹家四人担任江宁织造达五十八年，曹雪芹从小就接受丝绸方面的知识熏陶，积累了丰富的服饰知识，所以在写《红楼梦》中人物服饰时，就得心应手。他不仅写了多种丝绸，还写了一位丝绸刺绣的代表人物——慧娘，讴歌了苏州女子的心灵手巧。明清两代，苏州丝绸业十分发达，出现了"家家养蚕，户户刺绣"的盛况。苏州绘画艺术的发展，也助推了以针作画的苏绣业的繁盛。曹雪芹如果没有到过苏州，就不可能写出慧娘这个人物。

《红楼梦》中对戏曲的书写很多，也十分在行，总共写了三十多本戏，其中昆曲就有二十多种，表明作者很喜欢昆曲。清代康、乾年间,是昆曲的极盛时期,曹雪芹的祖父曹寅就是一位戏曲创作高手。他创作了《北红拂记》《表忠记》《续琵琶》《太平乐事》四个剧本。曹家、李家都养了戏班子,康熙南巡,曹寅、李煦接驾,夜夜笙歌,进宴演戏。在这种环境影响下,曹雪芹的戏曲修养可想而知。

关于大观园与苏州园林的关系,研究者也多有论述。冯其庸说,根据苏州老人传说,曹雪芹小时候到过苏州的拙政园,因为拙政园有一部分房子是曹寅在任苏州织造时买下的,后来归了李煦。我认为,曹雪芹去过苏州,而且还观赏过苏州私家园林。当然,他的大观园也不是以哪一座园林为原型,而是吸取众长,是他心目中理想的园子。

《红楼梦》第六十七回写了苏州虎丘的土特产。薛蟠到江南贩货,带来了两大箱苏州物产,还有"虎丘带来的自行人、酒令儿、水银灌的打筋斗小小子、沙子灯、一出一出的泥人儿的戏,用青纱罩的匣子装着;又有在虎丘山上泥捏的薛蟠小像,与薛蟠毫无相差"。这里写得很细致,列举的苏州土特产、工艺品,都实有其物。

第五十三回,乌进孝给贾府送来了年租年礼,其中有"御田胭脂米二石",第七十五回贾母吃的"红稻米粥",也是用这种胭脂米熬制的。据文献记载,这种稻子是康熙皇帝在西苑丰泽园内发现的,稻米微红,所以叫"御田胭脂米"。康熙曾将稻种给了李煦,让他在苏州一带栽种。李煦有《奏报御种稻子已插莳折》《奏散发御种稻谷情形并进新谷新米折》,都提到种胭脂稻子的事情。李煦在苏州一带种了皇上赐给他的种子,收割新稻子之后,他又将新米贡给了皇帝。康熙曾有朱批:"各府官民要者,尽力给去,无非广布有益。浙江、江西要的也给。"李煦按照皇帝的旨意,广为传播。李煦《虚白斋尺牍》中还保留一封李煦写给当时浙江巡抚徐元梦的信,信中就提到栽种胭脂稻子的事情。曹雪芹极有可能对红稻米的来历是了解的。

《红楼梦》写了一位很会品茶的妙玉,她用玄墓山上蟠香寺梅花上的雪水泡茶,十分讲究。作者在小说中也写了七八种茶,但就没有写苏州太湖洞庭的碧螺春,也没有写虎丘茶。据说,碧螺春原先叫"吓煞人香",还是康熙给改了名字,叫"碧螺春"。作者没有写到。我以为,这是作者的高明之处,小说不能那么实实在在,否则一眼就被读者识破,那样就没有意味了。作者在小说的一开头,写了太虚幻境里的仙茶——千红一窟,宝玉喝了感觉清香异味,纯美非常,问何名,警幻道:"此茶出在放春山遣香洞,又以仙花灵叶上所带之宿露而烹。此茶名曰'千红一窟'。"脂砚斋甲戌侧批:"隐'哭'字。"接着,又让宝玉喝了一种"万艳同杯"酒。这两个名字大有意味,其实是"千红一哭""万艳同悲"之意。

第四十回写到的苏州驾娘,更是符合苏州水乡特点,说明作者对苏州非常熟悉。

五、苏州在《红楼梦》中的分量

关于苏州与《红楼梦》的关系,红学研究中有学者认为,苏州与《红楼梦》的关系非常密切,因此,将目光聚焦到苏州织造李煦家世以及交游上,这方面的著作不在少数,如周汝昌的《红楼梦新证》梳理了李煦的行迹,王利器的《李士桢李煦父子年谱》、皮述民的《苏州李家与红楼梦》、程宗俊的《苏州织造李煦行略考》都详细论述了苏州李家与《红楼梦》的关系。徐恭时的《那无一个解思君——李煦史料新探》、吴新雷的《苏州织造府曹寅与李煦》、冯其庸的《关于李煦》、张书才的《李煦获罪档案史料补遗》等等,都是从李煦与曹家的关系入手来研究《红楼梦》。

周汝昌《曹雪芹与江苏》一文中说,传说由于某种特殊的缘故,曹雪芹的母亲在苏州至亲李家生了曹雪芹。徐恭时根据苏州人传说,认为曹雪芹生于苏州。冯其庸在《关于李煦》中也说,根据苏州老人传说,曹雪芹生于苏州织造府,还曾到过拙政园,因为拙政园部分房子是曹寅在任苏州织造时买下的,后来归了李煦。

我认为,这些研究有助于"知人论世",加深对《红楼梦》意旨的理解,但同时我也认为,传说只是传说,不能认为就是事实。此外,切忌把小说的人事与现实中的人事一一对应,那样就犯了胶柱鼓瑟的毛病。

还是回到文本中来看看苏州在《红楼梦》中占有怎样的位置。

苏州在《红楼梦》中的第一回中就已经出现。曹雪芹把《红楼梦》故事缘起的地点设置在苏州，让甄士隐、贾雨村先后登场，通过两个人的对话，全书情节由此拉开了序幕。可以说，《红楼梦》的故事缘起于苏州。

接着，通过甄士隐梦境中僧人与道士的对话，引出了"木石前盟"的故事，交代了贾宝玉与林黛玉的前世因缘。再接着，通过贾雨村这个人物，牵出贾府、林黛玉以及贾史王薛四大家族。所以，前五回是《红楼梦》全书的总纲。

苏州是林黛玉的故乡，是她出生的地方，当见到薛蟠从苏州带来的土特产时，她立马动了思乡情。她的父母先后辞世，最后归葬地也在苏州。苏州在她心目中有着极其重要的位置。

除了林黛玉是苏州人，《红楼梦》还塑造了好几位苏州女子。妙玉美丽、孤傲，宛如尘世中一朵白莲花。香菱身世坎坷，命如飘蓬，但她有一颗纯净的心，还去学诗写诗。十二官中的芳官聪明伶俐，善解人意，很讲姐妹情谊，脾气倔强。文官口齿伶俐，甚得贾母欢心。龄官生性倔强，不畏权威，对职业存着敬畏之心。作者对十二个女孩子表达出同情之心。此外，曹雪芹还写了苏州的慧娘、驾娘，虽然她们在书中只是一闪而过，但这些苏州元素的加入，增强了小说的"苏州味道"。

至于苏州园林、丝绸、昆曲等元素，在小说中频频出现，更是小说的重要组成部分，虽然没有明确的"苏州"字样，但苏州气息浓厚。

红学家皮述民说,苏州李府半红楼。他的意思,苏州李煦家的素材在《红楼梦》中占一半的分量。虽然我不同意他将贾宝玉与李煦的儿子李鼎之间画等号,但强调苏州在小说中的分量,我是赞同的。就说如今,园林、丝绸、昆曲这三个《红楼梦》中的重要元素,仍然是苏州文化的标志性符号。

苏州的"红楼"文化

我总以为,苏州文化与《红楼梦》文化之间存在诸多相通的元素,苏州的城市气质与《红楼梦》中透出的韵味非常契合。在苏州寻找"红楼"元素,不时会有惊喜。比如,《红楼梦》中写到的贾母喜欢听的昆曲,今天在苏州仍然活跃。《红楼梦》中写人物服饰,绫罗绸缎,真是琳琅满目。直到今天,苏州仍然是丝绸生产重镇。走进苏州园林,会情不自禁地想起《红楼梦》中的大观园……更难得的是,苏州还保存了清代苏州织造署的部分建筑,而江宁织造署、杭州织造署早已消失在历史尘埃中了。

就曹家来说,曹雪芹祖父曹寅曾任过二年零八个月的苏州织造,李家的李煦则在苏州织造任上长达三十年之久,李煦的堂妹嫁给了曹寅,李煦是曹雪芹的舅祖。金陵曹家、苏州李家曾经十分风光,曹寅、李煦轮流担任两淮巡盐御史。康熙皇帝南巡,曹寅与李煦都是四次接驾。曹寅去世之后,李家遵康熙皇帝之嘱,对曹家照顾有加。曹雪芹的童年和少年时代一定会到过苏州舅祖家。台湾学者皮述民认为,苏州李府半红楼。

在《红楼梦》的研究领域,苏州不甘示弱,道光年间的王希廉是最早的红学家之一。到了上个世纪初,苏州出了两位红学大家——俞平伯与顾颉刚,他们是新红学的开拓者。

在苏州,《红楼梦》文化一直在静静地流淌,从未停歇过……

一、苏州的《红楼梦》研究

在南京、苏州、扬州三城中,苏州的红学研究开始得比较早,而且还出现了几位重量级的红学专家。早在道光年间,就有一位叫王希廉的苏州吴县人,评点《红楼梦》,影响巨大。

王希廉(1805—1877),字雪芗(又作雪香),号护花使者,主要生活在嘉庆、道光、光绪年间,多才多艺,能诗会文,其夫人周绮是位才女,写有《红楼梦题词》十首,夫妻一起评点《红楼梦》,传为佳话。

王希廉评点的《新评绣像红楼梦全传》有道光十二年(1832年)双清仙馆刊本。全书包括"批序""总评"和"分评"三部分。他更多地从文学角度评价和分析《红楼梦》。他认为,《红楼梦》是古往今来最伟大的一部小说。有正笔、衬笔、借笔、明笔、暗笔、伏笔、照顾笔、着色笔、淡描笔,各样笔法无所不备。他认为《红楼梦》主要是叙述荣宁二府的盛衰,又以描写宝、黛、钗三人之间的错综关系为主,其中关键是要弄懂"真""假"二字。"读者须知,真即是假,假即是真;真中有假,假中有真;真不是真,假不是假。明此数意,则甄宝玉、贾宝玉是一是二,便一目了然。"

他还着眼于《红楼梦》的整体结构,将全书分成二十一段,"第一回为一段,说作书之缘起,如制艺之起讲,传奇之楔子。第二回为二段,叙宁、荣二府家世及林、甄、王、史各亲戚,如制艺中之起股,点清题目眉眼,才可发挥意义。三、四回为三段,叙宝钗、黛玉与宝玉聚会之因由。五回为四段,是一部《红楼梦》之纲领"。他是红学史上研究《红楼梦》艺术结构的第一人。

关于人物的主次关系,他认为:"《红楼梦》虽是说贾府盛衰情事,其实专为宝玉、黛玉、宝钗三人而作。若就贾、薛两家而论,贾府为主,薛家为宾。若就宁、荣两府而论,荣府为主,宁府为宾。若就荣国一府而论,宝玉、黛玉、宝钗三人为主,馀者皆宾。若就宝玉、黛玉、宝钗三人而论,宝玉为主,钗、黛为宾。若就钗、黛两人而论,则黛玉却是主中主,宝钗却是主中宾。至副册之香菱,是宾中宾,又副册之袭人等,不能峨席矣。读者须分别清楚。"

王希廉还注意到小说中人物的对话技巧:"书中多有说话冲口而出,或几句说话止说一二句,或一句说话止说两三字,便咽住不说。其中或有忌讳不忍出口,或有隐情不便明说,故用缩句法咽住,最是描神之笔。"

到了清末,苏州又出了一位奇才评论家黄人(1866－1913),说他是奇才,因为他涉猎的领域广泛,包括文学、医学、逻辑学、佛学等。1907－1908年他在《小说林》上连载《小说小话》,其中有对《红楼梦》的评论,内容涉及《红楼梦》作者、成书、版本、续作等问题。他说:"《石头记》原书,抄行者终于林黛玉之死,后编因触忌太多,未敢流布。曹雪芹者,织造之子,本一失学纨绔,从都门购得前编,以重金延文士续成之,即今通行之《石头记》也。无论书中前后优劣判然,即续成之意旨,亦表显于书中,世俗不察,漫指此书为曹氏作。而作《后〈红楼梦〉》者,且横加蛇足,尤可笑焉。"黄人说,关于《红楼梦》成因,曹雪芹是一纨绔子弟,从外面购得《石头记》前部分,后来用重金聘用文人续写完成全部《石头记》。这一说法新奇,不知有何依据。

黄人赞赏《红楼梦》的人物描写,做到"如镜中取形,妍媸好丑,令观者自知",决不"掺入作者论断"。他认为,《红楼梦》写"艳",《金瓶梅》写"淫",《儒林外史》写社会之种种人物。他还认为,"贾宝玉之人物,亦小说中第一流"。

在黄人看来,"全书人物皆无小说旧套出场诗词,独宝玉有之,非特重其为主人翁,全书宗旨及推崇宝玉之意,悉寓于此"。

对于小说没有写完,黄人认为:"语云:神龙见首不见尾,龙非无尾,一使人见,则失其神矣!此作文之秘法也。我国小说家,能通此旨者,如《水浒传》,如《石头记》,如《金瓶梅》,如《儒林外史》《儿女英雄传》,皆不完备。非残缺也,残缺其章回,正以完全其精神也。"

黄人的评论虽然不及王国维的系统、深刻,但在上个世纪初能发表如此独特的见解,实属不易。

当代苏州学者王永健有《"苏州奇人"黄摩西评传》。摩西,是黄人的字。

到了现代,苏州出现了两位大师级的评论家——俞平伯与顾颉刚。俞平伯,是清代大学者俞樾的曾孙,著名学者、作家。顾颉刚是著名的历史学家。俞平伯与顾颉刚二人关系很好，1921年4月至10月间，二人通了很多信，话题都是探讨《红楼梦》，而此时胡适已经写出《红楼梦考证》。顾颉刚与胡适也熟悉，他还为胡适收集了《上元江宁两县志》《楝亭集》《八旗氏族通谱》《八旗通志》《船山诗草》等资料。这样，三人就《红楼梦》展开了热烈的讨论，由此标志着"新红学"的诞生。

1923年，俞平伯出版了他的第一部也是奠定他红学学术地位的专著《红楼梦辨》。顾颉刚为之作序，他说："红学研究近一百年了，没有什么成就，适之先生做了《红楼梦考证》之后，不到一年，就有这部系统完备的著作。……我希望大家看看这'旧红学'的打倒，'新红学'的成立，从此悟出一个研究学问的方法。"

俞平伯与胡适一同成为"新红学"的奠基人。

1952年，俞平伯应文怀沙之约，将《红楼梦辨》修订为《红楼梦研究》。1954年起陆续出版《脂砚斋红楼梦辑评》《红楼梦八十回校本》《读〈红楼梦〉随笔》，后来又发表了《红楼梦简论》。李希凡和蓝翎读了俞平伯的《红楼梦简论》，发表《关于〈红楼梦简论〉及其它》，对俞平伯提出批评。从1955年开始，全国范围内掀起了声势浩大的批判俞平伯运动。1986年1月20日，中国社会科学院文学研究所为俞平伯从事学术活动65周年举行庆祝会，这实际上是为俞平伯平反。

在《红楼梦》的研究上，胡适注重考证，而俞平伯则是将考证运用到文本中来，将实证与艺术鉴赏相结合，开启了《红楼梦》文学批评的新模式。俞平伯的研究,既不是纯史料的考证,也不是纯主观上的感悟式批评,更不是索隐派的附会之说,而是充分体现了五四精神下现代转型期的文学批评,实现了红学研究上的飞跃。

俞平伯区分了《红楼梦》前八十回和后四十回的内容,并对高鹗的续书给予了客观的评价。他明确提出研究《红楼梦》的第一步是要"分别原作与续作",指出后四十回与前八十回的矛盾之处,证明后四十回回目和内容皆非曹雪芹原笔。他认为,续书是失败的,也是不可能写好的。他认为《红楼梦》有三大主旨:第一,《红楼梦》是感叹自己身世的。第二,《红楼梦》是为情场忏悔而作的。第三,《红楼梦》是为十二钗作本传的。

对于一些考据,他认为:"《红楼梦》虽是以真事为蓝本,但究竟是部小说,我们却真当他是一部信史,不免有些傻气。"我认为,他的这个观点很客观。

苏州大学的文学研究力量向来不弱。2013年11月,苏州大学文学院联合苏州第十中学举办了"苏州城里话《红楼》——曹寅、李煦、《红楼梦》与苏州学术研讨会"。苏州第十中学是苏州织造署西花园所在地,校园内还保存部分清代建筑。

会上,国内的专家学者对《红楼梦》与苏州的关系进行了研讨。胡文彬说:"《红楼梦》里写到的内容和故事,都和苏州密切相连。"中国第一历史档案馆研究员、《曹雪芹研究》主编张书才说,李煦的《虚白斋尺牍》是近年来发现的重要史料。它所抄录的320

封信，都是李煦在苏州织造任内写就的，真实可信，具有很高的史料价值。通过这些信件，我们可以更进一步了解李煦的心态以及曹家、李家败落的原因。

天津外国语大学教授、北京曹雪芹学会副会长郑铁生认为，曹雪芹的童年，是苏州织造李煦在康熙的支持、眷顾和关切下，极力帮衬、辅助和照看曹家的一个特殊时期。当时曹雪芹的祖父、父亲已先后去世，奶奶李氏（李煦堂妹）对独根苗孙子曹雪芹的疼爱无以复加，还经常带着曹雪芹到苏州省亲。这一切给曹雪芹幼小的心灵上烙下永恒的印记。因此可以说，苏州奠定了《红楼梦》的创作基础。

成都农业科技职业学院教授张志认为，曹雪芹通过显性和隐性的描写方式，赋予了黛玉与苏州十分紧密的联系。比如说黛玉的籍贯是苏州，黛玉《葬花吟》中的"侬"，是当时典型的苏州方言。黛玉的生日也暗合苏州的"花朝节"。之所以这样设计，除寓意"黛玉的身份应该是一位百花仙子"外，还希望在黛玉身上留下更多的苏州元素，强化她的苏州人身份。同时，也以此显示曹雪芹对苏州的关切，抒发他对苏州特殊的怀念之情。

上海师范大学教授詹丹认为苏州是《红楼梦》的起点，甄士隐、贾雨村就是从苏州出发，各自走向了自己的人生旅途，而且是两种完全不同的人生，最后却殊途同归。他认为苏州籍的女子大多痴情，且大多爱得很专一。林黛玉痴情于贾宝玉自不必说，妙玉作为出家人，孤高自许，目无下尘，却对宝玉情有独钟。即便是香菱,虽然薛蟠对其谈不上有真正的爱,但她却把心思全放在薛蟠身上,薛蟠被柳湘莲教训,害得香菱哭肿了眼睛。薛蟠出远门,香菱跟黛玉学诗,梦里得来一首最成功的诗,却是一首以思妇形象自居的作品。还有那位在雨中画"蔷"字的龄官,也是苏州籍。《红楼梦》中写到的苏州女子,在性格上又大多孤傲自许。

王永健,苏州大学文学院教授,多年为大学生开设《红楼梦》选修课。曾担任江苏省红楼梦学会副会长、江苏省明清小说研究会副会长,对《红楼梦》颇有研究。有论著《但闻风流蕴藉——明清章回小说中的性情》,苏州大学出版社 2011 年出版。另有《"苏州奇人"黄摩西评传》。此外,还发表了多篇关于《红楼梦》的研究论文,如《〈红楼梦〉与江苏的不解之缘》《二十世纪的江苏红学研究》等。

朱子南,苏州大学文学院教授,与苏州文化学者秦兆基合著的《红楼流韵——〈石头记〉里的苏州》,是一部写《红楼梦》与苏州关系的通俗读物,古吴轩出版社 2007 年出版。该书分古迹、工艺、文艺、饮食、人物、杂俎六部分考察苏州与《红楼梦》的关系。作者认为,虽然不能确证曹雪芹就生于苏州,但从《红楼梦》中写到的有关苏州的景、物、事来看,他肯定到过苏州,不然,他对苏州不会如此熟悉。该书认为,阊门外七里山塘街上的普福禅寺就是葫芦庙的原型。

周峥,《苏州园林》杂志主编,苏州市园林协会副秘书长,对苏州园林颇有研究,在姑苏讲堂、平江讲堂、虎丘书院等处作过《红楼梦与苏州园林》讲座。周峥曾引用红学家蓝翎游览沧浪亭后说的话——"曹君不到沧浪亭,写不出潇湘馆",认为《红楼梦》与苏州园林关系非常密切,江南的园居生活对曹雪芹的影响是巨大的。书中大观园里的景观植物与现实生活中的苏州园林有着诸多的联系与印证。最易联想的就是潇湘馆的竹与沧浪亭的竹。蘅芜苑里遍植香草,拙政园的香洲一带就有蘅芜苑的况味。怡红院有"怡红快绿",拙政园有"海棠春坞"。稻香村遍植蔬菜稻谷,拙政园有秋香馆。这些不是偶然的,说明曹雪芹对苏州园林一定是熟悉的。

苏州的丝绸业特别发达,有两本书探讨《红楼梦》与丝绸的关系。一本是《〈红楼梦〉丝绸密码》。这是一部研究《红楼梦》中的丝绸服饰的著作,上海科学技术文献出版社 2014 年出版,作者李建华曾就读于苏州丝绸工学院,是国内知名的丝绸专家,曾在中央电视台《百家讲坛》讲述《红楼梦丝绸密码》,出版著作有《字说丝绸》《话说丝绸》《神州丝路行》等。

另一本关于丝绸方面的书是《〈红楼梦〉里的丝绸记忆》。这是一部解读《红楼梦》里丝绸知识的通俗读物,苏州大学出版社 2019 年出版。作者为皇甫元、苏锦、栾清照、石浩等。书中形象地解释了《红楼梦》中写到的绫罗、绸缎、锦、缂丝等纺织技艺。

作为文化古城,苏州很注重传统文化的整理、研究、传播。由苏州大学中国近代文哲研究所、苏州市唐文治国学研究会联合组建的虎丘学院 2012 年成立。学院开设了《红楼梦》研学班,不定期邀请国内红学专家作讲座。苏州市传统文化研究会还编辑出版《传统文化研究》。从2000年起,《传统文化研究》上开辟《红楼新探》栏目,陆续刊登苏州研究者关于《红楼梦》的研究文章,苏州文化刊物主编陆承曜将2000年至2007年《传统文化研究》上刊登的47篇文章汇集成册,题为《梦里梦外探红楼》。该书分为"创作旋律""情愁交响""弦外余音"三部分,涉及《红楼梦》与传统文化、美学、修辞、文本考证、园林、戏曲、传统游戏等多方面,有几篇文章专门探讨苏州与《红楼梦》的关系。

二、与苏州有关的《红楼梦》版本

程甲本。

《红楼梦》问世以后,一直在社会上传抄。苏州人程伟元发现残编甚多,便邀请朋友高鹗一起来从事"细加厘剔,截长补短,抄成全部"工作。

程伟元,字小泉,生于乾隆年间,卒于嘉庆年间,功名无考,只知道他工诗善画。乾隆后期,他在京花数年之功,搜罗《红楼梦》残稿遗篇,三印《红楼梦》。他有遗文三篇(程甲本《红楼梦序》、程乙本与高鹗合撰的《引言》、《〈且住堂诗稿〉跋》)。他以"萃文书屋"的名义出版了一百二十回本《红楼梦》,封面题为"绣像红楼梦",扉页题为"新镌全部绣像红楼梦",各回首及中缝均题为"红楼梦"。因其卷首有程伟元序、高鹗序,后经胡适命名为"程甲本"。程甲本问世后不及90天,程伟元、高鹗在程甲本基础上又加工整理,于乾隆五十七年壬子(1792年)再次活字版印一百二十回本《红楼梦》,世称程乙本。胡适认为,程伟元只是一书商。这个观点值得商榷。程伟元能整理出完整的《红楼梦》,厥功甚伟。他在《引言》中表达了自己的观点:"是书词意新雅","其中用笔吞吐,虚实掩映之妙,识者当自得之"。从程伟元的序看,他是一位有眼光、有鉴赏力的文人。

周春所见版本。

周春(1729—1815),浙江海宁人,清乾隆十九年进士,是一位知识广博的学人,是最早研究《红楼梦》的学者之一。早在乾隆五十九年(1794年),就写出了我国第一部红学研究专著《阅〈红楼梦〉随笔》。他在该书的序里说,时下《红楼梦》有两个版本,一是《石头记》八十回,一是《红楼梦》一百二十回。"壬子(1792年)冬,知吴门坊间已开雕矣。"意思是说,这一年冬天,苏州已经刻印《红楼梦》了,具体吴门哪一家刻印的,他没有说。

双清仙馆本。

双清仙馆是王希廉和夫人周绮的书斋名。清道光十二年(1832年)双清仙馆刊本,一百二十回,扉页上题"新评绣像红楼梦全传",背面题"道光壬辰岁之暮上浣开雕",首王希廉草书批序,末署"道光壬辰花朝日吴县王希廉雪芹氏书于双清仙馆",绣像有六十四页,每页前图后花。图像之后有《红楼梦》论赞、大观园图说、《红楼梦》题词、《红楼梦》总评。

三、"红楼"文化的继承与弘扬

胡文彬说:"《红楼梦》里写到的内容和故事,都和苏州密切相连。"皮述民说,苏州李府半红楼。我也一直认为,苏州与《红楼梦》的关系太密切了,以至于我每次走进拙政园,就仿佛走进大观园里。走进苏州丝绸博物馆,见到那些清代丝绸服饰,就像见到《红楼梦》中的人物。这种感觉是南京、扬州所没有的。

《红楼梦》书中写到的阊门、虎丘、玄墓山今天都在,走近它们,会有一种"思接千载,视通万里"般的感觉。尤其难能可贵的是苏州还保存了部分清代苏州织造署建筑。乾隆时代移进织造署的瑞云峰如今依然保存完好,它见证了苏州织造署的兴衰。瑞云峰与苏州织造署遗址目前都是全国文物保护单位。我了解到,苏州第十中学平时就有课外《红楼梦》阅读小组,还承办过"苏州城里话《红楼》"研讨会,一届届从苏州第十中学走出的莘莘学子,接受着《红楼梦》文化的浸染,肯定会留下深刻印象。

苏州的文艺舞台一直很活跃,苏州是昆曲的发源地。此外,越剧、苏州评弹在苏州都很有市场。

谁编了"红楼第一戏"?最早的要数乾隆年间仲振奎改编的《红楼梦传奇》。嘉庆年间苏州的吴镐、石韫玉也是较早将《红楼梦》改编成戏曲的戏曲家。

吴镐的《红楼梦散套》十六出,改编于嘉庆二十年(1815年)。

石韫玉的《红楼梦传奇》十出,改编于嘉庆二十四年(1819年)。

石韫玉(1756—1837),江苏吴县人。乾隆五十五年状元,授翰林院修撰,官至山东按察使。他改编的《红楼梦传奇》有自己的创作,在处理钗黛之争的时候,并没有采用诸如宝玉失玉、凤姐设谋情节,而是让贾元春最高指示促成二宝联姻,林黛玉识大体殒逝升仙。在"定姻"一折中,夏太监奉元春之命到荣府与贾母商量,以为"这些亲戚人家的姑娘,有才有貌而且有福,无如薛家宝钗姑娘,若是与宝二爷作对,真是一双两好",因而以"娘娘懿旨"求亲。紫鹃将此消息报告宝、黛,宝玉心系黛玉,不肯从命,反而是黛玉劝他答应。情节离奇。

到了道光年间,苏州又出现了一位大戏曲家陈钟麟,他根据《红楼梦》改编的《红楼梦传奇》,凡八卷,每卷十出,共有八十出,是《红楼梦》戏曲中篇幅最长的一部,也是一部情节最全的戏曲作品。

近年来,苏州昆剧传习所排演的古本昆曲《红楼梦传奇》,将吴镐的《红楼梦散套》"焚稿""诉愁",与仲振奎的《红楼梦传奇》"葬花""听雨"合为4折,排成新剧,在苏州、北京等地演出,反响很好。

苏州评弹一直保留《红楼梦》情节曲目,如"宝玉哭灵""紫鹃夜叹""潇湘夜雨""夜探晴雯""黛玉葬花"都是苏州评弹经典曲目。

鉴于苏州与《红楼梦》的特殊关系,2020年,苏州市文化部门举办"梦回红楼"主题展,展出各种《红楼梦》版本,举办"品读红楼"读书会、《红楼梦》系列讲座、《红楼梦》影视展播等系列活动。

在苏州民间,喜欢《红楼梦》的也大有人在。家住苏州平江街道香花桥社区的潘维基收藏有关《红楼梦》主题的火花、邮花、门花,并在平江街道金谷里艺术馆举办《红楼梦》"三花"藏品展,展出了上万件"三花"藏品。一叶知秋,从一个方面折射出苏州百姓对《红楼梦》的喜爱之情。

我以为,苏州的"红楼"文化资源是丰富的,也是独特的。苏州在传承与弘扬方面已经做了不少工作,但还有空间。比如,江南三织造中只有苏州织造署还保存部分建筑,但由于这些建筑在苏州市第十中学校园内,想去参观很不方便,是否可以增加对社会的开放时间?此外,苏州可以利用这一独特资源,开展研讨活动,弘扬"红楼"文化。再有,苏州的园林、丝绸、昆曲都与《红楼梦》有密切的关系,如何放大这些元素,弘扬"红楼"文化,是一个文化课题。最后,如果苏州能和南京、扬州三城联动,开辟一条《红楼梦》文化旅游专线,对弘扬"红楼"文化是大有裨益的。

扬州篇

◎ 扬州,是曹雪芹祖父曹寅创造曹家辉煌的地方。他在这里担任两淮巡盐御史,在塔湾接驾,受到皇帝嘉奖,刻印《全唐诗》,最后也在这里告别人世。

◎ 对于曹家来说,曹寅是一棵大树,大树倒了,树倒猢狲散,曹家从此走向没落。

◎ 林黛玉的父亲林如海当了两淮巡盐御史,且病死扬州城,这与曹寅是那么的相像,所以清代点评家周春说,林如海就是曹寅。当代红学家严中认为,虽然不能等同,但有曹寅的影子。

◎ 扬州,是林黛玉成长之地。母亲辞世后,她从这里登舟北上京城。直到今天,扬州还有林黛玉故居的传说,可见扬州人是多么喜爱林黛玉。

◎ 林黛玉母亲、父亲先后辞世,都上了小说的回目——《贾夫人仙逝扬州城》《林如海捐馆扬州城》,这在全书中绝无仅有。

◎ 曹雪芹对扬州是熟悉的,他写绿杨城郭,写郊外的寺庙,写大运河,写隋堤,写虚构中的黛山、林子洞。

◎ 根据靖本批语,妙玉后来被劫持流落到瓜洲。在瓜洲曾有传说,曹雪芹某年南下在瓜洲遇风雪,到沈姓人家逗留,还作了两幅画赠给沈家。

◎ 冯其庸认为,《红楼梦》中所写的美食,多半是淮扬美食。所以,扬州有底气推出"红楼宴"。

◎ 敦敏在赠曹雪芹的诗中写道:"扬州旧梦久已觉。"那么,"扬州旧梦"指的是曹寅在扬州的经历,还是另有所指?这恐怕永远是一个谜。

远去的使院

到扬州寻访红楼遗迹的第一站,自然是扬州使院。

扬州使院,其实叫两淮巡盐御史衙门,两淮巡盐御史又称院道、盐院、盐政、盐课,专管淮南、淮北的盐政。曹雪芹祖父曹寅曾经与苏州织造李煦轮流担任两淮巡盐御史,每人一年,曹寅共担任了四任,李煦担任了八任。曹雪芹在《红楼梦》第二回里写道:"闻得今岁鹾政点的是林如海",林如海"今钦点出为巡盐御史"。第十九回里宝玉讲"故典",说道:"却不知盐课林老爷的小姐才是真正的香玉呢!"有研究者认为,曹寅就是林如海的原型。

经过一番打听,得知扬州使院遗址在民间称皇宫。于是,经过市中心的文昌阁,朝着汶河北路方向走去,不多远,便来到皇宫广场。只见两幢楼之间,建了一个不伦不类的牌坊,红黄相间,似古不古,上书"皇宫广场"四个大字。再往里走,便是皇宫花园居民小区,这里有十几幢楼,密集地排在一起,看不到一点古迹的影子。问旁边的老人,说这里原先是新华中学的旧址,1990年代学校搬迁,这里成了居民区。问起曹寅,绝大多数居民不知道。一位八十多岁的老人说,这里就是古代的盐院,曹雪芹爷爷曾经待过的地方,也是因为康熙皇帝在这里住过,所以才叫皇宫。问起大致的范围,这位老人说,西起今天汶河北路的非机动车道,东到院东街、观风巷,北起今天的大东门街,南到皇宫广场牌坊。

昔日的扬州使院,如今一点影子也没有了,这未免让人觉得遗憾。那么,历史上的扬州使院具体的位置又在哪里?

根据乾隆《两淮盐法志》所载《两淮盐漕察院院署图》描绘,扬州使院衙署在扬州老城九巷附近,即今天的汶河北路皇宫广场一带。当时的扬州使院有三路三进,东起第一路是花园,建有"观风亭"和"来鹤轩";第二路是盐漕察院的正堂,大门外树"四藩风纪"牌坊,两侧分别有"县府署""兵道署""盐道署"等建筑,进入大门,有大堂"察院"、二堂"执法堂"、三堂"省心堂",最北建有"仕学轩",还有各种辅助建筑;第三路从南到北,依次建有"柏台书舍""开卷堂"和"台鉴亭"等。在使院里,还有一处古井,叫桃花泉。翻开曹寅的《楝亭集》,其中有多首写到使院的诗。他在《桃花泉》诗序中说:"泉在使院西侧,味淡于常水。"他在使院种竹,期待着竹子"明年抽新萌,会见穿我壁"(《使院种竹》)。他在扬州使院接待过很多朋友,有时候喝得酩酊大醉,"哄堂大噱白醉散,出门相视朱颜酡"(《广陵载酒歌》)。春秋佳日,他与朋友泛舟瘦西湖,登蜀岗,拜平山堂,在北门、吴氏园探梅,在红桥赏荷花……总之,他很喜欢"绿杨城郭",在诗中写道:"绿杨城郭东风静。"

在清代,不要小看了扬州使院,它可是两淮盐课的中心。天下盐课,以两淮为最。清朝首任两淮巡盐御史李发元在《盐院题名碑记》里说:"两淮岁课当天下租庸之半,损益盈虚,动关国计。"在被康熙钦点担任两淮巡盐御史以后,曹寅曾在给康熙皇帝的奏折中说道:"盐政虽系税差,但上关国计,下济民生。"两淮巡盐御史统辖江南、江西、湖广、河南四省三十六府商纲亭户的赋敛出入,并缉捕私贩。据文献记载,从1705年到1720年,两淮各种盐税总额为二百五十万两银子,包括一百五十万两正常盐税和五十五万两余钱。两淮盐税一般要占全国盐税的百分之五十二。因为重要,康熙皇帝才会把两淮巡盐御史这个职务交给自己最信任的曹寅和李煦。

根据扬州地方志记载,咸丰三年二月,太平军占领扬州后,将扬州使院当成了指挥所。清军进入后,又一把火烧了。民国期间,部分建筑改称中山纪念堂,新中国刚成立时,扬州使院曾为扬州市党政机关的驻所,上个世纪50年代初期,新华中学在此办学,1995年新华中学迁出,扬州市有关部门在遗址上开发商品房,便有了现在的皇宫花园住宅小区。

为何叫"皇宫"? 据黄进德考证,光绪七年,两淮盐运使洪如奎在盐院遗址的废墟上建造了万寿宫,这里成了遥祝当时皇帝万寿无疆的地方。

扬州使院难道一点遗迹也没有留下? 一位黄姓老者说,有两只老的石狮子,原先就放在这里小区的停车场,前几年搬到新华中学的新校区里。我决定到新华中学的新校址看看石狮子。

新华中学现在已经搬到了扬子江中路728号新址,我向门卫说明了来意,被一口拒绝,只好委托扬州的朋友找到了新华中学的一位语文老师,才得以进入校园。

终于见到了昔日扬州使院门口的一对石狮子!

两只石狮放置在一座教学楼的廊下,一般石狮子的头部是斜着的,而这两只石狮子造型很特别,眼睛都是直视正前方。石狮高约两米,两只石狮子都是满头卷发,显得很威武。左侧是一只雄狮,雄狮的右前爪在玩绣球,活泼好动的表情惟妙惟肖。位于右侧的雌狮则用左前爪爱抚怀中的幼狮,幼狮的右前爪顽皮地搭在雌狮身上,憨态可掬。石狮子旁边放置了一个今人立的石碑,碑文写道:

> 吾校九秩寿辰,喜迎石狮回归。斯石狮之幸,亦吾校之盛事也。石狮者,乃前朝文物。接待过康、乾帝,陪伴过曹雪芹。雄踞吾校皇宫旧址,寒暑往来,岁华变迁,与吾校忠诚相伴,护校园之周全,守师生之安康。是狮,吾校发展之见证,吾校精神之图腾。

碑文中说,这对石狮子"接待过康、乾帝,陪伴过曹雪芹",说这对石狮子"接待"过康熙、乾隆,陪伴过曹雪芹的祖父曹寅,是说得通的。但是,说陪伴过曹雪芹,只是一种猜测。陪同我参观的新华中学曹老师说,"文化大革命"期间,上上下下"破四旧",有人要砸烂石狮子,学校老师偷偷地将两只石狮子埋入附近土中,石狮子才得以保全。"文化大革命"结束后,学校老师才把石狮子起了出来。后来,新华中学搬迁,一直想把这两只石狮子带走,但考虑到是文物,有关部门没有批准。2016年,新华中学迎来九十周年校庆,学校征得有关方面同意,终于将这一对石狮子运到了新校园里。

掐指一算,这对石狮子已经有三百多岁了。它们见证了曹寅在扬州为官的一段岁月,同时也见证了两淮巡盐御史衙署的兴衰。不知道它们有没有见过曹雪芹。可以设想一下,曹雪芹小时候,大人带着他来到扬州寻觅祖父的足迹,当走进扬州使院的大门时,他看见了左右立着的石狮子,心里定会有无限感慨……

两淮巡盐御史是一个令人羡慕的肥缺,因为在这个位置可以捞到外快。曹寅任江宁织造,年俸不过一百零五两银子、月领白米五斗,他哪里有钱养活自己的一大家人?还要为皇帝办事。巡盐御史因为除了官府的正常课税,还可以各种名目私征,当时叫"耗羡"。康熙五十二年,曹寅去世,李煦为曹家代管盐差,上报耗羡所得就有五十八万六千两之巨。可见油水有多大!曹寅、李煦二人造新宫,接待康熙南巡,刻《全唐诗》,钱从哪里来,自然就会通过这个途径来解决。还有,当朝的官员都知道这是个肥缺,也会以各种理由索取。曹家、李家要想处理好各种关系,也会打点的。这样下来,银子肯定不够用。何况曹寅接手巡盐御史时,已经有亏损。到了曹寅手里,也是一样,年年亏损,一年积一年,到曹寅死的时候,有二十三万两亏空。其实早在康熙四十八年,两江总督就参劾曹寅和李煦亏空两淮盐课三百余万两。康熙把这个事给压了下来,因为他也清楚,这里面主要是自己的原因。但康熙也私下里告诫了曹寅、李煦,务必"小心",必须设法补齐亏空。可是这样巨大的亏空,曹寅和李煦不可能有什么彻底的解决办法。到了康熙五十四年,又查出曹寅在生前的织造亏空三十七万余两,康熙又是亲作安排,让两淮盐政李煦等代为偿还。这一笔用了三年总算还完了。李煦也一样,年年亏空,康熙一死,雍正即位,就以亏空三十七万八千八百四十两为由,把他抄家法办了。

由此可见,成也萧何,败也萧何。曹寅在扬州两淮巡盐御史的位置上,接待康熙南巡,刻印《全唐诗》,创造了人生的辉煌,但也落下了亏空,他的精神压力其实是很大的,我认为,他过早离开人世,与这个压力是有关系的。使院岁月,虽然风光,但其中的苦楚,只有曹寅心里知道了。

值得一提的是,位于大东门外的盐署现在还存有一个门厅,门口一对石狮子是清代的遗物。这里常被人误以为就是扬州使院。其实,这里叫两淮盐运使司署,司署掌管盐运,而使院掌管盐税,自然是两个部门。

传说中的林黛玉故居,就位于盐署旧址旁边,文昌中路运司公廨巷内47—51号。当然,这只是一个传说。

金钱滥用比泥沙

探寻"红楼"遗迹,高旻寺是一定要去的。

高旻寺在塔湾。那里曾是康熙皇帝南巡的行宫,行宫是曹寅参与营建的,曹寅曾在那里两次接驾。红学家黄进德认为,"营建三汊河行宫,实在是曹雪芹家由盛及衰所在"。

高旻寺位于扬州城的西南方向,离城中心有十五六里路,古代从扬州到高旻寺是从运河上坐船抵达,我走的是陆路,从扬州市区开车,半个小时就能到达。

途中远远地就看见了一座高塔,我知道,那是高旻寺的标志,叫天中塔。天中塔、高旻寺都是康熙皇帝起的名字。旻者,意为秋季的天空,高远清朗。高旻寺四周都是农田,可以想象一下,登塔远望,天高云淡,阡陌纵横,城郭隐隐,村落座座,河水如带……景色美好。

走进高旻寺,发现所有建筑都是新的,位于寺庙门口的一座八角形的禅堂造型特别,似乎在别处没有见过。再往里走,就是罗汉堂、大雄宝殿、藏经楼、方丈室,天中塔高耸在三汊河的尖角处。

我知道,高旻寺里的建筑都是1990年代重建的,历史上的高旻寺早在清代咸丰年间全部毁于战火,只留下几个巨大的石础。

过去,康熙皇帝的行宫紧临着高旻寺,行宫也早已夷为平地。

古代庙堂一般都建在山冈,而高旻寺建在运河分汊的尖角,相传始建于隋代,屡兴屡废。到了清顺治八年(1651年),漕运总督吴惟华在三汊河建塔修庙,以镇锁运河,祈愿风调雨顺,塔高七层。吴惟华还在塔的左侧营建梵宇三进,并召僧侍奉香火。此地还有一个称呼叫茱萸湾,三汊河自建塔后,被称为宝塔湾或塔湾。登塔可以南眺金焦诸峰,北览蜀冈之麓。

康熙三十八年(1699年),康熙沿运河南巡,见茱萸湾塔损坏严重,有意修葺,为皇太后祝寿,扬州的两淮巡盐御史曹寅和盐商们得知后,纷纷捐银,茱萸湾塔很快就修葺一新。康熙很高兴,把茱萸湾塔命名为天中塔,把新修的寺庙命名为高旻寺,并撰写了《高旻寺碑记》。

曹寅在康熙四十三年十二月初二日的奏折中说,皇帝南巡,为治理江河谋大计,万民感戴,在我还没有任两淮巡盐御史前,扬州商民就已经在高旻寺建行宫了,工程即将竣工,我等怀着崇敬的心情在高旻寺等待皇上的南巡。

康熙在奏折上朱批曰:"行宫可以不必了。"虽然这么说,但行宫还是建了,实际上是默许。据红学家黄进德的观点,曹寅是故意将建行宫的时间提前,其实,建行宫就是他参与谋划的,他与李煦还各捐银一万两,怎么会不知道?曹寅完全为康熙的形象着想,防止给人以劳民伤财的口实。

行宫建得怎么样,清代李斗在《扬州画舫录》中有详细的描述。行宫在高旻寺旁边,规模很大。初为垂花门,门内建前中后三殿、后照房,左宫门前为茶膳房,茶膳房前为左朝房。门内为垂花门、西配房、正殿、后照殿,右宫门入书房、西套房、桥亭、戏台、看戏厅。厅前为闸口亭,亭旁廊房十余间,入歇山楼;厅后为石板房、箭厅、万字亭、卧碑亭。歇山楼外为右朝房,前面空地是放烟火处。

如此规模的行宫所花费的银子绝对不在少数。银子哪里来?盐商的捐赠,肯定是重要来源。另外,盐商也不是白白捐赠的,皇帝一走,作为收税官,曹寅对他们也会网开一面的,这是尽在不言中的事情。说不定,曹寅还用了不少盐税的银子呢。

康熙四十四年(1705年)春,康熙第五次南巡,一座崭新的行宫在等着他。《圣祖五幸江南恭录》是一部民间记录康熙南巡的书,关于这次南巡,记录得很详细,不妨将书中记录的扬州日程安排转录在这里:

> 三月十一日晚,圣上由高邮邵伯抵扬州黄金坝泊船。有各盐商匍匐叩接,进献古董、玩器、书画不等。
>
> 十二日,起銮乘舆进扬州城,往炮长河(今瘦西湖)看灯船,俱同往平山堂各处游玩。……皇上过钞关门上船,开抵三涂(汊)河宝塔湾,泊船,众盐商预备御花园行宫,盐院曹寅奏请圣驾起銮,……驻跸,演戏、摆宴。
>
> 十三日,皇上行宫写字,观看御笔亲题。

十四日,皇上龙舟开行,往镇江,过瓜洲四闸。……将军马(三奇)、织造曹(寅)、中堂张(玉书),公进御宴一百桌。……织造曹(寅)进古董等物。上收玉杯一只、白玉鹦鹉一架。

十五日,皇上登舟开行,往苏州。……又进御宴一百桌。

五月初一日,皇上……巳刻至二十里铺,有江宁织造兼管盐院曹带领扬州盐商项景元等,叩请圣驾。午刻,御舟到三汊河上岸,进行官游玩、驻跸。御花园行宫,众商加倍修理,添设铺陈古玩精巧,龙颜大悦。……进宴演戏。

初二日,两淮盐院曹进宴演戏。

初三日,皇上在行宫内土堆上观望四处精致,上大悦,随进宴、演戏。

初四日,上即在行宫内荷花池观看灯船,进宴、演戏。

初五日,文武官员晚朝,进宴、演戏。

从康熙南巡的行程可以看出当时是怎样的奢华!康熙看到高旻寺行宫,自然十分高兴,一反"一日即过"的惯例,在高旻寺行宫一住就是六天,进宴演戏,观望灯船,欣赏四处景致,犒赏官员及盐商。为了嘉奖曹寅等人修建行宫的功绩,康熙来不及等到自己回京城,在这次南巡途中就给曹寅、李煦加官晋爵,让曹寅担任通政使司通政使,李煦升为大理寺卿,两淮盐运使李灿也得了个参政道。

康熙于四十六年第六次南巡,他在一首诗的序言中写道:

> 至于茱萸湾行宫,乃系盐商百姓感恩之诚而建起,虽不与地方官吏,但工价不下数千。尝览《汉书》,文帝惜露台百金,后世称之。况为三宿,十倍于此乎?故作述怀近体一律以自警。

这位皇帝很有意思,一边自己享受,一边又在大谈历史上奢侈的事,写诗自警,明明是为自己开脱,做给世人看的。

《红楼梦》第十六回,凤姐与赵嬷嬷的对话,透出很多的信息——

> 凤姐笑道:"若果如此,我可也见个大世面了。可恨我小几岁年纪,若早生二三十年,如今这些老人家也不薄我没见世面了。说起当年太祖皇帝仿舜巡的故事,比一部书还热闹,我偏没造化赶上。"赵嬷嬷道:"嗳哟哟,那可是千载希逢的!那时候我才记事儿,咱们贾府正在姑苏扬州一带监造海舫,修理海塘,只预备接驾一次,把银子都花的淌海水似的!说起来……"凤姐忙接道:"我们王府也预备过一次。那时我爷爷单管各国进贡朝贺的事,凡有外国人来,都是我们家养活。粤、闽、滇、浙所有的洋船货物都是我们家的。"赵嬷嬷道:"那是谁不知道的?如今还有个口号儿呢,说'东海少了

白玉床,龙王来请江南王',这说的就是奶奶府上了。还有如今现在江南的甄家,嗳哟哟,好势派!独他家接驾四次,若不是我们亲眼看见,告诉谁谁也不信的。别讲银子成了土泥,凭是世上所有的,没有不是堆山塞海的,'罪过可惜'四个字竟顾不得了。"

在这一段,庚辰本有眉批:

> 大观园用省亲事出题,是大关键事,方见大手笔行文之立意。畸笏。

在甲戌本里,紧接这段文字之后,还有这样的批语:

> 借省亲事写南巡,出脱心中多少忆惜(昔)感今。

无论是畸笏叟,还是脂砚斋,都对曹家接驾的事情非常熟悉。康熙六下江南,累计520天,在清朝的历史上开了先河。后四次南巡,都是由曹寅、李煦负责接驾。每次来去,都经过扬州。最后两次在宝塔湾行宫总共待了21天之久。黄进德说:"三汊河行宫的建成,对康熙来说,增添了一个南巡途中赏心悦目的休憩娱乐场所,就曹寅而言,则带来了无穷的赔累。"这个观点是可信的。

除了扬州,南京、苏州都有行宫,也需要花费大量银子,曹寅、李煦为此拉下了巨额亏空，康熙不是不知道，在曹寅、李煦的奏折中多次要他们"小心"，最多的一次在一个奏折上批了五个"小心"。但是，积重难返，曹寅、李煦无回天之力，特别是李煦，曹寅去世后，他既要忙着填补自己的亏空，又要帮曹家填补亏空，到最后，还是因为亏空而被抄家。

对于这段家世历史，曹雪芹当然是十分清楚的。他在写元妃省亲时，写道："贾妃在轿内看此园内外如此豪华，因默默叹息奢华过费。"临别时还嘱咐"倘明岁天恩仍许归省，万不可如此奢华靡费了！"元妃的话实在不是可有可无的闲话，定有所指。

对于康熙南巡时地方官的一些奢靡做法，当时也有人持批评态度。泰州举人张符骧胆子很大，写了一组《竹西词》，对建行宫的做法进行了直接的批评："想到繁华无尽处，宫灯巧衬梵灯红。""三汊河干筑帝家，金钱滥用比泥沙。"张符骧应该是见过行宫的，不然他不会这么说。这位举人后来中了进士，殿试时由于言辞激烈，被贬为三甲第三十四名。

张符骧所说的"金钱滥用比泥沙"，与《红楼梦》中赵嬷嬷所说的话完全一致。赵嬷嬷说："别讲银子成了土泥，凭是世上所有的，没有不是堆山塞海的，'罪过可惜'四个字竟顾不得了。"难道曹雪芹读过张符骧的《竹西词》？

今天的高旻寺显得很冷清，行宫早已不在，复建的庙宇虽然宽敞，但游人很少。天中塔禁止攀登。遥想当年天中塔上，"行宫宝塔上灯如龙，五色彩子铺陈，古董、诗画，不计其数，月夜如昼"，何等气派！繁华早已落尽,曲终也已人散,唯有高旻寺旁的运河至今仍是水波荡漾,静静地向南边的长江流去……

我又想起了凤姐的话:"说起当年太祖皇帝仿舜巡的故事,比一部书还热闹……"

魂归天宁寺

扬州天宁寺与曹家的关系太密切了。曹雪芹祖父曹寅在这里刊刻了《全唐诗》,迎来了曹家的高光时刻,他也在这里度过了人生最后的时光。

因此,天宁寺是一定要探访的。

全国叫天宁寺的寺庙不下二十个,比较有名的像常州天宁寺、北京天宁寺等等。天宁,顾名思义,天下安宁,寄托着对于国泰民安的祈愿。

每次到富春茶社,走到御码头,都能看到红墙黛瓦的天宁寺。过去,扬州博物馆就在天宁寺里,我曾来参观过。记得那时进出的人很多,如今博物馆搬走了,走进天宁寺参观的人少多了。还因为,天宁寺说是佛寺,里面没有供奉佛像,自然少了信徒。天宁寺大门口旁立的石碑上标明,这里现在为江苏省文物保护单位。

伫立在丰乐上街3号的天宁寺门前,抬头所见,门楣上"敕赐天宁禅寺"六个端正的大字,传为宋徽宗所写。门前的一对石狮子,是清代的遗物。它们见证了天宁寺的繁华与沉寂。

我知道,清代的天宁寺和行宫早就毁于太平天国战火,同治十一年,曾重修天宁寺,《重修天宁寺碑》如今保存在天宁寺中。后来,天宁寺也没有得到保护,损坏严重,到了1980年代,扬州市对天宁寺的几幢主要建筑进行了修缮。

首先进入山门殿，山门殿为单檐歇山顶，面阔三间。进入山门殿，就是天王殿，天王殿亦为单檐歇山顶，四面有廊，面阔五间，过去是供奉天王的大殿，现在常年展出扬州八怪书画。在天王殿与大雄宝殿之间的广场上，特地安放了扬州八怪的塑像。原来，郑板桥三十五岁时，因读书寄住于天宁寺内。金农也曾寄寓天宁寺，做一些抄写经卷的工作。扬州八怪好友们常常聚在天宁寺，一起谈经论道，修禅展艺，与天宁寺结下了不解之缘。因此，在天宁寺为他们塑像，展览他们的作品，也算是纪念。在大雄宝殿的东侧，立有一块乾隆的《南巡记》碑刻，十分精致，字迹清晰，边框有十三条龙纹，碑文是乾隆第六次南巡到扬州撰写的。大雄宝殿前左右各有一棵银杏，树龄都在一百多年。大雄宝殿为重檐歇山顶，四面有廊，面阔五间。大殿后面的走廊东壁上嵌有同治年间立的《重修天宁寺碑》，西壁墙上嵌有1987年立的《重修天宁寺碑》。华严阁之后，就是万佛楼，清时供奉万尊佛像，现在成了藏书楼。2014年，扬州市政府依据《四库全书》（文津阁本）原色原样复制而成，将3.6万册《四库全书》存放于此，一共用了128个书架、6144个木函。乾隆时，位于天宁寺行宫内的文汇阁就曾藏有一套《四库全书》。现在在天宁寺内藏存《四库全书》复制本，算是对历史的"复原"。询问管理人员，是否可以进去查阅，答曰：不对外开放。原来将《四库全书》复制本陈列于此，也只是一个象征。

天宁寺看下来，并没有看到与曹寅有关的介绍，实在有些遗憾。

天宁寺与曹寅有着非常密切的关系。

曹寅是康熙四十三年兼任两淮盐政的,第二年正月,康熙皇帝第五次南巡,驻跸苏州的时候,将刊刻《全唐诗》的任务交给了曹寅。曹寅当然感到荣幸,当年三月,皇帝一回京城,曹寅就着手组建扬州书局,五月初一扬州书局就开局了。由此可以看出,曹寅做事还是很利索的。扬州书局地点就设在天宁寺内。

天宁寺始建于东晋,相传为谢安别墅,后由其子司空谢琰请准舍宅为寺,名谢司空寺。北宋时皇帝赐名"天宁禅寺"。到了清代,天宁寺规模很大。康熙南巡,曾两次都驻跸天宁寺,并为天宁寺题写了"萧闲净因""皓月禅心""寄怀兰竹""般若妙源"等匾额。当年,天宁寺与扬州使院相隔不远,也属于扬州使院管理。

扬州书局又称扬州诗局、维扬诗馆、维扬诗局,是一个临时的编校组织,能到诗局担任编校工作的,都是当朝翰林院的大学士。这些工作人员吃住都在天宁寺内,有时还到仪征的真州使院去办公,当时真州的盐税巡察工作,也由曹寅负责。

康熙为什么把刊刻《全唐诗》的任务交给曹寅?因为信任他。曹寅具有很好的文化功底,能诗善词。曹寅自称有"聚书之癖",拥有上万册藏书。再者,他能团结当时江南的文士。还有,扬州当时的雕版技艺在全国属于上乘。曹寅管理盐政,有财力做这件事。接受任务后,曹寅立即投入筹备中。从安徽、江苏、江西等地选出书写能力好的书生等,到扬州集训。经过一番准备,曹寅把凡例奏报给康熙,得到同意后,便立即组织人力开展校勘工作。参加编校的都是江浙两省在籍翰林。他们是彭定求、沈三曾、杨中纳、潘从律、汪士鋐、徐树本、车鼎晋、汪绎、查嗣瑮、俞梅,共十位,都具有极深厚的诗学功底。当然也会有其他一些辅助人员。接受任务后,这些老翰林工作认真,夜以继日,可谓心力交瘁。其中汪绎与沈三曾在编校期间病逝。当年的中秋节前后启动,十月二十二日曹寅就向康熙呈送了样本。第二年七月初一,曹寅奏报《全唐诗》本月内可以刻完全书。仅仅用时一年零五个月,就全部完成了《全唐诗》的刊刻工作,这不能不说是中国雕版史上的奇迹。要知道,曹寅除了刻印《全唐诗》外,还身兼江宁织造、两淮巡盐御史两个职务。那段时间,曹寅付出了很多心血,也为他的早逝埋下了"伏笔"。

《全唐诗》共收录二千二百多个诗人,四万八千九百多首诗,总计九百卷,七百万字。印刷精美,校勘严谨,成为清代雕版史上的典范之作。康熙拿到书后很高兴,批曰:"刻的书甚好!"

《全唐诗》刊刻出来,影响极大,几年之后,康熙又把《佩文韵府》的刊刻任务交给了曹寅与李煦。曹寅又开始忙碌起来,他与苏州织造李煦、杭州织造孙文成精心合议,挑选了一百多名匠手,从事刊刻工作。康熙五十一年七月初一日,曹寅生病了,竟然从此卧床不起,病情越来越严重。弥留之际,他把未完成的刊刻之事交给了李煦,七月二十三日曹寅在天宁寺去世,年仅五十五岁。后来,李煦接替曹寅,主持《佩文韵府》的刊刻工作,直至竣工。

曹寅在天宁寺除了刊刻《全唐诗》之外，还顺便刊印了自己的《楝亭藏书十二种》，编定、刊刻了自己的诗文集《楝亭诗钞》《楝亭词钞》和传奇剧本《北红拂记》，还帮顾景星刊印了《白茅堂全集》，帮施闰章刊印了《学余全集》，帮朱彝尊刊印了《曝书亭集》等，有的还没有完工，他就去世了。

曹寅奉旨刊刻《全唐诗》《佩文韵府》以及自己的诗文集，经费哪里来？红学家黄进德根据近人陶湘《清代殿版书始末记》提出一种观点，刊刻经费来自两淮盐课的耗羡。所谓耗羡，其实就是额外征收的税费。曹寅在刊刻这件事上究竟花费了多少银子，文献史料中没有记载，可以肯定的是这是一笔不小的费用。

曹寅亏空了多少，李煦在给康熙的奏折上说：曹寅弥留之际，核算出亏空库银二十三万两，而且曹寅已经没有资产可以补上，"身虽死而目未瞑"。其实不止这个数，康熙五十四年，又查出曹寅生前亏空织造库银三十七万三千两。康熙只好再次做安排，让李煦代为补还。到了康熙五十六年，才总算把这笔账补上。曹寅的亏空，肯定也包括刊刻方面的开支。

曹寅在扬州为官时，曹雪芹尚未出生。那么，曹雪芹小时候到过扬州天宁寺吗？我的回答是肯定的。这里是他祖父去世的地方，而他祖父是曹家的顶梁柱、定盘星，祖父去世后，曹家开始衰落。曹家的这段历史，曹雪芹一定很熟悉。所以我推测，他在小时候或在长大后，一定到过扬州寻梦。他对扬州的感情，我们从《红楼梦》文本中也能揣摩一二，比如《红楼梦》中有两个回目的标题出现了"扬州城"。第二回,"贾夫人仙逝扬州城",第十四回,"林如海捐馆扬州城",两次死亡都放在了扬州,这不是偶然的。有人因此认为林如海就是曹寅。我认为,曹雪芹是在写小说,小说中的人物是经过艺术化处理了的,不能这么简单画等号。但是,从林如海身世看到曹寅的影子,也是否认不了的。曹雪芹的朋友敦诚在《寄怀曹雪芹》诗中说"扬州旧梦久已觉",这"扬州旧梦"所包含的内容就很值得我们推敲。

值得一说的是,到了乾隆时代,天宁寺更出名了,位居扬州八大刹之首。乾隆第一次南巡,扬州地方官员与盐商们就在筹划为乾隆皇帝建行宫,第二次南巡到扬州,位于天宁寺西侧的行宫就建好了。天宁寺行宫是什么规模?根据李斗《扬州画舫录》的记载,在天宁寺两侧扩建行宫、御花园及行宫前的御码头,以后乾隆历次南巡都住在天宁寺。行宫东西两面前有牌楼,入东门由南向北有朝房,宫门、戏台和前殿,在后垂花门内有寝殿等;两门外有茶膳房,经朝房入内,由南向北为大宫门、二宫门、前殿与寝殿等。行宫西部为御花园,园中碧水绿树环绕,建有大观堂、文汇阁和御碑亭,其后面又有内殿和西殿,最后建有戏台,整个建筑东西两侧各有护卫房十间。

为了皇帝出行方便,扬州地方官员还在行宫门前修了一个码头,乾隆想要游览扬州,出门就可以坐船。御码头为青石所砌,历经二百多年风雨,仍完好无损,现为"乾隆水上游览线"的起点。

如今,御码头修缮一新,河边停有游船,供人们登舟游览。今天所看到的乾隆御码头的石碑为今人所立,故意将"御码头"三字写成"御马头",据说清代的石碑就是这么写的,为何这么写,说皇帝的脚下不能有障碍,所以把"码"字的石字旁去掉了。

乾隆在扬州写了好几首诗,我独独喜欢他的这两句:"门前一带邗沟水,脉脉常含万古情。"

御码头旁边,就是西园饭店,这里就是昔日乾隆行宫所在地,扬州有关部门在马路边立了一块石头,上书"天宁寺行宫遗址",并有简单的介绍。顺便说一句,西园饭店开发的红楼宴最有名。

二十四桥明月夜

寄住在京城外婆家的林黛玉是想家的。这个家当然包括苏州与扬州,她出生在苏州,长在扬州。

《红楼梦》第十九回写宝玉与黛玉午后闲聊的情景,二人一番嬉闹后,黛玉用手帕盖住脸,宝玉有一搭没一搭地说话。宝玉问她几岁上京,路上见何景致古迹,扬州有何遗迹故事,土俗民风,黛玉就是不答。宝玉见她不理,故弄玄虚,道:"你们扬州衙门里有一件大故事,你可知道?"黛玉这才答话问:"什么事?"宝玉便编造出"扬州有一座黛山,山上有个林子洞"的故事。林黛玉在扬州生活了十几年,作为盐课老爷的千金,对于扬州的历史遗迹、风物景致自然熟悉,对于扬州发生的事情,也特别关注,所以,她马上接话让宝玉继续说下去。

高鹗在续写时,揣摩曹雪芹的扬州情结,在第八十七回写到林黛玉听到史湘云说起南边的话,勾起了思乡之情,她想到:"父母若在,南边的景致,春花秋月,水秀山明,二十四桥,六朝遗迹。不少下人服侍,诸事可以任意,言语亦可不避。香车画舫,红杏青帘,惟我独尊。今日寄人篱下,纵有许多照应,自己无处不要留心。不知前生作了什么罪孽,今生这样孤凄。真是李后主说的'此间日中只以眼泪洗面'矣!"

我注意到,高鹗特别把二十四桥举出来,说明他对扬州是了解的。二十四桥可是扬州的代表性符号。早在唐代,二十四桥就非常有名。杜牧有诗:"二十四桥明月夜,玉人何处教吹箫?"南宋词人姜夔有名句:"二十四桥仍在,波心荡,冷月无声。念桥边红药,年年知为谁生?"唐宋以来,写二十四桥的诗,多得是。朱自清是扬州人,他写故乡,也是忘不了二十四桥:"城里城外古迹很多,如'文选楼''天保城''雷塘''二十四桥'。"

李白说,烟花三月下扬州。

于是,琼花盛开的三月,我决定去看看二十四桥。我知道今天的二十四桥在瘦西湖公园里,瘦西湖是扬州的后花园,我已经去过好几次,有百看不厌的感觉。

循着大虹桥路,来到瘦西湖公园的南门,首先映入眼帘的是一座三孔拱桥。我知道这就是赫赫有名的大虹桥。虹桥初建于明崇祯年间,原是一木板桥,围以红色栏杆,故名"红桥"。因为桥像彩虹卧波,所以又叫"虹桥"。康熙元年春,在扬州做推官的王士禛,公务之余,与扬州名士仿效"兰亭修禊事",雅集于红桥,赏景作诗,一时传为美谈。王士禛的诗写得不错,"绿杨城郭是扬州"就是他的诗句。他有写红桥的名诗:"红桥飞跨水当中,一字栏杆九曲红。日午画舫桥下过,衣香人影太匆匆。"在红桥留下足迹和诗文的文人很多,最为世人熟知的有《桃花扇》作者孔尚任、曹雪芹的祖父曹寅。曹寅有好几首写红桥的诗。其中有一首《红桥看荷花热甚游船杂沓戏拈一韵成诗》写道:

陂塘落日张云锦,乘兴来游丈八沟。

闹处直成花世界,望中直上酒家楼。

丈八沟,就是瘦西湖。这年夏天,天气热得很,红桥一带的荷花正在开放,煞是美丽,傍晚时分,曹寅来到了红桥,看到了美丽的"花世界",自然是惬意无比。

现在所见的大虹桥建于上个世纪70年代,为三孔钢筋混凝土拱券结构,由于在瘦西湖的南门外,来往车辆可以通行。站在桥上,亦可眺望桥南、桥北的美景。

2017年,扬州瘦西湖大虹桥修缮工程在南桥孔的填充物中发现了一块残破石碑,石碑长七八十厘米,宽约五十厘米。这块石碑的正文仅剩末尾三个字"公后尘",在碑文的落款处刻有"康熙五十一年岁在壬辰四月,江宁织造通政使司盐漕察院曹寅题"的字样。下部有两方印章,一枚印文为"曹寅之印",另一枚印文略显模糊,印文似为"荔草轩"。后来扬州学者研究后认为,这是一块诗碑。所写的诗是宋代诗人曾丰所写的《用山谷新诗徒拜嘉之句为韵赋五篇报尹直卿》,其中一首写道:"吾土欧阳公,一代不数人。文星蚩上天,山川效其珍。刘郭相望出,才藻岂不新。所恨狃时态,未蹑公后尘。"

当然这也只是一种猜测。但这块碑与曹寅属于同时代,则是无疑的。

进了瘦西湖南门之后,迎面便是长堤春柳。只见桃红柳绿,游人如织。我坐上游船,往熙春台方向游去。春水清澈,两岸树木正在吐出新叶,远看绿意若有若无。"两堤花柳全依水,一路楼台直到山。"这是清代文人所撰的对联,形象地概括了瘦西湖的美。

瘦西湖原名炮山河,一名保障河、长春湖,因清乾隆时绕长春岭(即小金山)而得名。早在隋唐时期,瘦西湖沿岸陆续建园。及至清代,瘦西湖已经成了扬州一处十分热闹的景点。康熙、乾隆南巡时,都曾到瘦西湖游览。"天下西湖,三十有六",唯扬州的西湖,以其清秀婉丽的风姿独异诸湖。一泓曲水宛如锦带,如飘如拂,时放时收,较之杭州西湖,另有一种清瘦的神韵。清代钱塘诗人汪沆有诗云:"垂杨不断接残芜,雁齿虹桥俨画图。也是销金一锅子,故应唤作瘦西湖。"从此,瘦西湖便叫开了。

游船经过小金山、钓鱼台、莲性寺、白塔、凫庄、五亭桥,再向北至蜀岗平山堂、观音山止,向折向西去,便是熙春台,台边便是二十四桥。湖长十里,慢慢游来,犹如欣赏一幅山水长卷,美轮美奂。

站在熙春台朝左侧望去,一座拱桥十分醒目,便是二十四桥。二十四桥究竟是一座桥,还是二十四座桥,历史上有争论。据沈括的《梦溪笔谈》,唐时扬州城内水道纵横,有茶园桥、大明桥、九曲桥等二十四座桥,后水道逐渐淤没。而清代的李斗《扬州画舫录》中认为:"二十四桥即吴家砖桥,一名红药桥,在熙春台后。"后人只知道吴家砖桥在扬州西郊,具体位置不详。

扬州人觉得这样一个流传了一千多年的古桥不能有名无实,于1987年在熙春台旁建了一座新的二十四桥。如今的二十四桥为单孔桥,桥长24米,宽2.4米,栏柱24根,台阶24级,处处都与二十四对应。从熙春台方向看,二十四桥如一条洁白的飘带,飘拂在瘦西湖的绿波上。走近端详,汉白玉栏杆上,有彩云追月的浮雕,十分精致。

不过也有专家对二十四桥持不同看法。冯其庸就认为,现在的二十四桥和颐和园昆明湖西岸的玉带桥相似,有点富贵气,透出皇家园林的气魄,与瘦西湖的景致不太协调,假如这座桥改成老式的民间拱桥,不用白石而用黄石,会与周边的环境协调一些。(《秋游扬州》)

历史上的二十四桥究竟是什么样子,已经无从知道。也许很普通,只不过因为杜牧的那首诗就出名了。现在新造一个二十四桥,取其名,让它充当一个传说与诗画的载体,未尝不可。站在桥上,放眼瘦西湖,白塔隐隐,春水无波,杨柳堆烟,每一个角度都是一幅美的图画。

我知道,自古以来,二十四桥就是与明月联系在一起的,二十四桥明月夜,这是古人造就定格了的经典诗意图。于是,我在熙春台的一家咖啡吧坐下,一边欣赏外面的春色,一边静待月亮从瘦西湖面爬上来。那天是农历十六,月亮上来应该很早。西边的天还亮着,月亮已经隐约可见,湖边的树木渐渐暗下去,月色也渐渐浮了上来,瘦西湖的月华之夜,自然是静谧的。今夜无人吹箫,春虫唧唧,空气中弥漫着芬芳,是一种难以描绘的春天的静寂之美。我想到了扬州诗人张若虚的《春江花月夜》。"江天一色无纤尘,皎皎空中孤月轮。"难怪诗人徐凝把许多人想说的话都说了:"天下三分明月夜,二分无赖是扬州。"这句诗的意思是,天下明月的美丽光华有三分吧,可爱的扬州啊,你竟然占去了两分。

我想,曹寅对这扬州的月一定是很熟悉的,他在这里生活了七八年,最后的人生也在扬州谢幕。朋友敦敏对曹雪芹说,"扬州旧梦久已觉",这旧梦应该包含着竹西佳处、旧时月色吧。

隋堤风景近如何？

"隋堤风景近如何？"这是曹雪芹借薛宝琴之口的发问。

隋堤，就是指隋炀帝所开凿的大运河之堤。字面上看是写隋堤，其实指运河。薛宝琴的怀古诗，出现在《红楼梦》第五十一回，第五首题为《广陵怀古》：

> 蝉噪鸦栖转眼过，隋堤风景近如何？
> 只缘占得风流号，惹得纷纷口舌多。

这首诗从字面意思看，不难理解，写的就是隋炀帝开运河的事。由于作者故意卖了一个关子，说十首怀古诗内隐十物，让众人猜了一回，最后也没有告诉大家谜底。所以，这引起了后人的猜测，有的说谜底是笆斗，有的说是柳絮，有说柳木牙签，也有的说是指晴雯，不一而足。曹雪芹有意不去点明它，更有一种意味深长的效果。

还是回到诗的文本上来。隋堤上的风景如今怎么样？你看看多少年了，隋堤上柳枝迎风起舞，蝉噪鸦栖，运河里舟楫往来，热闹非凡。想想这运河还不是隋炀帝号召开凿的吗？只因为传说隋炀帝喜欢游玩逸乐，得了个"风流皇帝"的称号，便招来后人不断讥讽。但看看现在隋堤上杨柳成荫、河里舟楫往来的景象，难道不应该怀念他开凿运河的伟绩吗？唐代诗人皮日休曾有诗："尽道隋亡为此河，至今千里赖通波。若无水殿龙舟事，共禹论功不较多。"(《汴河怀古》)薛宝琴的诗意与之相比，颇有相似之处。我以为，这代表了作者的观点。隋堤风景近如何？这一问，已经包含着正面肯定的意义，也体现出曹雪芹不流于世俗之论的眼光。

扬州因河而兴，因河而衰。没有运河，也就没有扬州。运河有多久的历史，扬州也就有多久的历史。

《红楼梦》自然会写到运河。第五回，林黛玉母亲去世后，她不得不北上，投奔外祖母家——

> （黛玉）洒泪辞父，随了奶娘及荣府中几个老妇，登舟而去。

第十二回，林黛玉在京中闻得父亲林如海病逝，急忙南下：

> 贾琏同着黛玉，辞别了众人，带领仆从，登舟往扬州去了。

从扬州走，登舟。从京中回扬州，也是登舟。走的路线自然是运河。

第四十八回,写香菱学诗,对前人诗说感受,道:"……还有'渡头馀落日,墟里上孤烟':这'馀'字和'上'字,难为他怎么想来!我们那年上京来,那日下晚便湾住船,岸上又没有人,只有几棵树,远远的几家人家作晚饭,那个烟竟是碧青,连云直上。谁知我昨日晚上读了这两句,倒像我又到了那个地方去了。"这里写香菱回忆过去上京城,乘船走运河,在途中领略到了"渡头馀落日,墟里上孤烟"的意境。

现在离作者写作此书的乾隆时代,三百年过去了。我不禁也问道:隋堤风景今如何?

带着这个疑问,我到扬州看运河。

看运河并不难,到了东关,就可以看到运河。东关古渡口,人头攒动,不过,现在的人们出行极少坐船了,所以,对河中舟楫往来的景象已经很陌生。河中的游船一色都是旅游船。白天,东关商铺里人流熙熙攘攘,河边漫步、遛狗的人,都是本地居民。我站在古渡口,面对一汪浑浊的河水,眼前浮现出当年挖泥挑土、人头攒动的情景……

大业元年(605年)三月,隋炀帝杨广即位后,立即发动河南、淮北诸郡百余万人开挖通济渠,打通洛阳城西至江都的水道。同时征发淮南十多万人,重新疏通古邗沟,打通自山阳(今淮安)至扬州的一百多公里水上通道。所开的河渠宽四十步,渠旁皆筑御道,岸边广植杨柳,所以有"隋堤"之称。后来野史演义隋炀帝三下江都,奢靡至极,断送了江山。我一直有一个问题不解,难道隋炀帝开凿运河仅仅是为了能到南方玩耍？没有考虑到舟楫之利？成者为王败者寇，历史从来都是胜利者书写的。单就开挖运河这件事来说，隋炀帝是立了大功的。大运河造福后世，功不可没。

我决定坐一次游船，感受一下扬州运河的魅力。曾经读过清代康熙年间诗人李国宋的诗，写的是广陵运河上舟楫往来的繁忙景象，其中有两句写道："夜半桨声听不住，南船才过北船来。"运河上这样的繁忙景象早就没有了，现在乘船的都是外地的游客。

在便益门码头上船时，华灯初上。游船沿着运河一直向南，途经便益门桥、东关古渡、东门遗址、解放桥、普哈丁园、吴道台府、长生阁寺、跃进桥、康山文化园等处，每到一处，讲解员总是带着自豪的语气，讲述着运河如何重要，运河过去如何热闹，扬州如何繁华，扬州出了多少名人，等等。不过，历史上的扬州，的确是一座让人艳羡的古城。作为扬州人，感到自豪是应该的。船在河中不急不慢地行驶，两岸的楼房只能看到一个霓虹灯勾勒的轮廓。现在每座城市都有这种灯光秀。在船上，扬州的特色建筑自然看不到。扬州的夜晚特色是什么？自然是扬州月。天下三分明月夜，二分无赖是扬州。如果没有这些现代光源污染，让一轮明月照在运河上，那又是怎样一种意境？解说员一直说个不停，船上人声嘈杂，而我沉浸在自己的思绪里……

公元前486年，吴王夫差一声号令，大运河在蜀冈周边挖下第一锹。《春秋左氏传》用12个字记录了这一壮举："哀公九年秋，吴城邗，沟通江淮。"邗沟是世界上最早的运河。扬州则是世界上最早也是中国唯一的与古运河同龄的"运河城"。古运河扬州段是整个运河中最古老的一段。现在扬州境内的运河与2000多年前的古邗沟路线大部分吻合,与隋炀帝开凿的运河完全契合,从瓜洲至宝应全长125公里。

京杭大运河是世界上最长的人工河,北起通州,南至杭州,肇始于春秋时期,完成于隋代,繁荣于唐宋,取直于元代,疏通于明清,连接了六省市,连通了五大水系,全长1700多公里。在过去的2500多年里,大运河成了南粮北运、商旅交通、军资调配、水利灌溉的生命线,孕育了民族融合、文化繁盛、沟通世界的大动脉。直到1911年津浦铁路开通后,京杭大运河才完成了它的使命。

我的思绪飞到了曹家。对于曹雪芹一家来说,起点与落点都与运河相关。当年,曹玺接受康熙的命令,到江宁任织造时,就是从运河南下到达南京的,开始了曹家的江南生活。曹家在江南生活了六十多年,他们在运河上来来往往。尤其是曹寅,兼任两淮巡盐御史,在扬州任职七八年,一年里有很多日子都会从运河乘船奔波在扬州与南京之间。江南三织造督造的绫罗绸缎,也是从南京源源不断地输入宫中。曹家被抄家,也与运河有关。身为江宁织造的曹𫖯按往常一样,派人员解运江宁、苏州、杭州三处织造所办御用缎匹进京,结果被山东巡抚塞楞额以"骚扰驿站"罪告了一状,说解运人员在长清、泰安等处,"不遵定例,多取驿马、银两等物"。雍正大怒,将曹𫖯革职抄家。曹家抄家时,一百一十四口离开南京北上,也是从运河辗转到京城的。所以,运河是曹家从辉煌走向没落的见证。

悠悠运河水承载了曹家太多酸甜苦辣的记忆……

从便益门广场到南门遗址码头,航程大约半个小时。我知道,如果再继续往南走,大约三十公里,就是瓜洲入江处。在扬州正南,古运河突然左转右绕,形成了"三湾"水文景观。三道湾的阻水作用,使围绕扬州东侧、南侧的运河水位得以提高,从而确保了扬州城内河道的水位正常。"三湾抵一坝",古人的智慧,真是令人佩服。

从 2020 年 10 月开始,扬州开通了古运河水上旅游观光线路。"穿梭巴士"从东关古渡出发至瓜洲古渡公园,途经三湾、高旻寺。这条穿越时光隧道之旅,串联起东关古渡、文峰寺、三湾公园、高旻寺等众多珍贵的运河遗产点,让人品味从春秋、两汉、隋唐到宋元、明清的运河历史。在这条河上穿梭,会自然想起曹家的往事……

2014 年,大运河成功列入《世界遗产名录》。为了更好展示运河文化,扬州在三湾处建了一座高标准的中国大运河博物馆。2021 年 7 月 1 日博物馆开馆。开馆不久,我特地从南京赶到扬州看看博物馆。从外形看,大运河博物馆像一艘即将扬帆起航的船停在古运河畔。首先映入眼帘的是大运塔,塔高 112.3 米,颇有唐塔的风韵。大运塔距离文峰寺的文峰塔大约 1.2 公里,距离高旻寺天中塔大约 4 公里,登塔远眺,南北两方分别可以看到一座塔尖。文峰塔、大运塔、天中塔,在运河边连成一条线,形成"三塔映三湾"的景观。

　　博物馆规模宏大,总建筑面积8万平方米,据官方介绍,博物馆展陈的总定位是"运河带来的美好生活"。设有"大运河——中国的世界文化遗产""因运而生——大运河沿岸的传统生活""大运河两岸非物质文化遗产""世界知名运河与运河城市""紫禁城与大运河""隋炀帝与大运河""运河上的舟楫"等11个专题展。

　　近年来,运河文化得到了前所未有的重视。扬州以大运河为主题创作了大型原创歌剧《运之河》、大型历史古装扬剧《鉴真》、实景演出《春江花月夜·唯美扬州》等,有意弘扬大运河文化。关于大运河文化的书籍、报道也是层出不穷。

　　这些都是好事,人们在回望大运河历史的同时,也在感受着千年运河文化永不停歇的脉搏。只是不要忘了,在绵长的大运河上,曾经孕育了一颗无比璀璨的明珠——《红楼梦》。

我爱真州老树阴

去仪征探访"红楼"遗迹之前,我特地找来曹雪芹祖父曹寅的诗文集《楝亭集》仔细研读,想从曹寅的诗文中先了解一下他对仪征的感情。因为曹寅担任两淮巡盐御史,总部设在扬州城里,但在离扬州城不远的仪征也有一个办公点,那就是真州使院。曹寅担任巡盐御史后,在南京、扬州、仪征三地之间奔波。七八年内,他应该到过仪征多次。

研读《楝亭集》后,我发现曹寅十分喜欢仪征,集子中涉及仪征的诗词就有二十多首,还有《重修仪真东关石闸记》一文。真州使院、西轩、天池、沙漫洲、渔湾亭、东园、胥浦等与仪征有关的地名,屡屡出现在曹寅的诗中。曹寅喜欢写诗,但喜欢用典,诗句比较拗口。但有一首诗则是直抒胸臆:"我爱真州老树阴",对真州的喜爱之情,溢于言表。

仪征,在曹寅时代叫仪真、真州。真州这个名字从北宋开始就已经有了。宋真宗曾下诏在此熔铸四位远祖皇帝的金像,因仪容逼真,这里就得了"真州""仪真"之名。到了清代雍正即位,为避皇帝胤禛名讳而改"真"为"征",一直沿用至今。

曹雪芹祖父曹寅的主要职务是江宁织造,康熙四十三年,皇帝又让他与李煦轮流担任两淮巡盐御史。所谓"两淮"者,指淮南、淮北两个地方。两淮巡盐御史统辖淮南、淮北两个盐所。淮南盐所设在仪征城南二里，一坝二坝之间。淮北盐所设在淮安。虽说同样是盐所，但历年淮南产销淮盐纲额为淮北的四五倍。正因为这样，一般盐运旺季，巡盐御史都要亲临淮南盐所办公。如果轮到曹寅任职，每年到旺季，他都要到仪征待上一些日子。接受刊刻《全唐诗》的任务后，曹寅有时候还让编校人员搬到真州使院住上一阵子，文献记载，真州使院三面临水，环境很好，很适合办公。

我寻访的第一站便是真州使院。

使院又称盐漕察院，是两淮巡盐监察御史（简称盐政）工作的衙署。巡盐监察御史原本是临时性的职务，巡视到仪征时就暂住在盐所里。查阅仪征地方志得知，早在元代大德年间就已经在真州设置盐所，明、清沿袭。明正统年间，巡盐监察御史逐渐成为常设官职，开始是暂借盐所办公。康熙二年，巡盐御史张问政在盐所堂后建大楼及廨宇，于仪门外增设司道厅，有房屋七十八楹，所以才有"仪真察院署""淮南使院""真州使院"之称。

清代的仪征是一座运河城市，是淮南纲盐的重要转运枢纽，主要承担着将淮南盐场所生产的盐向上江安徽、江西、湖南、湖北等地运输的任务。清初，仪征每年集散盐80万引至100万引（每引125公斤）之间。天池是淮南纲盐运往上江各地前的最重要的掣验关口。每年春秋两季，来自淮南各盐场的运盐船经仪扬运河，过仪征东门水关浮桥，接受盐引批验所开桥掣验，因为运盐船较多,需停泊在天池排队等候。那时候通江口盐船集聚,鳞次栉比,十分壮观,当时的著名文学家汪中形容为"列樯蔽空,束江而立,望之隐若城廓"。从仪征东关、天池至沙漫洲沿江一带,人流如织,从事搬运、装卸、解捆、绞包的劳工有八九万人。

今天到仪征城里转一转,发现这完全是一座现代城市,虽然历史上有"风物淮南第一州"之称,但保留下来的历史文物甚少,除了建于明代的鼓楼、天宁塔之外,基本上看不到古代建筑物。江水南移,沧海桑田,江边离城区已经有五六公里。这座运河城市早已失去了往日的繁华与喧嚣,濒临长江的岸线基本上都被烟囱林立的化工厂所占领。流经市区内的仪扬河、南河也只是窄窄的城内河流,到哪里去寻找到江边的真州使院呢?

打电话给仪征的朋友,询问仪征使院的位置,朋友说,使院早就没有了。于是,我只好在资料中探索。

仪征地方志中还保存真州使院的地形图。雍正十年,盐政高斌移署扬州办公。道光十一年,盐政裁撤,由两江总督兼理,颁发执照,盐商凭证运销,仪征从此不再是盐运必经之地。太平天国时期,太平军曾住过真州使院,走后放了一把大火,真州使院、盐所化为灰烬。又由于江水不断南退,岸线南移,昔日的江边早已变成了陆地。据仪征当地文化学者巫晨先生考证,真州使院当在今天的国庆路(总工会向南)与扬子路(工人文化宫、扬建校、老活塞环厂)交会处。当我来到仪征市总工会门前,举目四望,国庆路两边都是水泥建筑,往南一大片都是刚刚拆迁完的平地。使院一点影子也没有了。

让我们还是走进曹寅的诗中看看真州使院的样子吧。

曹寅在《真州使院偶题》诗中说："我爱真州老树阴,江天疏豁散烦襟。米囊盐策了公事,估唱渔歌无俗音。永日坐忘归鹊噪,晚山清并夏云深。谁家台阁屏风样,不拨轻桡到碧浔。"透过这首诗,我们知道了曹寅非常喜欢这个衙署。可以想象一下,院子里有一棵年岁很老的大树,树叶茂盛蓊郁,衙署外面就是浩渺的江水,不远处渔船点点,渔歌阵阵。如果是夏天,江风阵阵,白云悠悠,江对面远山如黛。在另一首诗中,曹寅写道:"云涛三面无屏障,老树当庭数百年。"(《西舍小轩落成漫题》)原来,使院的办公地点三面环水,院子中间有一棵大树。曹寅的好朋友查嗣瑮有诗说:"高楼三面水,一面环百堵。隔岸江南山,遥青粲可数。"(《真州使院层楼与荔轩夜话》)曹寅好友赵执信也有诗:"闻道高楼临水起,使君坐卧此楼间。"(《寄曹荔轩寅使君真州》)从这些诗意看,真州使院位于天池水边的半岛上,登上层楼,极目远眺,江水浩渺,帆影点点,真是心旷神怡。

那么天池又在什么位置?

天池,或称莲花池,俗名塘子。它是由运河转仪河的通江口,也是最重要的掣验关口。据地方志记载,站在天池边,看月升月落,了无障碍,月色泻江,江天一色,当时,人们把"天池玩月"列入"真州八景"。

我在《楝亭集》中找到了好几首关于天池的诗。曹寅在自己的寓所,每天都能看到水天一色的天池。有时候,忙了一天下来,抬头一看,月上中天,静谧安详。有时候,他还与朋友一起在天池上泛舟,他写道:"信国祠南水漫流,一回落日一来游。非干沙鸟能留客,少带林风自泛舟。"夏日,天气突变,他坐在柳树下观雨纳凉……天池带给了他十分美好的记忆。

可是,今天的天池又在哪里?

江水南去,过去的汪洋成了陆地,天池自然是没有了。据考证,在今天的仪征实验小学南侧,还保留一段10米宽的小河,就是原先天池之所在。仪征市有关部门在河边建了一个盐塘公园,并且刻石纪念。站在公园的入口处,可见小河岸边垂柳依依,波光粼粼。似乎只有这条小河还记得天池往日的辉煌,其他一切似乎与天池都无关了。

曹寅在仪征期间还留下什么遗迹?

《楝亭集》里有一首《重修仪真东关水闸记》。仪征东关的通江闸口对于仪征来说十分重要,早在宋代就修了石闸,到了明代初年,又修建了外河,建了四个闸,以阻拦江水,便于漕运。康熙四十九年,曹寅在第四次任两淮盐政期间,看到通江闸口石闸年久不修,损坏严重,便责成熟悉河工的仪征县丞金孔负责重修仪征的码头东关水闸。曹寅将修闸的情况写在了《重修仪真东关水闸记》里。

虽然江水已经退得很远,但东关水闸遗迹仍在。2007年,扬州市文物考古研究所、仪征市博物馆对仪征东关水闸进行抢救性发掘,发现了清代的石构件。现在这里已经被列为江苏省文物保护单位。昔日的通江口,今天只剩下一条两三米宽的小水沟。沧海桑田,由此可见一斑。仪征当地文化人士建议,仪征应该在这里建造一座水闸博物馆。

在《楝亭集》中,还有两个地名经常被曹寅提起——沙漫洲、渔湾。

沙漫洲是一个很好听的名字。据仪征地方志记载,它在仪征东南五里的江边,是仪征的另一出江口,它还有另一个名字,叫渔湾。曹寅到仪征任职的第二年,在沙漫洲东边岸上建了一个亭子——渔湾亭,曹寅经常与友人到这个亭子里游玩,观看渔人打鱼。其实,还有一个重要的功能,就是威慑那些走私盐贩。"渔湾纳凉"也是"真州八景"之一。

曹寅在《渔湾》诗的序中说:"沙漫洲有隙地,渔子多集其间,予时以酒劳之,郡人因作亭名之曰渔湾,示不忘渔也。"意思是说,沙漫洲有一块空地,打鱼人就住在上面。我经常喊他们一起喝酒,十分快乐。曹寅在诗中说:"云涛浩无垠,渔帆著天飞。""兹湾适当中,远近含清晖。"他描写了渔湾的美:江天浩渺,渔帆片片,渔歌宛转,赏心悦目。渔湾是观看打鱼的好去处,曹寅写了《观打鱼歌》《又观打鱼》两首诗,抒写打鱼人之乐。曹寅有时候自己还坐上船到江口去打鱼。他在题为《江口网鱼夜归》的诗中说:"隔岸长山走翠虬,蒹葭风动半江秋。酒旗旧识鱼蛮子,水槛新移沙漫洲。鲈豸也随时令美,网罛须趁夜潮收。市桥灯火惺惺月,可照渔舟照客舟。"他打鱼的地方就叫沙漫洲。由于当年的江边早已变成了陆地,沙漫洲这个名字也随之湮没在岁月里了。最近,仪征文化界人士在寻找沙漫洲的具体位置。有人说在现在的沙洲一带。我沿着328国道东行,只见国道的南侧是厂房林立的工业区,而公路的北侧就是沙洲。大片地里都种上了蔬菜,哪里还看得见水面呢?

曹寅故去后,他的扬州老朋友还到江湾看曹寅当年建的亭子,睹物思人,能不伤悲?仪征盐商程庭与曹寅是好朋友,两人经常在一起写诗唱和,曹寅去世后,程庭写有《渔湾有感》,他在序中说:"曹银台尝集渔人打鱼于此,壁间有公题咏。"诗云:"落日苍茫迷远树,寒涛寂寞打孤亭。"抒发了物是人非的沉痛心情。

在曹寅的《楝亭集》中,还写到两处园林美景,一处是城东的东园,一处是城郊的江村。

东园名气很大,始建于北宋,仪征人将东园的美景、欧阳修写的《真州东园记》、蔡襄的书法称为"东园三绝"。到了清初,虽然换了主人,东园还在,是真州的一个好去处,曹寅也去过,还为东园的澄虚阁题写了阁名。曹寅还写了《东园偶题》《东园看梅》《东园看梅戏为俚句八首》等好几首诗。

据仪征文化人士巫晨考证,东园旧址应该在今仪征市政府的东侧。近年来,仪征市异地重建,在石桥沟东建了一座东园湿地公园,这也只是借了东园这个名字而已。我到公园里走了一圈,发现环境不错。公园不算小,里面建有澄虚阁、真州八景浮雕、挡军楼、响水闸、桃坞等景点,澄虚阁、挡军楼是借用历史上的名字。

另一个园子叫白沙翠竹江村园,仪征地方志记载,园子位于城东。在清初,这个园子收拾得非常好,在扬州很有名气,园里有十二处景点。康熙四十四年秋冬之际,曹寅到江村一游,一口气写了十二首诗——《江村杂咏》,对十二个景点一一吟咏。他后来又写了《再过郑氏江村》诗。

江村原先是三原员氏的别墅,后归汪氏,到康熙年间,又归郑氏所有。清初很多著名人物,如石涛、曹寅、吴敬梓等都曾经到过江村游览,并留下诗作。到了道光年间,别墅遭遇水患不存。

近年来,仪征文化人士一直在寻找江村的准确位置,目前已经确定在东升村村委会附近的花园组,据说,当地政府有意要复建一个江村。

仪征一天探访下来,似乎没有看到什么实物,即便是寻访到了与曹寅有关的遗址,也早已面目全非。我问自己:曹寅的足迹与曹雪芹、《红楼梦》又有多少关系呢?

曹寅是曹家最重要的人物,他曾经创造了曹家的巅峰时刻,他遽然离去后,曹家便迅速走向没落。最后的七八年,他是在扬州、仪征一带度过的,追寻他的足迹,对于研究曹家在江南的经历,会起到作用。曹寅曾经兼任两淮巡盐御史,而曹雪芹在小说中,将林黛玉的父亲林如海的身份定位为巡盐御史,还把林黛玉的成长地放在扬州。曹雪芹这样写,难道是一种巧合?不,两淮巡盐御史不是一般的官职,具有特别性。难怪有人早就说,林如海身上有曹寅的影子。再说,曹雪芹的朋友敦诚说,"扬州旧梦久已觉",曹寅在扬州的经历,都属于"扬州旧梦"。

临离开仪征的时候,我还在想一个问题:曹雪芹曾经来过仪征追寻过他祖父的足迹吗?我推想是肯定的。曹寅在扬州、仪征的经历,曹雪芹应该十分熟悉。还有,曹寅《楝亭集》中关于仪征的诗,他也一定读过。家族的文化传承,是一个潜移默化的过程。

在当代很多人的印象中,仪征是一座化工城市。其实,它是一座文化古城。梅尧臣、苏东坡、黄庭坚、米芾、陆游、文天祥等很多名人都曾到过这里,并留下诗作。尽管文物不多,但文化的传承从未间断过。在仪征,还有一批《红楼梦》爱好者。2019年1月,仪征市红楼梦学会成立,当年12月,他们承办了江苏省红楼梦学会年会,学会会长张桂琴不仅是一位"红迷",而且是一位热心公益事业的人。我们都知道,大凡这种民间组织,如果没有热心人去办实事,肯定就会偃旗息鼓,或流于形式。而仪征红楼梦学会不一样,他们经常开展活动。2019年4月举办了"品读红楼、寻踪仪征"——仪征红学会游学雅集活动,组织《红楼梦》爱好者一起寻访真州使院衙署、淮盐出江孔道、东关石闸、沙漫洲、东园、白沙翠竹江村等遗址。对仪征文化颇有研究的文化学者巫晨带领数十位《红楼梦》爱好者去寻觅曹寅在仪征的足迹。此外,仪征红学会还组织《红楼梦》爱好者到南京、苏州去寻访"红楼"遗迹。

巫晨还向仪征市政协提交了一份打造仪征《红楼梦》研学线路的建议,建议仪征市应该量力修复部分景点,开办"红楼"研学专线,在青少年中弘扬"红楼"文化,举办《红楼梦》研讨会,将仪征打造成红学研究的高地,擦亮仪征"红楼"文化名片。

夕阳瓜洲渡

某年冬天的一天傍晚,曹雪芹沿着运河北上或南下,路过了瓜洲古渡,恰逢漫天大雪,不辨南北,也许是一种缘分,曹雪芹走进了一位沈姓人家,受到沈家热情相待。沈姓主人也通文墨,与曹雪芹把酒言欢,十分投缘。酒酣之际,曹雪芹挥笔作画,为沈家画了两幅中堂画,一幅是《鲤鱼图》,一幅是《天官图》。这两幅画被主人视为珍宝,代代相传。每到过年时,都会拿到中堂挂上。后来,《鲤鱼图》散佚,《天官图》一直保存到1970年代。"文化大革命"期间,沈家人害怕被当成"四旧",主动投入柴火中烧了。

以上是镇江学者江慰庐1980年代在瓜洲做田野调查时听说的,他写成文章《关于曹雪芹留图瓜洲传闻的调查》,曾入选1982年出版的《江苏红学论文选》。

因为《红楼梦》,瓜洲,我来了。

去瓜洲的路上,随口念着有关瓜洲的诗词:"汴水流,泗水流。流到瓜洲古渡头,吴山点点愁。思悠悠,恨悠悠。恨到归时方始休,月明人倚楼。"(白居易《长相思》)"京口瓜洲一水间,钟山只隔数重山。春风又绿江南岸,明月何时照我还?"(王安石《泊船瓜洲》)张祜的诗:"潮落夜江斜月里,两三星火是瓜洲。"还有陆游的诗:"楼船夜雪瓜洲渡,铁马秋风大散关。"……关于瓜洲的好诗词真是举不胜举。到过瓜洲的名人实在太多,随手列举一下,唐代有李白、白居易、刘禹锡、张祜;宋代有苏轼、王安石、秦观、陆游;金元有鲜于枢、萨都剌;明代有汤显祖、钱谦益、蒋易;清代有王士祯、孔尚任、郑燮、赵翼……有人说,瓜洲坐拥唐诗宋词一万首。说它是一个诗的渡口,真是名副其实。瓜洲地方文史专家曹锡恩整理出《瓜洲历代诗词》,收录自南朝至民国近一千六百年间有关瓜洲的诗词三千多首,涉及诗人九百余人。

我多么希望曹雪芹也写一首瓜洲的诗,或许他写过,已经不存。

我明明知道诗词中的瓜洲早已湮没在江水里了,但我还是一直想去寻找瓜洲的踪影。哪怕我站在瓜洲沉没的江边,念一遍王安石的《泊船瓜洲》也好。我相信,瓜洲是诗性的存在,它的精魂是不散的。更何况瓜洲与曹家、曹雪芹以及《红楼梦》有着密切的关系。

曹家当年南下或者北上,都会经过瓜洲古渡。曹寅人生中最后七八年是在扬州度过的,他对瓜洲印象十分深刻,还写过瓜洲的诗,如《放舟瓜渚看月》:"小立添霜色,疑乘白玉鸾。"本文开头引用的关于曹雪芹在瓜洲遇风雪的故事,虽然是传说,但我认为有可能发生。

再看《红楼梦》,第四十一回写贾母带众人去栊翠庵,妙玉请众人喝茶。靖本眉批:

> 妙玉偏辟处此所谓过洁世同嫌也他日瓜州渡口劝惩不哀哉屈从红颜固能不枯骨各示。

脂砚斋的这条批语由于没有标点,研究者有不同解读。周汝昌校为:

> 妙玉偏辟处,此所谓"过洁世同嫌"也。他日现瓜洲渡口,各示劝惩,红颜固(不)能不屈从枯骨,(岂)不哀哉?

他认为,眉批因为传抄的缘故,将句子中的词颠倒了。不论何种断句,也能看出眉批的大概意思:妙玉离开贾府后南下,路经瓜洲渡口时,被强人所掳或被陷入无法自救之地,面对现实,不得不屈从,红颜到头也不过是一把枯骨。

这条脂批中出现了瓜洲古渡。曹雪芹为何要把妙玉的结局放在瓜洲古渡呢?带着这个问题,我去寻访瓜洲。

我特地选了一个傍晚时分访瓜洲。我以为夕阳下的古渡更有一种悠远的意味。哪成想到了瓜洲才发现,这里已经辟为瓜洲古渡公园,下午五点就关门,不让游客进了,我只能怀着惆怅的心情在公园外转转。公园门右侧的两块石碑引起了我的注意,一块是大运河世界遗产碑,一块是全国重点文物保护单位碑,上刻"伊娄运河"四个字以及文字介绍。

没错,我身边的这条运河很有名,叫伊娄河,开凿于唐朝开元年间,已静静流淌了一千两百多年,现在是全国重点文物保护单位,也是大运河世界遗产点。

隋唐之交时,长江北岸的渡口在扬子津,瓜洲还只是一个像瓜形的江中小岛。到唐代,瓜洲通扬子津渡口的水道逐步被泥沙淤塞,与北岸相连,航船需要经欧阳埭(仪扬运河)从仪征入江,绕行六十里。唐开元二十五年(737年),时任润州刺史的齐浣上书唐玄宗,请求从瓜洲开一条新的运河直通扬子津,连通长江与隋朝运河。唐玄宗很快批准,齐浣主持开凿运河,因为河边有座山叫伊娄山,所以叫伊娄河。伊娄河的开凿使瓜洲成为长江与运河交汇点,并把渡口从扬子津移到瓜洲,瓜洲千年古渡的历史由此开启。

从唐至清,瓜洲一直是江南漕运的重要节点和转运基地。瓜洲渡与镇江的西津渡也是长江重要的对渡码头。沧海桑田,遗憾的是从清康熙年间起,瓜洲开始坍江,至光绪二十一年(1895年)瓜洲全城坍落江底。现在的瓜洲镇是在瓜洲北面原四里铺基础上重建的。瓜洲古渡公园只是伊娄河中间的一个小岛,最初是水利管理部门的办公场所,建于1970年代,占地76亩。2019年,扬州市将瓜洲古渡公园提档升级。岛屿的西边是瓜洲船闸。1960年代,大运河主航道移到了扬州东边邵伯—六圩一线,如今的瓜洲船闸很少有船过闸了。岛屿的东边是瓜洲节制闸,它的作用是控制扬州城区的水位。

漫步伊娄河边,凝视着静静流淌了千年的河水,心中对齐浣这位有远见的唐人充满敬意。

瓜洲公园正对面的伊娄河边,十多棵高大的黑松特别醒目。走近一看,每棵树都有几丈高,树龄也在百年左右,挺拔的枝干,苍翠古奥,与"楼船夜雪瓜洲渡,铁马秋风大散关"的意境很切合。

第一次在伊娄河边转转,虽然没有进得了瓜洲古渡公园,但看看唐代开凿的运河,也有一种满足感。

十多天后,我再一次走进瓜洲古渡公园。夏日的午后,太阳火辣辣地照在伊娄河上,游人很少,树上的知了欢快地鸣叫着。走进古渡公园一看,林木浓密苍翠,道路整齐干净,公园收拾得算是精致。

进入公园,首先看到的是古渡城市书房,再往前,就是锦春诗社,一座仿古建筑。据文献记载,清代瓜洲南门有一座著名的私家园林叫锦春园。相传锦春园原名叫"吴园",乾隆南巡到瓜洲,觉得吴园的名字与"无缘"谐音,不吉利,便赐名"锦春园"。锦春园里有一座楼,名叫大观园。

再往前走,就是银岭塔。原先这是一座自来水塔,建于上世纪80年代,后来改造成景观塔。据《嘉庆瓜洲志》记载,明清时期瓜洲曾有著名的十景:石桥踏月、天池夜雨、江楼阅武、漕舰乘风、东城柳岸、桃坞早莺、芦汀新雁、雪江钓艇、金山塔灯、银岭晴岚。现在的银岭晴岚只是借用了古代景点名称。

瓜洲的最南端,是古渡广场景区。首先映入眼帘的是一座八角亭,名叫沉箱亭。冯梦龙《警世通言》中杜十娘怒沉百宝箱的传说,广为人知。据说,当年杜十娘在船行到瓜洲时,打开百宝箱,将珠宝倒入江中,抱着百宝箱投江自决。亭子旁边有一尊汉白玉塑像,就是杜十娘塑像,出自扬州雕塑家常再盛之手。杜十娘可是小说中的人物啊,但一想,借助她说说故事,做做宣传,也未尝不可。

再往江边走,就是含江口牌楼,上书"江天圣境"四个大字。登上旁边的观潮亭远眺,长江如带,江天一色,隔岸的金山、焦山尽收眼底。走到这里,才真正感受到"京口瓜洲一水间"的含义。

观潮亭旁边立了一块"瓜洲古渡"碑,四个大字古朴敦厚,据说出自当地浴室一位工作人员之手。1980年,为了迎接日本鉴真和尚塑像到扬州,有关方面特地安排经过瓜洲古渡,当时瓜洲没有任何标识,由于时间紧,一时又找不到书法名家题字,瓜洲闸管理处就在瓜洲找了个会写毛笔字的人,此人叫张发清,是瓜洲浴室的工作人员,平时喜欢写字,他嫌毛笔太小,便撕开棉袄,用棉絮醮墨,在一张废报纸上写下"瓜洲古渡"四个大字。仔细端详,这四个字还真有一种古拙之美。

从洲头往回走,在路边发现不少石头上刻有历代诗人咏瓜洲的诗作。比如李白那首赞颂齐浣开伊娄河功绩的诗,放在非常醒目的位置:"齐公凿新河,万古流不绝。丰功利生人,天地同朽灭。"此外,还有张若虚的《春江花月夜》、张祜的《瓜洲闻晓角》、郑谷的《淮上与友人别》、王安石的《泊船瓜洲》等。

洗心堂为纪念润州刺史齐浣而建,亭内供奉了齐浣像。

瓜洲公园一圈走下来，我颇有些失望。因为我在瓜洲没有看见与《红楼梦》、曹家有关的任何介绍，也没有纪念场所，连小说中的杜十娘的塑像都有了，竟然不见关于《红楼梦》或妙玉的只言片语，实在是遗憾的事情。

曹雪芹在瓜洲遇风雪的传说，妙玉瓜洲落难，曹寅月夜访瓜洲，曹家来来往往路过瓜洲，这些瓜葛好像都被漠视了。

江慰庐根据清代瓜洲地图考证，瓜洲上曾有大观楼，而西门临水处还有枕霞阁。我们都知道，《红楼梦》中金陵十二钗的主要活动场所就是大观园，第三十八回写到贾母的娘家史府，早年也有一个临水的亭子叫枕霞阁。这是暗合，还是曹雪芹借鉴了这两处名称？

瓜洲的管理部门完全可以利用以上的元素做做"红楼"的文章。曾经看到一条报道，说扬州有意在瓜洲上建纪念曹雪芹的场所，不知何时能实现？

尽管我脚下站着的这块土地并不是曹雪芹时代的那个瓜洲，尽管现在的瓜洲上还没有建成《红楼梦》的纪念场所，但在我看来，还是值得来看看的。我姑且把眼前的瓜洲当作历史上的瓜洲。瓜洲已经成了一种符号，一个梦幻，一个诗意的存在。今后还会有人像我一样走近它，站在这里，远眺大江，发思古之幽情，探寻曹雪芹的足迹。

朋友，如果你来瓜洲，我建议最好选三个时间点：一是大雪纷飞的日子。陆游说了，楼船夜雪瓜洲渡。此时的瓜洲有一种苍茫之美。这个景象当年被曹雪芹遇到了。一是皓月当空时分。彼时,江天一色无纤尘,皎皎空中孤月轮。瓜洲如漂浮在江中的一叶小舟,到此能感受到物我两忘的静美。曹寅就写过月夜放舟瓜洲的诗。再有就是夕阳西下时,江水浩渺,落日熔金,好似欣赏一幅意境优美的古渡夕照图。不禁会想起《红楼梦》中香菱某年在运河上看到的情景……

《红楼梦》文本中的扬州

曹雪芹的好朋友敦诚在《寄怀曹雪芹》一诗中写道"扬州旧梦久已觉",那么,什么是曹雪芹的"扬州旧梦"呢?

今天的我们只能从两个方面作一些猜想:一方面就是追踪曹寅的足迹,去梳理曹家与扬州的关系;另一方面,只能从曹雪芹的《红楼梦》文本中仔细揣摩了。"扬州""维扬"在《红楼梦》一百二十回中出现8次,其中前八十回出现6次。"南边""南方""南省"在小说中出现37次,自然也包括扬州在内。

既然是曹家的"扬州旧梦",曹雪芹不可能等闲视之,他一定会想方设法在小说中触碰这个"旧梦",并且化入小说的情节中。

一、几多写扬州

《红楼梦》(人民文学出版社2022年第4版)前八十回,除了两个回目中写到扬州外,还有6处写到扬州。后四十回有两处写到扬州。

从第二回开始,扬州就出现了,贾雨村在扬州林如海家做家庭教师,一天,他来到扬州郊外散步,在智通寺偶遇在京城做古董生意的冷子兴。两人早先就认识,此次重逢,便聊了起来。冷子兴将贾府的历史、现状都说给了贾雨村。冷子兴为什么如此熟悉贾府？原来他是贾府管家周瑞的女婿。此处出现扬州，意在带出林如海、林黛玉。林如海是苏州人，林黛玉出生在苏州，林如海到扬州任盐课，全家都住在扬州。

到了第五回，林黛玉在母亲去世后要北上京城，投靠外祖母。小说写到，林黛玉"洒泪辞父，随了奶娘及荣府中几个老妇，登舟而去"。第十二回，林黛玉闻父丧，"贾琏同着黛玉，辞别了众人，带领仆从，登舟往扬州去了"。从扬州到京城，从京城到扬州，都是"登舟"而去，其实写的是大运河水路。

第十三回写道："话说凤姐儿自贾琏送黛玉往扬州去后，心中实在无趣。"贾琏送黛玉到扬州奔丧，凤姐在家感到无聊。

第十六回，赵嬷嬷道："那时候我才记事儿，咱们贾府正在姑苏、扬州一带监造海舫……"作者通过赵嬷嬷的话，交代出贾府显赫的地位。扬州是运河连接长江的出入口之所在，清代交通以水路为主，扬州的造船业十分发达。贾府能监造海船，说明贾府的地位非同一般。

第十九回，宝玉问黛玉几岁上京，路上见到什么景致古迹："扬州有何古迹？土俗、民风如何？"接着，宝玉又逗黛玉说："嗳呦！你们扬州衙门里有一件大故事，你可知道？"黛玉见他说得郑重，且又正言厉色，只当是真，便问"什么事"，宝玉忍着笑顺口胡诌了一个故事："扬州有一座黛山，山上有个林子洞……"扬州黛山林子洞里耗子精的故事是宝玉虚构的。这里写扬州，与黛玉的故乡情联系在一起，别有意味。黛玉虽然生在苏州，但长在扬州，父母在扬州辞世，她一定对扬州有着特别的感情。所以，当宝玉说扬州城里发生了一件大事后，她立马接话。由此可见，扬州在黛玉心目中有着特别重要的地位。

第五十一回，薛宝琴作了十首怀古诗，其中一首是《广陵怀古》，诗是这样写的："蝉噪鸦栖转眼过，隋堤风景近如何？只缘占得风流号，惹得纷纷口舌多。"广陵是扬州的别称。诗说的是隋炀帝开凿运河的事，内容牵涉对隋炀帝的评价。写得比较隐晦，惹得后人种种猜测。

在《红楼梦》后四十回中，有两处提到了扬州。第八十七回，黛玉因史湘云说起南边的话，便想着"父母若在，南边的景致，春花秋月，水秀山明，二十四桥，六朝遗迹"。对于林黛玉来说，南边应该包括苏州、扬州，作者特意点出扬州代表性的景点二十四桥。

第九十二回，贾政在追溯贾府与贾雨村的关系时说："说也话长，他原籍是浙江湖州府人，流寓到苏州，甚不得意。……雨村革了职以后，那时还与我家并未相识，只因舍妹丈林如海公在扬州巡盐的时候，请他在家做西席。"

二、写了哪些与扬州相关的人物

《红楼梦》中写了哪些与扬州有关联的人物？

与扬州关系最密切的人物是林如海、林黛玉父女。书中第二回介绍了林如海的家世。林如海"乃是前科的探花,今已升至兰台寺大夫,本贯姑苏人氏,今钦点出为巡盐御史,到方一月有余。原来这林如海之祖,曾袭过列侯,今到如海,业经五世。起初时,只封袭三世,因当今隆恩盛德,远迈前代,额外加恩,至如海之父,又袭了一代;至如海,便从科第出身。虽系钟鸣鼎食之家,却亦是书香之族"。林如海娶的是贾政的妹妹贾敏。他们有一个儿子,三岁病故。膝下只有一个五岁的女儿,叫林黛玉。原先在哪里做官,小说中没有说,只是说现在到了扬州担任巡盐御史,全家也就到了扬州。不承想林如海刚来扬州任巡盐御史一年有余,黛玉母亲贾敏病故,林黛玉只好进京投靠外祖母。

林黛玉是小说最重要的人物之一,与贾宝玉是姑表兄妹。宝玉送她别号"颦颦",诗社别号"潇湘妃子","金陵十二钗"之一。林黛玉自小随父母到扬州生活,对扬州自然十分熟悉。

除了林如海、林黛玉,还有两个人与扬州有关联。一个是贾雨村,一个是冷子兴。

贾雨村,"假语村言",浙江湖州人,先前寄寓在苏州阊门外十里街一个破庙中,在甄士隐的帮助下,考中得官,但不久就被参罢,又到了扬州林如海家做家庭教师。一天,他在扬州郊外游玩,偶遇在京城做古董交易的冷子兴。两人十分谈得来,冷子兴将贾府的历史、现状都说给了贾雨村。冷子兴其实是贾府管家周瑞的女婿。

贾雨村与冷子兴在小说中起到了很重要的穿针引线的作用。

小说通过他们的对话,对贾府的背景作了详细的交代。脂砚斋在评点时认为,冷子兴这个人是"引绳",起到了"冷中出热,无中生有"的作用,使得读者"心中已有一荣国府隐隐在心"。

此外,《红楼梦》还写了贾府上辈与扬州的深厚关系。第十六回,赵嬷嬷道:"那时候,我才记事儿,咱们贾府正在姑苏、扬州一带监造海舫……"扬州是运河连接长江的出入口之所在,清代交通以水路为主,扬州的造船业十分发达。贾府能监造海船,说明贾府的地位十分显赫。

三、写了扬州哪些地方

《红楼梦》中对于扬州的描写,有总写,也有细写。总写是面上说的,书中提到的诸如"维扬地面""扬州遗迹""扬州一带",都是总写扬州。单就"扬州遗迹"四个字来说,就已经包含很多内容了。扬州是一座拥有两千多年历史的古城,历史遗迹众多,作者一定了然于心,当然,他没有必要将扬州的古迹一一写进小说中。从文本看,写了扬州哪些地方?

绿杨城郭野外风光。小说在第二回中,写贾雨村在扬州盐课林如海家做家庭教师,"一日偶至郭外,意欲赏鉴那村野风光,忽信步至一山环水旋、茂林深竹之处,隐隐有座庙宇,门巷倾颓,墙垣朽败,门前有额,题着'智通寺'"。

实际上,扬州没有智通寺,这个名字是作者虚构的。也有人说,就是扬州的禅智寺。但我不这么认为,作者是在作小说,不必那么附会。也许是以禅智寺作为素材,但我们不能画等号。

小说还写了扬州的运河。扬州是京杭大运河的重要枢纽。从长江口北上京城,扬州是必经之地。所以扬州是运河之城。第五回,写林黛玉"洒泪辞父,随了奶娘及荣府中几个老妇,登舟而去"。第十二回,写林黛玉闻父丧,"贾琏同着黛玉,辞别了众人,带领仆从,登舟往扬州去了"。两次都是"登舟"而去,这里其实写的都是大运河水路。另外,隋堤出现在《红楼梦》第五十一回,薛宝琴作怀古诗,其中《广陵怀古》写道:"蝉噪鸦栖转眼过,隋堤风景近如何?只缘占得风流号,惹得纷纷口舌多。"诗中写的是隋炀帝开凿大运河的历史。诗的意图比较隐晦,但"隋堤风景近如何"之问,透出了作者对隋炀帝开凿大运河持肯定的态度。

小说虚构了扬州的黛山、林子洞。在第十九回,宝玉为了哄黛玉,编造了扬州有一座黛山,山上有个林子洞,林子洞里有一群耗子精的故事,其实,扬州没有黛山、林子洞。

扬州的二十四桥,出现在《红楼梦》第八十七回。黛玉因为史湘云说起南边的话,便想着"父母若在,南边的景致,春花秋月,水秀山明,二十四桥,六朝遗迹"。"二十四桥明月夜,玉人何处教吹箫?"二十四桥实在太有名了,它是扬州代表性的符号。

瓜洲,在一百二十回文本中没有出现。靖本《石头记》第四十一回有一条眉批中提到,妙玉后来流落到了瓜洲,本来洁身自好的她身陷污泥,令人叹息。靖本是否为真本,目前尚没有定论。

四、写了哪些扬州风物

《红楼梦》写了哪些扬州风物?

绿杨城郭的村野风光。第二回写贾雨村在林如海家做家庭教师,一天来到郊外,"信步至一山环水旋、茂林深竹之处,隐隐有座庙宇",这座庙便是智通寺。山环水旋、茂林深竹正是扬州的地理特征。扬州城北有连绵不绝的蜀冈,城内有瘦西湖环绕,树木葱茏,修竹丛丛。作者三言两语,便描绘出了扬州城的特征。

第十九回,宝玉问黛玉:"扬州有何古迹?土俗、民风如何?"宝玉有两问,但黛玉都没有接话。扬州是黛玉的伤心地,父母先后在此辞世,也许她是不想去回忆往事,所以没有回答。

《红楼梦》中写了很多美食,冯其庸认为,《红楼梦》中所写菜系,基本上是淮扬菜。如果曹雪芹对淮扬菜不熟悉,是写不出来的。扬州是淮扬菜的发祥地。《扬州画舫录》云:"海鲜珍品,星罗棋布,腌腊干货,南北咸集,四方香料,应有尽有。"曹雪芹的祖父曹寅生命中最后八年的很多时光是在扬州度过的,他是一位美食家,曾自称"饕餮徒",在扬州期间,"文酒宴酬,殆无虚日"。他还编撰过《居常饮馔录》。这样的家庭对曹雪芹肯定会有影响。有研究者认为,纵观《红楼梦》中的菜肴汤羹、饭粥面点,起码有二十多道菜,直到今天还在流传。比如,第八回贾宝玉喜欢吃的"糟鹅掌鸭信",第十六回中的"火腿炖肘子",就是淮扬名菜。第四十回刘姥姥品尝的"鸽子蛋",是乾隆时的扬州名菜。第四十六回凤姐喜欢吃的"炸鹌鹑",第五十回贾母吃的"糟鹌鹑",第五十三回中的"风鹅",第六十五回中的"肥鹅",都是扬州美食。第三十五回宝玉喝的"莲叶羹汤",第五十八回贾宝玉喜欢吃的"火腿鲜笋汤",都是扬州名汤。第六十二回柳嫂为芳官做的一碗"酒酿清蒸鸭子",第六十一回晴雯喜欢吃的芦蒿炒鸡丝,都是扬州人爱吃的家常菜。尽管《红楼梦》中没有明确说这些菜是淮扬菜,但从它们的名称以及做法来看,是淮扬菜。正因为如此,当代扬州人才有底气打造红楼宴。

除了美食,还有园林。周汝昌把刘姥姥误入怡红院的描写与李斗《扬州画舫录》中关于水竹居的描写作了对比,得出结论说,曹雪芹写大观园里的怡红院有可能受到扬州的水竹居实景的启发。

有学者专门研究《红楼梦》中所写的扬州方言,并且列举了一些,如"吃茶""与我不相干""巴巴的从家里送出来""不敢则声""说梯己话""多早晚回来""写得这门好""会待人倒不拿大""很会嚼舌头""承你之情"……研究者说,这些词在今天的扬州话中还经常使用。

五、扬州在《红楼梦》中的分量

扬州在《红楼梦》中出现并不多,但分量很重。首先,在前八十回中,扬州两次出现在回目中,第二回"贾夫人仙逝扬州城",第十四回"林如海捐馆扬州城"。这样的写法在全书中绝无仅有。回目是一个章节的题目,一般是一个章节的总纲,作者认为是极为重要的元素才会列入回目中。林黛玉的母亲、父亲先后辞世,作者认为极为重要,为林黛玉后来北上寄寓外婆家埋下了伏笔。

其次,作者将林家放在扬州,也体现了扬州的分量。林如海在扬州担任巡盐御史,这个职务可不是一般官职,皇帝只会把最信任的人放到这个位置。曹雪芹的祖父曹寅就曾被康熙钦点为两淮巡盐御史。清代批评家周春认为,曹寅其实就是林如海。我不同意如此简单画等号,曹雪芹有可能是受了祖父任职的启发,才想到如此安排,并作了变形的处理。

再者,林黛玉是小说中的最主要人物之一,她出生在苏州,但长在扬州。维扬自古出美女。林黛玉自然是美的化身。但美是易逝的。扬州是林黛玉的伤心地,她的母亲、父亲先后在这里辞世。曹雪芹的祖父曹寅也曾在扬州辞世,是不是也可以说,扬州是曹雪芹的伤心地?

此外,作者在小说中写了很多美食,研究者认为多数是淮扬菜。前面已经论及,此处就不展开了。

从结构上看,扬州在小说中出现得很早,在第二回就出现了,贾雨村与冷子兴在扬州郊外偶遇,冷子兴演说荣国府,介绍贾史王薛四大家族背景,起到了未见其人、先闻其声的效果。

林黛玉母亲去世,作者没有直接去写。只有在母亲去世后,黛玉才有可能离开扬州，北上投靠贾府。所以，林黛玉辞别扬州城成了书中一个重要的关节点。林黛玉父亲去世以后，贾琏领着黛玉再次回到扬州料理后事，作者虽然没有直接书写，但可以想象林黛玉再一次受到家庭变故打击后的心情。扬州对林黛玉来说，真是伤心地。父母在这里先后辞世，自己顿时成了孤苦伶仃、寄寓他处的游子。第十九回，当宝玉问黛玉"扬州有何古迹？土俗、民风如何"时，黛玉沉默不语，不愿意去触碰伤心的记忆。扬州与林黛玉的命运是联系在一起的。

总之，扬州与《红楼梦》有着千丝万缕的关联，著名红学家冯其庸用"三个离不开"说明扬州与《红楼梦》的关系：一是离不开曹家由盛到衰在扬州的事实，作者的家庭是见过大世面、经过大风浪的，既曾富贵到了极点，又败落到茫茫白地，真是兴也扬州，败也扬州。二是离不开作者从幼年到青少年时期的这段生活都是在扬州和南京度过的，他经历过瞬息繁华，也听过古老的传闻，更身经丧乱，亲历过种种世变。三是离不开扬州的乡土风情和生活，其中包括饮食民情风俗等。(《〈红楼梦与扬州〉序》)

冯其庸的看法主要基于曹家与扬州的关系。我推想，曹寅去世后，曹雪芹一定随父辈到过扬州，他对扬州一定是熟悉的，不然，他不会把扬州看得如此之重。

扬州的"红楼"文化

在江苏省,论经济,扬州肯定排在南京、苏州之后,但在康乾时代,扬州一点也不弱,南京、苏州、扬州是并驾齐驱的。即便是今天,扬州的地位依然举足轻重,在文化方面,扬州可圈可点之处甚多。就《红楼梦》文化的继承与弘扬方面来说,扬州人尤其用心。他们从1990年代就着手开发、研制红楼宴,冯其庸、李希凡等红学家为其撑腰,一度在国内外产生很大的影响。

曹雪芹祖父曹寅曾四任盐院盐课,中间还在天宁寺组织书局刻印《全唐诗》。他生命的最后八年,多数时间是在扬州度过的。扬州的文人、百姓对他评价很高。他去世后,扬州人在小东门街太平坊建了曹公祠纪念他。据嘉庆《重修扬州府志》和乾隆《重修江都县志》记载,曹公祠在"小东门街太平坊",后改称"甘泉街"。据说原来在曹寅祠堂里有一块碑石,此碑上半部刻有曹寅的画像,下半部刻着曹寅的生平和时人对曹寅的赞语,此碑后来被人砌入小金山月观的墙壁内,再后来难觅踪影。

如今,扬州人在扬州博物馆门前的广场上为曹寅立了塑像,扬州有学者专门研究曹寅,为他立传。

从1990年代开始,扬州很频繁地举办《红楼梦》研讨会,先后举办三次《红楼梦》国际研讨会,国内著名的红学家悉数到场,成一时盛事。举办研讨会数量之多在三城中首屈一指。扬州人喜欢林黛玉,把扬州作为林黛玉的第二故乡,在扬州竟然还有林黛玉故居的传说。虽然是传说,但反映了扬州人对《红楼梦》的喜爱之情。

仪征是扬州市下属的县级市,因为曹寅曾在扬州使院担任两淮巡盐御史,仪征是仪扬河与长江的交汇处,官府在这里设立盐院分院,又称真州使院。曹寅任职期间自然经常住在仪征使院。后来在刻印《全唐诗》时,还把仪征作为一个工作地点。曹寅的《楝亭集》中有不少关于仪征的诗。仪征人很重视这个渊源关系,他们成立了《红楼梦》学会,会员有一百多人,学会经常举办共读"红楼"、寻访"红楼"遗迹等活动。

一、扬州的《红楼梦》研究

作为一座文化古城,扬州一直充满自信。对待《红楼梦》研究这件事,扬州也表现出一贯的自信。1984年,曹雪芹逝世220周年纪念会在南京召开,全国百余名红学专家聚集南京参加纪念活动,冯其庸、李希凡等著名红学家参会,会上特地安排扬州考察活动,与会代表考察了曹寅在扬州任职的扬州使院遗址、天宁寺等,游览了瘦西湖、大明寺。这是扬州改革开放之后承办的第一次红学活动。

1987年春,《红楼梦学刊》编辑部在西园饭店召开《红楼梦》座谈会,学刊编委以及江苏部分红学家参加研讨。

1990年3月,《红楼梦学刊》在扬州举办笔谈会,扬州市政府外事办、西园饭店、扬州宾馆协办,北京、上海、江苏、浙江、安徽等地的部分红学家参加了笔谈会。冯其庸主持会议。会议就扬州市推出红楼宴这一文化现象进行研讨,并品鉴了刚刚推出的红楼宴。

1992年8月,由中国艺术研究院、中国红楼梦学会联合主办的红楼宴研讨会在扬州举办。冯其庸、王利器、王世襄、蒋风白、周绍良等著名学者参加研讨会。研讨会在西园饭店举行。冯其庸等专家认为,饮食文化是传统文化的组成部分,扬州开发红楼宴,是弘扬传统文化的创新。

1992年10月18日至22日,中国国际《红楼梦》研讨会在扬州举办,这是继1980年美国威斯康星、1986年哈尔滨以后的第三次国际研讨会,130多位代表参加会议,王利器、冯其庸、蒋和森、陈毓罴、刘世德、魏同贤、吴新雷、袁世硕、张锦池、林冠夫、吕启祥、朱淡文、曾扬华、杨光汉、周中明、孙逊、皮述民、罗德湛、林民德、梅挺秀等,以及美国学者周策纵,澳大利亚学者柳存仁,韩国学者崔溶澈参加研讨会。会议的主题为"《红楼梦》与中国文化"。会议收到了60多篇红学论文。这年夏天在北京近郊的通县张家湾发现了一块刻有"曹公讳霑墓壬午"字样的墓石,其真伪问题成了这次会议的讨论热点。10月20日,全体代表赴南京参加乌龙潭公园新落成的曹雪芹雕像揭幕典礼。时任南京大学名誉校长、国务院古迹整理小组组长匡亚明与中国红学会会长冯其庸共同为塑像揭幕。

1996年1月17日至19日,红楼宴书画笔会在扬州西园饭店举办,来自国内的著名书画家杨仁恺、李国祯、蒋风白、尹光华等参加笔会,画家们品尝红楼宴,作画抒怀。

2004年10月10日至12日,中国扬州国际《红楼梦》研讨会在西园饭店举行。中国艺术研究院院长王文章,中国红学会名誉会长冯其庸,中国红学会会长张庆善,李希凡,蔡义江,美国威斯康星大学教授赵冈,中国红学会副会长林冠夫,中国红学会顾问邓绍基,台湾中央大学中文系教授康来新,中国红学会副会长、上海师范大学文学院院长孙逊等著名学者共130多名代表参加会议。曾写过《康熙大帝》《乾隆皇帝》的河南作家二月河也应邀参加了会议。会议期间,代表们参观了与曹寅有关的扬州天宁寺、高旻寺,游览了瘦西湖、二十四桥、大明寺、天山汉墓、个园等景点。中国红学会会长张庆善在闭幕式上说:"扬州与曹雪芹、与红楼梦有着不解之缘,也与红学有着不解之缘。扬州是举办红楼梦学术活动最多的城市之一,自20世纪80年代以来,在扬州举办的国际性和全国性的红学活动有七次之多。"

北京曹雪芹学会学术年会暨纪念曹雪芹诞生300周年国际学术研讨会2015年12月12日至15日在扬州举行。本次会议由北京曹雪芹学会、扬州市政协、扬州市社科联等联合主办。来自海内外的60余位学者参加会议。在两天半的时间里,海内外的学者围绕曹雪芹的生平、思想、文化氛围,以及《红楼梦》的翻译、传播等问题进行了研讨。

扬州为什么能够频繁举办《红楼梦》研讨会,我认为主要有几个原因:一是扬州本来就是一座文化古城,有重视文化的城市基因。二是扬州与曹家的关系至为密切,曹寅在扬州度过了他生命中最辉煌的时刻,这也是曹家的顶峰。曹寅的离世,又是曹家从辉煌走向没落的转折点。研究作者身世,离不开扬州。三是扬州城与南京、苏州相比,文化资源相对比较集中,很容易形成共识,打"红楼"牌,是一个不错的选择。四是扬州推出红楼宴不是偶然的,扬州是淮扬菜的发祥地。五是扬州城里有一批热爱文化的扬州人,他们组织能力强,热心于弘扬传统文化。

在扬州,扬州大学是学术研究能力最强的单位。扬州大学文学院教授黄进德的红学成果引人注目。

黄进德为中国红楼梦学会常务理事,曾担任过江苏省红学会会长,长期从事中国古代文学教学与研究,尤致力于唐宋文学与《红楼梦》研究。他与南京大学吴新雷教授合出的《曹雪芹江南家世丛考》是一部很有分量的红学著作。该书 2000 年由黑龙江教育出版社出版。冯其庸在序中对这部书给予很高的评价,认为是"曹雪芹家世研究专著中超越前人之作,是一部值得认真细读的专著"。

冯其庸为什么说这部书在曹雪芹家世研究方面超越前人?因为两位专家的 20 多篇论文颇有质量。吴新雷教授是红学大家,他在《康熙上元县志》中发现了《曹玺传》,对曹家在南京的活动有详细的考察。黄进德教授有9篇文章,重点考察曹寅在扬州的行迹,包括《曹寅与两淮盐政》《曹寅与扬州书局》《康熙与曹寅关系枝谈》《曹雪芹家败落原因新探》《"三汊河干筑帝家,金钱滥用比泥沙"——关于扬州塔湾行宫营建与曹家的盛衰际遇》等。黄进德通过对曹寅在扬州接驾事迹的考证,认为亏空是曹家败落的主要原因。这个亏空主要是由于康熙南巡的供应和随从人员的需索,其中包括诸王子的巨款索取等。黄进德对曹寅在扬州使院、刻印《全唐诗》都有详细考证。该书还附有黄进德编写的《曹雪芹家世史事系年》。

方晓伟,扬州市政协文史委官员,红学研究专家,多年来致力于曹寅研究。2010年,他的《曹寅评传年谱》由广陵书社出版,黄进德为该书作序。在导论部分,作者回顾了近百年来关于曹寅生平与家世研究的情况。全书分八章:第一章《文武双全的皇家侍卫》,第二章《从内务府郎中到苏州织造》,第三章《艰巨的皇差(上):江宁织造》,第四章《艰巨的皇差(下):巡视两淮盐课监察御史》,第五章《清初学术之风和曹寅的理学素养》,第六章《曹寅的宗教思想》,第七章《曹寅的文学素养和成就》,第八章《曹寅与他的友人》。书的末尾附曹寅年谱、曹寅研究资料选辑。该书在搜集大量文献资料的基础上,联系曹寅生活的时代背景及社会环境,对其生平、家世、文学创作、交游等方面作了较为详细的论述。

关于曹寅研究，近五十年来出版了三部比较重要的曹寅传记，即史景迁的《曹寅与康熙：一个皇室宠臣的生涯揭秘》、刘上生的《曹寅与曹雪芹》以及方晓伟的《曹寅评传年谱》。三书视角不同，各有特色，史著论其政，刘著探其心，方著立其人，从历史、文学和文化三个维度，呈现了曹寅的身世。

丁章华，曾任扬州市外办主任、西园饭店总经理，她喜欢《红楼梦》，是一位组织能力很强的管理者。中国红学会会长张庆善说："扬州有个丁章华，就把扬州红楼宴搞得红红火火，把《红楼梦》的学术活动搞得红红火火，把红楼文化做成了扬州的名片、品牌。"这个评价很高。在丁章华的组织下，扬州先后举办过五六次红楼梦研讨会，其中有三次国际研讨会。在她的组织下，扬州从1990年代开始研制红楼宴。她把国内外一流的红学家如冯其庸、李希凡、陈毓罴、周策纵、柳存仁、伊藤漱平等请到了扬州，为红楼宴吆喝。红楼宴曾一度在海内外产生了很大反响。

2007年，丁章华主编的《红楼梦与扬州》由文化艺术出版社出版，冯其庸作序。该书的第一部分是《红楼梦与扬州》，收录了冯其庸先生的《绿杨城郭忆扬州》、黄进德的《红楼梦根系扬州》、谢锡龄的《红楼梦扬州寻踪》、蒋华的《红楼梦饮食与扬州》、潘宝明的《红楼梦与扬州风物》、黄继林的《红楼梦中的扬州方言》、江慰庐的《关于曹雪芹留图瓜洲传闻的调查》等。这些文章重点探讨了《红楼梦》与扬州的关系。第二部分为《红学家与扬州》，重点介绍了扬州举办过的《红楼梦》研讨活动，并介绍了冯其庸、李希凡、周策纵、柳存仁、伊藤漱平等几位学者与扬州的关系。第三部分为《红楼宴与扬州》,重点介绍红楼宴的研制过程。

朱善文,扬州本土文化学者,喜欢《红楼梦》,所著《凤仪扬州——扬州〈红楼梦〉遗迹考》2012年由广陵书社出版。书中爬梳出扬州"红楼"遗迹,如高旻寺、天宁寺、盐院、古禅智寺、瓜洲、卢氏老宅等,先叙述史实,再论述与《红楼梦》的渊源关系,最后就保护、利用提出建议。朱善文还提出了一个观点,大观园的原型是曹寅等官员为康熙南巡修建的高旻寺塔湾行宫。书中还介绍了扬州关于林黛玉故居的传说,说林黛玉故居在文昌中路两淮盐运司衙门西侧的运司公廨内。其实,林黛玉只是小说中的一个人物,哪里会有故居呢?

朱善文还以一己之力办了一个"《红楼梦》与扬州"主题展,通过图片与他收集来的各种版本,展示《红楼梦》与扬州的渊源,此举值得称道。

巫晨,仪征文史专家,对仪征的文化历史颇有研究,先后出版了《阮元与仪征》《阮元仪征事》等专著,在博客上经常发表探访仪征历史遗迹的文章。他还在扬州、仪征开设传统文化讲座,介绍仪征历史。他还曾带领仪征市《红楼梦》爱好者寻访曹寅在仪征的遗迹,包括真州使院、淮盐出江孔道、东关石闸、沙漫洲、东园、江村等。2019年7月,他向仪征市政协提交了一份"打造仪征《红楼梦》研学线路的建议"。他在建议中说,仪征自古为淮盐掣验转运之地,明清两代在仪征建有两淮巡盐御史衙署、淮南监掣同知署和淮南批验盐引所,在大码头和沙漫洲还建有搜盐厅,古迹众多。而《红楼梦》作者曹雪芹的祖父曹寅,在康熙年间,与其妻兄李煦,轮流担任两淮巡盐御史,陆续八年,在仪征留下了大量诗文和遗迹。仪征市应该修复部分景点,开办"红楼"研学专线,在青少年中弘扬"红楼"文化,在仪征举办《红楼梦》研讨会,进一步擦亮仪征"红楼"文化名片。

巫晨列举的研学路线包括新东园澄虚阁、东门外水关遗址、东门、瓮城、吊桥、文山祠、东关石闸、盐塘公园(天池)、真州使院遗址、大码头、沙漫洲等。

张桂琴,仪征文史专家,《红楼梦》爱好者,2019年1月创办仪征红楼梦学会,她担任会长,同时担任江苏省红楼梦学会副会长。网上经常可见她关于仪征与《红楼梦》关系的文章,如《曹寅与仪征的昨日今朝》《绽放在真州烟雨里的一抹红——〈红楼梦〉研读在仪征》等。在她的组织下,仪征红楼梦学会每月举办共读《红楼梦》分享活动,并组织《红楼梦》爱好者到仪征、南京、苏州寻访"红楼"遗迹。2019年12月,仪征市红楼梦学会还主办了江苏省红学会年会。

作为扬州市下辖的县级市,能把红楼梦学会的活动搞得有声有色,实属难得,与这位领头人的努力分不开。

郑万钟,曾先后担任扬州中学校长、扬州市教育局局长,是《红楼梦》爱好者,曾著有《漫说红楼话教育》,1994年由四川人民出版社出版。他结合自己长期的教育实践,就《红楼梦》中的教育问题有感而发,写成系列文章,先是在《江苏教育》杂志上发表,后结集出版。他说,教育工作者从《红楼梦》中看到了教育制度、内容、方法、思想等,这些对于今人来说不无启迪意义。冯其庸为该书作序。

二、与扬州有关的《红楼梦》版本

《红楼梦》版本众多,但有一个版本一经发现,即引起轩然大波,这就是靖本《红楼梦》。说起靖本,它与扬州的关系很密切。

《红楼梦》有十多个版本,基本上可分为两个系统。一个是八十回传抄本系统,因为有脂砚斋等人的批曰,故称脂本系统;一个是一百二十回本系统,母本由程伟元在1791年和1792年两次印制,故称程本系统。

脂本,传抄始于曹雪芹著《红楼梦》即《石头记》的当时,所以,它在红学研究中有特别重要的地位。脂本也有不同版本。上世纪在南京发现的一种脂本,因为批语与别的版本不同,称为"靖应鹍藏本《石头记》",简称靖本。

靖本原藏者为南京浦口人靖应鹍,使世人得知此本之存在,则出自靖的友人毛国瑶。据毛国瑶说,1959年他从靖家借阅此书,发现此本上有朱批,很多不为现存诸本所有,遂以自藏之戚序本(即早年有正书局石印的精抄本)加以对勘,将靖本150条批语抄录下来,而后把书交还给了靖应鹍。

1964年以后,毛国瑶开始向俞平伯、周汝昌、吴世昌、吴恩裕等红学家提供有关靖本的情况和资料,特别是150条批语。周汝昌曾撰文加以介绍,发表于1965年7月25日香港《大公报》副刊,从此,国内外学者知道有靖本存在。后来,当学者们渴望能见到靖本时,靖家已遍寻不得。

靖本的拥有者靖应鹍原是扬州人,他家祖传的这套《红楼梦》在他扬州老家靖家营里沉睡了百年。靖家营在扬州市江都区砖桥,原属砖桥樊庄村,是一个几十户人家的小庄子,村中半数以上人家姓靖。靖家后代曾做过商人、地方小官。据靖家老人说,靖氏原籍辽阳,本是旗人,约在乾嘉时期从北京移居扬州。靖氏先辈凭着战功,得到朝廷重用,负责押运漕粮。曹雪芹的祖父曹寅任江宁织造兼两淮巡盐监察御史,为皇家征收的课税、贡品也由靖家押运进京。曹、靖两家既有同乡之谊,又有公务上的联系,还结为儿女亲家,靖氏族谱上就记载着一位曹氏先妣。这条线索也曾引起过周汝昌的极大兴趣。但由于靖氏家谱在十年动乱中化为灰烬,后来也没有考证出什么结果来。

据靖家人介绍,有一年漕运遇风浪翻船,靖家因此被贬,但保留军籍,在江都(当时的府城)东南隅一带屯兵种地,他们屯耕的地方因为有军队居住,所以叫"靖家营"。靖氏后人还在此建起了祠堂,名为"明远堂"。后来,靖氏后人陆续离开靖家营外出谋生,靖氏长房搬到了扬州黄金坝,宣统二年(1910年)又举家迁徙到南京浦口。当时,靖家带了这套《红楼梦》的乾隆抄本到了南京。由于靖家浦口这一脉读书人不多,一直没有给予重视,直到1959年,靖应鹍的友人毛国瑶借书,才使得抄本现世。

这部线装书共有十九分册,原有八十回。1959年发现时,缺失第二十八回和第二十九回,第三十回尾部残失三页。实存七十七回有余。诗页上注明是"乾隆四十一年五月录",此时曹雪芹已经去世十三年。

红学界一般认为,靖本的价值主要有两点:一是它保存了很多不见于其他抄本中的朱墨批语。二是正文中也有其他诸本所不见的独特异文。这样,就可使我们对曹雪芹原书八十回以后的情节能够有一些比较具体的了解。如批语提到"秦可卿淫丧天香楼"一回时,曾说删去"遗簪、更衣诸文,是以此回只十页,少去四五页也……",这样,我们就可推知原稿中曾写及贾珍与秦氏的丑事。又如批语提到妙玉后来曾流落到瓜洲渡口,并被迫"屈从"于"枯骨",其遭遇十分悲惨。批语还提到贾芸"仗义探庵"的事,从中可以推知宝玉后来曾被关押在狱神庙,贾芸通过某种途径去探望过他……这些批语透露出曹雪芹原稿的某些重要艺术构思,无疑是研究红学的宝贵资料。

近年来,红学界很多人在讨论《红楼梦》时引用靖本上的批语。部分学者认为,扬州靖家营所藏的清代抄本《红楼梦》,是目前已知的各种脂评系统的抄本之一。但也有学者认为孤证不立,由于没有第二个人见到此本,怀疑是后人的假托。

三、"红楼"文化的继承与弘扬

扬州拥有两千多年的历史,古迹众多,资源丰富,尤其是作为运河城市,近年来大力弘扬大运河文化,整修了东关街,推出了运河夜游、运河水上巴士游、乾隆水上游览线路游等活动,将文化与旅游相结合,受到游客的欢迎。从1980年代开始,扬州重视发掘《红楼梦》文化资源,尤为值得称道的是,开发出红楼宴,在海内外产生了较大的反响。

红楼宴的兴起得益于1980年代的"红楼热",更要归功于两个人:一位是扬州能人丁章华,她先后担任扬州市外办主任、西园饭店总经理,她喜欢《红楼梦》,热心做事;另一位就是红学大家冯其庸。冯其庸当时担任中国红学会会长,是红楼宴的倡导者与支持者。早在1975年,冯其庸为了校订《红楼梦》来到扬州,住在西园饭店,两次向时任西园饭店总经理提议,开发研制红楼宴。冯其庸认为,《红楼梦》所写美食,是以扬州菜为基础的。开发红楼宴,是弘扬"红楼"文化的创新。理由有:第一,《红楼梦》中对红楼美食烹饪技艺的描写,和扬州饮食传统相吻合。第二,江宁织造曹家,在扬州生活了很多年。第三,曹雪芹本人,不单是一位文学家,也是一位美食家。第四,《红楼梦》中的人物,和扬州有着千丝万缕的联系。冯其庸在《绿杨城郭忆扬州》一文中写道:"人们常常喜欢说《红楼梦》里的菜肴,我认为红楼菜实在是扬州菜的体系。"冯其庸的建议得到了西园饭店、扬州宾馆负责人的积极响应,时任西园饭店总经理的丁章华女士积极组织文化界、烹饪界人士研讨,尤其是组织扬州淮扬菜高级厨师认真钻研,开发红楼菜肴。经过不断探索和反复试验,扬州红楼宴于1988年面世。在冯其庸支持下,扬州多次举办"红楼梦笔谈会",邀请著名学者、专家品尝、座谈,使红楼宴得到不断完善。

经过二十多年的探索,如今扬州的红楼宴已经积累了四十多道菜,有冷菜、热菜、汤羹、点心、水果等五大类,而且根据季节的不同有不同的主打菜。如"胭脂鹅脯",是芳官午餐中的一道菜。相传胭脂鹅脯早在明代就是上品,以腌鹅一只蒸熟,肉色赤红似胭脂而得名。扬州师傅在做这道菜时保留了传统风味。第八回写了"糟鹅掌",扬州师傅结合传统手法,烹制了这道冷盘。"茄鲞"是第四十一回刘姥姥二进大观园时,《红楼梦》着力描写的一道菜,扬州师傅也进行了仿制。鸽子蛋因为刘姥姥吃的时候没有用筷子夹住,滚到地面闹出笑话,扬州师傅研制的这道菜叫"姥姥鸽蛋"。"酒酿清蒸鸭子",是淮扬菜中一道名菜,在《红楼梦》中有较详细的描写。"酱萝卜炸儿",大观园里的人大鱼大肉吃惯了,想吃点清爽不腻口的菜。新推出的宁荣大菜中有一道菜取名"白雪红梅",出自《红楼梦》第四十九回"琉璃世界白雪红梅",厨房用鸡粥铺底,中为鸽脯丝,上层以蛋清覆盖,立意"白雪"。有一道点心叫"晴雯包子",《红楼梦》中写到,晴雯喜欢吃豆腐皮包子,宝玉在宁府赴宴看到这道点心,于是请厨房珍大嫂子打包捎回怡红院带给晴雯吃。红楼宴研制的包子是用面粉做皮,豆腐皮做馅儿。还有一道点心叫"松仁鹅油卷",在《红楼梦》中出现好几次,一次是贾母陪刘姥姥游宴大观园时,还有一次是宝玉生日时和丫鬟们一起吃的。扬州师傅经过揣摩,推出了现代口味的"松仁鹅油卷"。

《红楼梦》毕竟是小说,作者不可能把每道菜的做法都详细写出来,如果那样就成了《随园食单》了。扬州师傅开发的红楼宴菜肴有的取其名,有的取其神,有的取其味,有的借用《红楼梦》中的意境来传达饮食文化的意味。毕竟人们在品尝红楼宴时,是在咀嚼一种饮食文化。

扬州哪里可以吃到红楼宴呢?扬州最早做红楼宴的是西园饭店,后来扬州宾馆、迎宾馆、冶春茶社也相继推出。西园饭店红楼宴曾在澳洲、日本、新加坡以及中国香港等地表演,受到好评。不过,现在这几家大饭店一般都要提前预订。近年来,冶春茶社平山堂店推出面向大众的红楼宴、红楼点心和红楼菜,一份红楼套餐最便宜的只要88元。

扬州人还把《红楼梦》搬上了扬州评话舞台。著名的弹词演员赵松艳、王智超演绎的《红楼梦宝黛释嫌》,歌颂了宝玉黛玉心心相印的爱情,尤其是其中的《葬花吟》唱词凄惨哀婉,令人动容。2020年,扬州汪琴艺术团还将《红楼梦》搬上了扬剧舞台。

在扬州,喜欢《红楼梦》的艺术家不在少数,吴国瑜就是其中一位。她是一位书法家,从1984年开始用蝇头小楷手抄《红楼梦》一百二十回，100多万字历经5年才抄完，体取欧阳询，一丝不苟，冯其庸为之题词："红楼抄罢雨丝丝，正是春归花落时。文章千古多血泪，伤心最此断肠辞。"吴国瑜将抄本赠给了扬州博物馆。

扬州民间收藏家童林非常喜欢读《红楼梦》，从2000年开始收藏《红楼梦》题材物品，如《红楼梦》磁卡、火花、书签、明信片、扑克牌、酒瓶、烟标、酒标、打火机等等，国内几乎所有种类的《红楼梦》邮票，他都收集到了。他在接受媒体采访时说，《红楼梦》与扬州有着特殊的关系，扬州人要好好弘扬"红楼"文化，他要在扬州的各社区办展览，让更多的扬州青少年了解《红楼梦》。

绿杨城郭是扬州。扬州园林多，美景多，特别是瘦西湖，更是一幅美丽画卷。王扶林在拍摄1987年版《红楼梦》时，曾在扬州拍摄了多场戏。"元妃省亲"是在瘦西湖拍摄的，"宝玉挨打""宝玉上学"情节是在扬州何园拍摄的，"宝钗扑蝶"是在片石山房拍摄的，"藏春院"的戏是在"凫庄"拍摄的，"贾瑞戏嫂"的戏是在克庄的山石畔拍摄的。此外，还在瘦西湖的柳堤拍摄了不少画面。

扬州在弘扬"红楼"文化方面，可圈可点之处不少，但也有遗憾。我早就在冯其庸的《扬州散记》中读到扬州市要将天宁寺打造成曹雪芹纪念馆，不知为何十多年过去了，没有动静，甚至天宁寺至今还没有关于曹寅的专门介绍。高旻寺虽然重建了，但也没有挖掘与《红楼梦》的关联。还有瓜洲，与《红楼梦》颇有关系，标识也没有。这几年,扬州非常重视运河文化,我想,从运河的角度看曹家与《红楼梦》,也是能看出名堂来的。此外,江南三织造与运河的关系至为密切,完全可以说江南大地与绵绵运河共同孕育了伟大的经典《红楼梦》。

参考文献

[1] 曹雪芹.红楼梦[M].北京:人民文学出版社,2022.

[2] 脂砚斋评石头记[M].北京:线装书局,2013.

[3] 俞平伯.红楼梦研究[M].北京:人民文学出版社,1973.

[4] 周汝昌.红楼梦新证[M].南京:译林出版社,2013.

[5] 周汝昌.曹雪芹小传[M].天津:百花文艺出版社,1980.

[6] 周汝昌,严中.红楼梦里史侯家[M].扬州:广陵书社,2009.

[7] 周汝昌,严中.江宁织造与曹家[M].北京:中华书局,2006.

[8] 周汝昌.周汝昌梦解红楼[M].南京:译林出版社,2011.

[9] 周汝昌.红楼夺目红[M].长沙:湖南文艺出版社,2018.

[10] 冯其庸.敝帚集[M].北京:文化艺术出版社,2005.

[11] 冯其庸.沧桑集[M].青岛:青岛出版社,2013.

[12] 冯其庸.曹雪芹家世新考[M].北京:文化艺术出版社,2008.

[13] 吴世昌.红楼梦探源[M].北京:北京出版社,2013.

[14] 曹寅.胡绍棠笺注,楝亭集笺注[M].北京:北京图书馆出版社,2007.

[15] 史景迁.曹寅与康熙[M].南宁:广西师范大学出版社,2014.

[16] 姜煌辑,王伟波,校释.虚白斋尺牍校释[M].上海:上海古籍出版社,2013.

[17] 孙逊.红楼梦精读[M].上海:上海古籍出版社,2014.

[18] 邓云乡.红楼风俗名物谈[M].北京:文化艺术出版社,2006.

[19] 邓云乡.红楼梦忆[M].石家庄:河北教育出版社,2004.

[20] 吴新雷,黄进德.曹雪芹江南家世考[M].哈尔滨:黑龙江教育出版社,2000.

[21] 皮述民.苏州李家与红楼梦[M].台北:台湾新文丰出版公司,1997.

[22] 苗怀明,主编.风起红楼[M].北京:中华书局,2006.

[23] 苗怀明,主编.寻梦金陵话红楼[M].南京:南京大学出版社,2010.

[24] 苗怀明.话说红楼梦[M].南京:江苏人民出版社,2012.

[25] 苗怀明,主编.南京大学的红学课[M].南京:南京大学出版社,2020.

[26] 严中.红楼梦与南京[M].南京:河海大学出版社,2013.

[27] 严中.红楼丛话[M].南京:南京大学出版社,1991.

[28] 严中.红楼续话[M].北京:中国文联出版公司,1998.

[29] 严中.南京与红楼梦[M].南京:河海大学出版社,2013.

[30] 潘知常.红楼梦为什么这样红[M].上海:学林出版社,2008.

[31] 朱子南,秦兆基.红楼流韵[M].苏州:古吴轩出版社,2017.

[32] 曾保泉.曹雪芹与北京[M].北京:中国妇女出版社,1993.

[33] 栾清照,苏锦,皇甫元,等.《红楼梦》里的苏州丝绸记忆[M].苏州:苏州大学出版社,2019.

[34] 李建华.《红楼梦》丝绸密码[M].上海:上海科学技术出版社,2014.

[35] 樊斌.《红楼梦》中的南京方言[M].南京:江苏凤凰美术出版社,2020.

[36] 徐仲杰.南京云锦史[M].南京:江苏科学技术出版社,1985.

[37] 陈从周.陈从周全集[M].南京、杭州:江苏文艺出版社、浙江大学出版社,2013.

[38] 许琦,曹敦休.曹雪芹与南京[M].南京:南京出版社,1995.

[39] 龚鹏程.红楼丛谈[M].济南:山东画报出版社,2012.

[40] 沈科,严曙.随园与大观园[M].扬州:广陵书社,2011.

[41] 蔡义江.红楼梦诗词曲赋评注[M].北京:北京出版社,1979.

[42] 梁归智.石头记探佚[M].太原:山西人民出版社,1983.

[43] 明星善文.凤仪扬州[M].扬州:广陵书社,2012.

[44] 俞为民.昆曲[M].南京:江苏人民出版社,2014.

[45] 王永泉.乾隆与曹雪芹[M].北京:中国友谊出版公司,2000.

[46] 王永泉.曹雪芹南归[M].北京:北京十月文艺出版社,1991.

[47] 余英时.红楼梦的两个世界[M].上海:上海社会科学院出版社,2006.

[48] 朱志泊.扬州上下三千年[M].南京:河海大学出版社,2020.

[49] 吴良镛.金陵红楼梦文化博物苑[M].北京:清华大学出版社,2011.

[50] 山民,杏林.曹雪芹与燕京[M].济南:山东美术出版社,2011.

[51] 张爱玲.红楼梦魇[M].北京:北京十月文艺出版社,2012.

[52] 陆文夫.老苏州[M],南京:江苏美术出版社,2000.

[53] 杜宏争.姑苏地[M].广州:南方日报出版社,2015.

[54] 于雷.红楼悟识[M].南京:南京出版社,1995.

[55] 林冠夫.秦淮旧梦[M].济南:山东画报出版社,2009.

[56] 邱瑞平.红楼独步[M].上海:上海古籍出版社,2010.

[57] 王国维,等.文化的盛宴:听大师讲《红楼梦》[M].北京:新世界出版公司,2016.

[58] 李斗.扬州画舫录[M].合肥:黄山书社,2015.

[59] 丁章华,主编.红楼梦与扬州[M].北京:文化艺术出版社,2006.

[60] 红楼梦大辞典[M].北京:文化艺术出版社,1990.

[61] 南京民间故事[M].南京:江苏古籍出版社,1989.

[62] 梦里梦外探红楼[M].沈阳:白山出版社,2007.

后　记

这不是一部学术著作。

这是一部读"红楼"的心得，一部"红楼"文化之旅的散记。

如果有人问《红楼梦》写的是哪个朝代的事，写的是什么地方的事，你马上会想起作者在第一回说的话：朝代年代，地舆邦国，失落无考。然而，《红楼梦》读下来，地理位置又非常清晰，写的就是"两京两州"——京城、南京、苏州、扬州，对于京城，作者也是模糊处理的，一会儿京都，一会儿京城，从来没有说北京。而另外三个地方——南京、苏州、扬州，则写得清清楚楚，反复出现。其中，金陵出现最多，其次是苏州，再其次是扬州。我把这三座城市作为一个整体看，就会发现《红楼梦》素材的来源真的不同凡响，如果没有南京曹家、苏州李家、扬州旧梦的经历，是绝对写不出《红楼梦》的。这也反证了曹雪芹是《红楼梦》的作者。

我喜欢读《红楼梦》，至今已经读过七八遍了。我之所以写红楼三城，是因为我是江苏人，有义务梳理三城的"红楼"文化脉络。其实，红学大家周汝昌早就注意到《红楼梦》与江苏的关系，他在1958年曾写有《曹雪芹和江苏》一文。他指出，有人说曹雪芹生在南京，也有说生在苏州，但曹雪芹出生于江苏，是无可置疑的事实了。他认为，"雪芹和江苏的关系是密切的，渊源是久远的"。

另一位红学大家冯其庸也重视江苏与《红楼梦》的关系。他特别重视扬州,多次到扬州参加《红楼梦》研讨会,他说:"人们常常喜欢说红楼梦里的菜肴,我认为红楼菜实在是扬州菜的体系。"(《绿杨城郭忆扬州》)在他的推动下,扬州早在1990年代就研发出了红楼宴。

再想一想,不论持什么观点的红学研究者,都没有否认过江苏与《红楼梦》之间的关系。

《红楼梦》研究到今天,关于曹雪芹与江苏、《红楼梦》与江苏还能挖掘到什么新材料吗?经过几十年"挖地三尺"的努力,与曹家、李家以及《红楼梦》有一点关系的资料都被找了出来,已经很难再有什么新发现。本人才疏学浅,更难提出什么新观点。我在学习现有的研究成果时,忽然有一天有所感悟:同属江苏的红楼三城,对《红楼梦》来说,起到了什么作用呢?再深入一点,我发现,在《红楼梦》中,三城作为一个整体而存在,几乎不能分割。因此,我开始了《红楼梦》的文化之旅。

我把"红楼"遗迹定义为《红楼梦》文本中涉及的名胜古迹,以及曹雪芹家族涉及的名胜遗迹。

就南京、苏州、扬州三城来说,都存有一些遗迹,有的尚无标志,辨识困难;有的即将泯然于现代都市中,不为后人知晓。我做红楼三城遗迹探访,固然有"爱屋及乌"的因素,也有以下考量:

第一,循着曹雪芹的足迹去实地探访,向这位伟大的文学家致敬。

第二,知人论世,探究成因,可以帮助我们更好地感受《红楼梦》这部伟大经典的魅力。

第三,希望三城都能重视与《红楼梦》有关的遗迹,首先是做好保护工作,其次是进一步弘扬"红楼"文化。在日益重视传统文化的今天,要把与《红楼梦》有关的遗迹保护起来,给"红楼"遗迹立一个标识,并不是一件难事。如果将三城的"红楼"遗迹连缀成一线,做一个"红楼"文化游线路,为更多的《红楼梦》爱好者提供研学的机会,不啻为一件大好事。但又一想,这件事谁来做呢?

喜欢"红楼"的人,不妨先与我一起去探寻一番吧。

2021 年 10 月

作者于玄津桥畔

图书在版编目(CIP)数据

红楼三城:南京、苏州、扬州/陈正荣著.—南京:南京大学出版社,2024.6
 ISBN 978-7-305-26828-1

Ⅰ.①红… Ⅱ.①陈… Ⅲ.①散文集-中国-当代 Ⅳ.①I267

中国国家版本馆CIP数据核字(2023)第045625号

出版发行	南京大学出版社
社　　址	南京市汉口路22号　邮编 210093
书　　名	红楼三城——南京、苏州、扬州 HONGLOU SAN CHENG——NANJING、SUZHOU、YANGZHOU
著　　者	陈正荣
责任编辑	束　悦
照　　排	南京紫藤制版印务中心
印　　刷	南京新世纪联盟印务有限公司
开　　本	880 mm×1230 mm　1/32　印张 10.875　字数 296千
版　　次	2024年6月第1版
印　　次	2024年6月第1次印刷
ISBN 978-7-305-26828-1	
定　　价	62.00元
网　　址	http://www.njupco.com
官方微博	http://weibo.com/njupco
官方微信	njupress
销售热线	(025)83594756

* 版权所有,侵权必究
* 凡购买南大版图书,如有印装质量问题,请与所购图书销售部门联系调换

陈正荣

中国作家协会会员,南京市作家协会副主席,资深媒体人。已出版作品《诗神的魅力》(诗歌评论集)、《那年,雪飞扬》(散文集)、《南京的风花雪月》(散文集)、《紫金草》(长篇小说)、《金陵佳人》(随笔)、《紫金山下二月兰》(长篇纪实文学)、《大明城垣》(长篇小说)、《扬子江传》(文学传记)。